Charles Bukowski

HOLLYWOOD

Tradução de Marcos Santarrita

www.lpm.com.br

L&PM POCKET

Coleção **L&PM** POCKET, vol.131

Texto de acordo com a nova ortografia.
Título original: *Hollywood*

Este livro foi publicado pela L&PM Editores, em formato 14x21cm, em 1990.
Primeira edição na Coleção **L&PM** POCKET: 1998
Esta reimpressão: fevereiro de 2020

Tradução: Marcos Santarrita
Capa: Ivan Pinheiro Machado sobre desenho de M. Schultheiss
Revisão: Renato Deitos e Camila Kieling

ISBN 978-85-254-0875-4

B932h Bukowski, Charles, 1920 -1994
Hollywood / Charles Bukowski; tradução de Marcos Santarrita. – Porto Alegre: L&PM, 2020
240 p. ; 18 cm – (Coleção L&PM POCKET)

1. Romances norte-americanos. I. Título.II. Série

CDD 813
CDU 820(73)-3

Catalogação elaborada por Izabel A. Merlo, CRB 10/329.

Rua Comendador Coruja, 314, loja 9 – Floresta – 90.220-180
Porto Alegre – RS – Brasil / Fone: 51.3225.5777

Pedidos & Depto. Comercial: vendas@lpm.com.br
Fale conosco: info@lpm.com.br
www.lpm.com.br

Impresso no Brasil
Verão de 2020

para Barbet Schroeder

1

Eu morava num conjunto de casas populares na Carlton Way, perto da Western. Tinha cinquenta e oito anos e ainda tentava ser escritor profissional e vencer na vida apenas com a máquina de escrever. Iniciara esse curioso meio de vida aos cinquenta anos. Mas não se pode viver sempre escrevendo, e havia muito espaço a preencher. Eu o preenchia com uísque, cerveja e mulheres. Acabei me enchendo da maioria das mulheres e me concentrei no uísque e na cerveja.

Na noite em que isso aconteceu, minha namorada Sarah estava lá em casa. Sarah tinha alguns pontos positivos. Por exemplo, me fazia mudar aos poucos do uísque para o vinho, o que provavelmente significava mais três anos de vida. E eu precisava desses anos extras, porque não escrevia o bastante.

Seja como for, eu tomava vinho com ela. A atmosfera era bastante agradável. Aí o telefone tocou.

Atendi.

– Sim...

– Aqui é Jon Pinchot.

– Que é que você quer?

– Quero que você escreva um argumento cinematográfico pra mim.

– O, cara, vai te foder.

Bati o telefone.

– Quem era? – perguntou Sarah.

– Algum maluco.

– Tem certeza de que não era uma de suas mulheres?

– Só se fez operação de mudança de sexo.

O telefone tornou a tocar. Eu o peguei.

– Siiimmm...

– Escute, não desligue. Me escute um instante. É Jon Pinchot de novo. Eu li tudo que você escreveu...

– Isso é problema seu.

– Não, espere... Quero que você escreva um argumento...

– Eu detesto argumentos. Detesto Hollywood, detesto atores, detesto cinema. O cinema me causa engulhos...

– Vinte mil dólares.

– Quê?

– Te pago vinte mil dólares pra me escrever um argumento.

– Onde é que você está? Pode vir aqui?

– Não, mas entro em contato dentro de um ou dois dias, e a gente se encontra.

– Legal.

Nos despedimos.

– Quem era? – perguntou Sarah.

– Um francês.

– Você vai escrever um argumento cinematográfico?

– Vamos ver...

2

Alguns dias depois, Pinchot telefonou. Disse que desejava ir em frente com o argumento para o filme. Podíamos ir até lá falar com ele?

Assim, pegamos as indicações, nos metemos no Volks e nos mandamos pra Marina del Rey. Território estranho.

No porto, passávamos de carro pelos barcos. Em sua maioria, eram barcos a vela e as pessoas se movimentavam pelos convéses. Vestiam roupas especiais de iatismo, quepes, óculos escuros. De uma maneira ou de outra, a maioria escapara ao ramerrão do cotidiano. Jamais haviam sido apanhados nele, e nunca o seriam. Tais eram as recompensas dos Escolhidos na terra dos livres. De certo modo, aquelas pessoas me pareciam tolas. E, é claro, nem mesmo pensavam em mim.

Dobramos à direita, descemos as docas e passamos por ruas dispostas em ordem alfabética, com nomes extravagantes. Encontramos a rua, dobramos à esquerda e entramos na estradinha de acesso à casa. A areia vinha até ali, e o oceano surgia perto o bastante para ser visto e longe o bastante para não ser uma ameaça. A areia parecia mais limpa que as outras, a água mais azul, e a brisa mais suave.

– Veja – eu disse a Sarah –, acabamos de pousar no posto avançado da morte. Minha alma vomita.

– Quer parar de se preocupar com sua alma? – respondeu Sarah.

Não era preciso trancar o fusca. Só eu sabia ligá-lo.

Chegamos à porta. Bati.

Abriu um tipo alto, esguio e delicado, que tresandava a *arte* por todos os poros. Via-se que nascera para *criar, criar* coisas boas, totalmente desimpedido, jamais importunado por coisas mesquinhas como dor de dente, dúvidas sobre si mesmo, azar. Era uma dessas pessoas que *parecem* gênios. Como eu parecia um pano de prato, esses tipos sempre me deixavam meio puto.

– Viemos pegar a roupa suja – eu disse.

– Não ligue pra ele – interveio Sarah. – Pinchot sugeriu que a gente pintasse por aqui.

– An-han – disse o cavalheiro –, entrem...

Seguimos atrás dele e das suas bochechinhas de lebre. Aí o cara parou em alguma quina especial, sujeito encantador, e falou por cima do ombro esquerdo, como se o mundo inteiro ouvisse sua delicada proclamação:

– Vou pegar minha VOD-CA já!

Sumiu na cozinha.

– Jon falou dele na outra noite – disse Sarah. – É Paul Renoir. Compõe ópera e também trabalha numa forma conhecida como Filme-Ópera. Muito vanguarda.

– Pode ser um grande homem, mas não quero ele chupando os lóbulos das minhas orelhas.

– Oh, deixe de viver tanto na defensiva! Nem todo mundo pode ser igual a você!

– Eu sei. É esse o problema deles.

– Sua maior força – disse Sarah – é que tem medo de tudo.

– Eu gostaria que essa frase fosse minha.

Paul retornou com seu drinque. Parecia bom. Tinha até mesmo uma rodela de limão, e ele a mexia com um bastãozinho de vidro. Um *swizzle*. Muita classe.

– Paul – perguntei –, tem mais alguma coisa pra gente beber aqui?

– An-han, desculpe – ele disse. – Por favor, sirvam-se!

Invadi a cozinha nos calcanhares de Sarah. Tinha garrafa pra tudo que era lado. Enquanto nos decidíamos, abri uma cerveja.

– É melhor a gente ficar longe da pesada – sugeriu minha boa dama. – Você sabe como fica quando entra isso.

– Certo. Vamos de vinho.

Encontrei um saca-rolhas e uma garrafa de tinto de bela aparência.

Tomamos os dois uma boa talagada. Depois tornamos a encher os copos e saímos. Teve uma época em que eu chamava Sarah e eu de Zelda e Scott, mas isso a chateava, porque não gostava do modo como Zelda acabara. E eu não gostava do que Scott escrevia. Por isso, deixamos nosso senso de humor por aí.

Parado diante da grande janela panorâmica, Paul Renoir checava o Pacífico.

– Jon se atrasou – disse, para a janela panorâmica e o oceano –, mas me mandou dizer a vocês que vai chegar logo, e que por favor esperem.

– Legal, *baby*...

Sarah e eu nos sentamos com nossas bebidas. Virados para as bochechas de coelho. Ele virado para o mar. Parecia mergulhado em pensamentos.

– Chinaski – disse –, li grande parte de sua obra. É do caralho. Você é muito bom.

– Muito obrigado. Mas a gente sabe quem é o melhor. Você.

– Ora – ele disse, continuando virado para o mar –, é muitíssima bondade sua... compreender isso...

Abriu-se a porta e uma garota de longos e negros cabelos entrou sem bater. Antes que déssemos por isso ela já se estendia na borda do encosto do sofá, como uma gata.

– Eu sou Popppy – disse –, com quatro pês.

Tive uma recaída:

– Nós somos Zelda e Scott.

– Corta essa! – disse Sarah.

Paul voltou-se do mar.

– Popppy é uma das patrocinadoras de nosso argumento.

– Eu não escrevi uma palavra – eu disse.

– Mas vai escrever...

– Quer me dar outro, por favor? – Olhei para Sarah e entreguei meu copo vazio.

Sarah era uma boa garota. Saiu com o copo. Sabia que se eu fosse lá dentro, ia atacar garrafas diversas e começar com meu jeito de ser desagradável.

Eu ia ficar sabendo depois que também chamavam Popppy de "A Princesa do Brasil". Para início de conversa, entrara com dez mil bagarotes. Não muito. Mas já pagava o aluguel e parte das bebidas.

A Princesa me olhava de sua posição de gata no encosto do sofá.

– Eu li teus troços. Você é muito engraçado.

– Muito obrigado.

Olhei para Paul.

– Ei, *baby*, ouviu essa? Eu sou engraçado.

– Você merece – ele disse – um *certo* lugar...

Tornou a se mandar para a cozinha, passando por Sarah, que voltava com nosso reabastecimento. Ela se sentou a meu lado e tomei uma golada.

Ocorreu-me então que poderia blefar sobre o argumento e ficar ali na Marina del Rey um mês, mamando as bebidas. Antes que pudesse realmente saborear essa ideia, a porta escancarou-se e lá estava Jon Pinchot.

– Ah, vocês apareceram!

– An-han – eu disse.

– Acho que tenho um patrocinador. Você só precisa escrever.

– Pode levar alguns meses.

– Mas, é claro...

Paul voltava. Trazia uma estranha bebida cor-de-rosa para a Princesa.

Pinchot se mandou pra cozinha, pegar um para si.

Foi o primeiro de muitos encontros que simplesmente se dissolviam em bruta farra, especialmente da minha parte. Descobri que precisava de um reforço de confiança, pois na verdade só me interessava pelo poema e o conto. Escrever um argumento cinematográfico me parecia a coisa mais estúpida que alguém podia fazer. Mas gente melhor que eu já se vira surpreendida num ato assim ridículo.

Jon Pinchot apareceu com seu drinque e sentou-se.

Foi uma longa noite. Conversamos sem parar – sobre o que, não estou muito certo. Finalmente Sarah e eu bebemos demais para poder voltar de carro. Ofereceram-nos gentilmente um quarto.

Foi nesse quarto, no escuro, enquanto nos servíamos um último tinto bom, que Sarah me perguntou:

– Você vai escrever um argumento?

– Diabos, não.

3

O telefonema seguinte de Jon Pinchot veio três ou quatro dias depois. Ele conhecia Danny Server, o jovem diretor-produtor que tinha um estúdio cinematográfico completo em Venice. Danny ia emprestar-nos sua sala de projeção para a gente ver o documentário de Pinchot, *A Besta que Ri*, sobre um governante negro que fazia o que queria, com sangrento prazer. Primeiro, tínhamos de encontrar Pinchot para uns drinques. E assim, estávamos de volta ao cais dos barcos a vela...

Jon atendeu à porta e Sarah e eu entramos. Ele não estava só. Tinha um cara lá, com uns cabelos estranhos: pareciam louros e brancos ao mesmo tempo. Rosto rosado, mais para vermelho. Olhos de um redondo azul alucinado, muito redondos, muito azuis. Parecia um colegial pronto para fazer uma terrível travessura. Eu saberia depois que jamais perdia essa aparência. A gente gostava dele de saída.

– Este é François Racine – disse Jon. – É ator de muitos de meus filmes, e de outros.

– E nos outros, me *pagam*... – François fez uma mesura. – Como vão?

Jon saiu para pegar as bebidas.

– Me perdoem, por favor – disse François –, acabo num instante.

Sobre a mesa, via-se uma pequena roda de roleta, de controle eletrônico, que era posta a girar apertando-se um botão. François tinha um monte de fichas e uma longa folha de papel cheia de cálculos. Havia também um tapete de apostas. Ele colocava as fichas, apertava o botão, dizia:

– É a minha Dama da Cabeça Giratória. Estou apaixonado.

Jon apareceu com os drinques.

– Quando não está jogando de fato, François está treinando, ou pelo menos pensando na coisa.

A roda parou e François arrecadou seu prêmio.

– Estudei as permutações da roda, e saquei – disse François. – Assim, onde quer que ela pare, já adivinhei e ganho.

– E o sistema dele funciona – disse Jon –, mas quando chega nos cassinos ele não se mantém dentro do sistema.

– Muitas vezes sou derrotado pelo Desejo de Matar – explicou François.

– Hank joga – disse Sarah. – Nos cavalinhos. Está lá todo dia de corrida.

François me olhou.

– Ah, os cavalinhos! Você ganha?

– Me agrada pensar que sim...

– Ah, podemos ir um dia?

– Claro.

François retornou à sua rodinha, e nós nos sentamos com nossos drinques.

– Ele já ganhou e perdeu centenas de milhares – contou-nos Jon. – Só quer ser ator quando está na pior.

– Faz sentido – eu disse.

– A propósito – disse Jon. – Falei com o produtor Harold Pheasant, e ele está muito interessado no argumento. Está disposto a entrar com grana pro filme.

– Harold Pheasant! – disse Sarah. – Já ouvi falar dele. É um dos maiores produtores do ramo.

– Certo – disse Jon.

– Mas eu não *escrevi* um argumento – contestei.

– Não importa. Ele conhece o que você escreve. Está disposto.

– Não parece plausível.

– Ele trabalha muitas vezes assim, e só faz faturar.

Jon foi buscar a garrafa.

– Talvez você *deva* escrever o argumento – sugeriu Sarah.

– Veja o que aconteceu com F. Scott Fitzgerald.

– Você não é Fitzgerald.

– Não, ele deixou de beber. Isso o matou.

François ainda estava à sua roletinha. Jon apareceu com a garrafa.

– A gente toma mais uma e vai.

– Legal – eu disse.

– Escuta, François, você vem com a gente? – perguntou Jon.

– Oh, não, me perdoem, por favor, preciso pesquisar mais um pouco aqui...

4

Era uma bela sala de projeção. Ao lado havia um grande balcão, com um garçom. A sala vinha até com um operador. Danny Server não aparecera.

Havia sete ou oito pessoas no bar. Eu não conhecia nenhuma. Passei para a vodca, e Sarah bebia uma coisa roxa ou verde, ou roxo-verde. Jon preparava o filme com o operador.

Um cara na ponta do bar me encarava. E continuou encarando.

Finalmente retribuí o olhar.

– Que é que você faz? – perguntei.

Ele ficou calado um instante, tomou um trago, tornou a me olhar:

– Eu fico corado até os bicos dos sapatos por dizer isso a você, mas... eu faço filmes.

Depois, eu iria descobrir que era Wenner Zergog, o famoso cineasta alemão. Era meio maluco, desequilibrado como dizem, sempre correndo riscos insanos para a própria vida e a de todo mundo.

– Devia entrar em alguma coisa que valesse a pena – eu disse.

– Eu sei – ele respondeu –, mas não sei fazer mais nada.

E aí chegou Jon.

– Vamos, já vai começar...

Sarah e eu o acompanhamos até a sala de projeção. Alguns dos outros no bar vieram conosco, incluindo Wenner e sua acompanhante. Sentamo-nos e Jon nos disse:

– Aquele no bar era Wenner Zergog. Na semana passada ele e a mulher tiveram uma briga de pistola, esvaziaram as armas um contra o outro, sem atingir nada...

– Espero que a pontaria dele nos filmes seja melhor...

– Oh, é, sim.

Apagaram as luzes e *A Besta que Ri* tomou a tela.

Lido Mamim era um homem grande, em tamanho e ambição, mas seu país era pobre e pequeno. Com os países grandes, jogava suas cartas à esquerda e à direita, barganhando e contrabarganhando com ambos os lados por dinheiro, alimentos, armas. Mas, na verdade, *ele* queria dominar o mundo. Era um filho da puta sanguinário, com um maravilhoso senso de humor. Compreendia que, basicamente, nenhuma vida valia nada, exceto a dele. Qualquer pessoa sobre a qual pairasse a mínima suspeita, em seu país, era assassinada e jogada no rio. Eram tantos os cadáveres boiando no rio que os crocodilos ficaram empanzinados e não puderam comer mais nada.

Lido Mamim adorava uma câmera. Pinchot fizera-o reunir o conselho para a filmagem. Os sequazes sentavam-se diante dele tremendo, enquanto Mamim fazia perguntas e declarações sobre política. Sorria continuamente, exibindo enormes dentes amarelos. Quando não estava matando alguém ou mandando matar alguém, estava trepando. Tinha uma dúzia ou mais de esposas, e mais filhos do que podia lembrar.

Às vezes, durante a reunião do conselho, parava de sorrir, seu rosto tornava-se a Vontade de Deus, ele podia fazer qualquer coisa, e fazia. Sentia o medo das suas cortes, e deliciava-se com esse medo, e usava-o.

A reunião do conselho encerrou-se sem que ninguém fosse assassinado.

Então ele convocou uma reunião de todos os médicos do país. Reuniu-os no hospital central, na imensa sala de operação, e todos sentaram-se em cadeiras no anfiteatro, Mamim ocupando o centro e falando-lhes.

– Vocês são médicos, mas não são nada, a menos que eu diga que são alguma coisa. Pensam que sabem algumas coisas, mas isso é uma ilusão. Formaram-se apenas numa pequena área. Que essa formação seja útil pro nosso país, e não pra vocês mesmos. Nós vivemos num mundo no qual só os sobreviventes finais provarão que estão certos. Eu direi a vocês como usar seus instrumentos cirúrgicos e suas vidas. Não caiam na tolice de se opor à minha vontade. Não desejo desperdiçar a educação e habilidade de vocês. Devem lembrar sempre que sabem apenas o que lhes ensinaram. Eu sei *mais* do que o que se ensina. Façam sempre o que eu sugerir. Quero deixar isto MUITO CLARO. Estão me entendendo?

Silêncio.

– Por favor – continuou Mamim –, tem alguém aí que queira contradizer o que acabo de dizer?

Mais silêncio.

Mamim era um boneco, um boneco monstruoso, e de certa forma a gente podia até gostar de seu estilo grosso e terrível – contanto que não tivesse de ver os assassinatos e torturas na prática.

Em seguida, para a câmera, Lido Mamim exibiu sua Força Aérea. Só que não tinha Força Aérea. Ainda não. Mas tinha os aviadores e os uniformes.

– Esta – disse – é nossa Força Aérea.

O primeiro aviador desceu correndo uma longa plataforma de tábuas. Ia muito rápido. Quando chegava ao fim da pista, saltava no ar e batia os braços. E aterrissava.

Depois vinha o aviador seguinte, correndo. Repetição.

O aviador seguinte.

O seguinte.

Devia haver uns 14 ou 15 aviadores. À medida que saltava, cada um dava um pequeno berro, e em cada rosto viam-se riso e euforia. Era muito estranho, depois que se pegava o sentido: pois todos riam do ridículo da coisa, mas todos *acreditavam*.

Após a última decolagem e pouso, Mamim voltou-se para a câmera.

– Por mais tolo que isso possa parecer, é muito importante. O que não possuímos na realidade, estamos prontos pra ter em espírito. Um dia teremos nossa Força Aérea. Enquanto isso, não nos emburramos nas sombras da descrença. Muito obrigado a vocês.

Depois vinham algumas tomadas das câmaras de tortura. Sem ninguém dentro. Mas havia excremento. Correntes. Sangue nas paredes.

– Aqui – disse Lido Mamim – é onde os traidores e mentirosos finalmente falam a verdade.

A cena final era de Mamim num imenso jardim, com muitos guarda-costas e todas as suas esposas e filhos. Estes não riam nem corriam em volta. Olhavam a câmera em silêncio, como os guarda-costas. Todas as esposas sorriam, algumas com bebês no colo. Lido Mamim sorria, exibindo os dentões amarelos. Parecia muito simpático, talvez até amável.

A tomada final era do rio de crocodilos gordos. Eles boiavam, imensamente estufados e lânguidos, rolando um pouco os olhos para os corpos que passavam. Finis.

Era um documentário fascinante, e tive prazer em dizer isso a Pinchot.

– É – ele disse –, eu gosto de homens estranhos. Foi assim que descobri você.

– Estou muito honrado – eu disse – por ser comparado com Lido Mamim.

– É verdade – ele disse, e então saímos e voltamos para a casa dele.

5

Quando voltamos, François Racine continuava curvado sobre sua roletinha. Bebera, evidentemente, um bocado de vinho. Tinha o rosto afogueado e um grande monte de fichas à sua frente. Um imenso toco de cinza perigava cair da ponta do charuto. Caiu em cima da mesa.

– Ganhei um milhão, quatrocentos e cinquenta mil dólares...

A bolinha parou num número. François arrecadou as fichas:

– Já chega... Preciso não ser guloso.

Fomos para a sala da frente e nos sentamos. Jon foi buscar o vinho e os copos.

– Que vai fazer com esse dinheirão todo que ganhou? – perguntou Sarah.

– Vou dar. Não é nada. A vida é de graça. O dinheiro não é nada.

– Dinheiro é como sexo – eu disse. – Parece muito mais importante quando a gente não tem...

– Você fala como um escritor – disse François.

Jon voltou. Abriu a primeira garrafa, serviu drinques a todos.

– Devia vir a Paris – disse-me. – É bem visto lá. Seu país trata você como um marginal.

– Têm hipódromos por lá?

– Oh, sim! – disse François.

– Ele detesta viajar – disse Sarah – e tem hipódromos aqui...

– Nada como em Paris – disse François. – Venha a Paris. Iremos às corridas juntos.

– Diabos, eu preciso escrever um argumento.

– A gente joga nos cavalinhos, e depois escreve.

– Vou pensar no assunto.

Jon acendeu um charuto. Depois François pegou um novo charuto e acendeu-o também. Os charutos eram compridos, redondos, e emitiam chiados na ponta acesa.

– Que Deus me guarde – disse Sarah.

– François e eu fomos a Las Vegas ontem à noite.

– Como se saíram? – perguntou Sarah.

François tomou um largo gole de vinho, chupou seu charuto, soprou uma imensa e mágica coluna de fumaça.

– Escutem, escutem só isso. Estou ganhando cinco mil dólares, estou no controle do mundo, seguro o Destino na mão como um isqueiro. Sei Tudo. Sou Tudo. Ninguém me segura. Os continentes tremem. Aí, Jon me bate no ombro. Diz: "Vamos ver Tab Jones". "Quem é Tab Jones?", eu pergunto. "Esquece", ele diz, "vamos lá ver ele..."

François esvaziou seu copo de vinho. Jon tornou a enchê-lo.

– Aí passamos pra outra sala. Lá estava o Tab Jones. Ele canta. Tem a camisa aberta, os pelos do peito aparecendo. Pelos suados. Usa uma grande cruz de prata sobre os pelos suados. A boca é um buraco horrível numa panqueca. Usa calças apertadas e um dildo. Agarra os colhões e canta todas as coisas maravilhosas que pode fazer com as mulheres. Na verdade canta mal, quer dizer, é *horrível*. Tudo que pode fazer com as mulheres, mas é uma farsa, na verdade quer é enfiar a língua no ânus de um homem. Me dá vontade de vomitar, ouvindo o cara. E a gente ainda teve de pagar. E quando a gente paga por um pesadelo, *na verdade* é um idiota. Quem é esse Tab Jones? Pagam a esse cara milhares de dólares pra usar um dildo, agarrar o saco e fazer as luzes brilharem na cruz. Homens bons morrem de fome nas ruas, e lá está aquele IDIOTA... sendo ADORADO! As mulheres *gritam*! *Elas* acham que ele é real! Aquele cara de *papelão* que come merda quando sonha. Eu digo: "Jon, por favor, vamos sair daqui, minha mente está derrapando, estou ofendido e com vontade de vomitar em meu colo!". "Espere", diz ele, "talvez ele melhore." O cara não melhora, piora, berra mais, a camisa se abre mais, a gente vê o umbigo dele. Uma mulher sentada perto de mim geme e enfia a mão na calcinha. "Madame", eu pergunto a ela, "perdeu alguma coisa?" O botão do umbigo parece um olho morto, é nojento. Até mesmo um pássaro se sentiria ofendido de deixar seu cocô ali. Então o tal Tab Jones se vira e mostra o traseiro pra gente. Eu posso ver traseiros a qualquer hora, em qualquer lugar, e nem mesmo quero, e ali tenho de pagar DINHEIRO pra ver aquela bunda gorda e mole! Sabe, já tive momentos difíceis, fui espancado pela polícia, por exemplo, de graça. Bem, quase de graça. Mas olhando aquelas nádegas estúpidas me senti pior do que quando a polícia me espancava de graça. "Jon", eu disse, "temos de sair, senão minha vida se acaba!"

Jon sorriu.

– Aí a gente saiu. Eu só queria ver Tab Jones.

François estava agora realmente furioso. Pequenos pontinhos brancos formavam-se nos cantos de sua boca. Salpicos de saliva voavam quando ele falava. A ponta do charuto encharcada.

– Tab Jones! QUEM É ESSE TAB JONES? Que *me* importa esse Tab Jones? Tab Jones é um idiota! Estou ganhando cinco mil paus, e que é que a gente faz? Vai ver Tab Jones! Quem é esse Tab Jones? Não conheço nenhum Tab Jones. Meu irmão não se chama Tab Jones! Nem mesmo minha mãe! Esse Tab Jones é um idiota!

– Aí – disse Jon – nós voltamos pra roleta.

– É – disse François –, estou ganhando cinco mil dólares e vimos o dildo morto cantar. Quebrou minha concentração. Quem é esse Tab Jones? Já vi caras melhores catando cocô de gaivota! Onde estou? A roda gira, mas é uma estranha! Pareço um bebê jogado num barril de tarântulas! Que significam esses números? Que significam essas cores? A bolinha branca salta e se crava em meu coração, comendo de dentro pra fora. Não tenho chance. Minha concentração se quebrou! Dildos desfilam, com idiotas pedindo bis! Estou tonto! Mergulho de cabeça com um monte de fichas. Já vejo minha caveira no horrível caixão. Quem é esse Tab Jones? Perco. Não sei onde estou. Uma vez que se quebra a concentração, assim que a gente começa a cair, não tem mais retorno. Sabendo que não tinha chance, joguei todas as fichas. Fiz todas as jogadas erradas, como se o inimigo tivesse tomado meu corpo e minha mente. E por quê? POR QUE TÍNHAMOS IDO VER TAB JONES? Eu pergunto a vocês: QUEM É ESSA PORRA DESSE TAB JONES?

François acabara, exausto. O charuto caiu da boca. Sarah pegou-o e o pôs num cinzeiro. François pegou imediatamente um novo no bolso da camisa, retirou-o do tubo prateado, lambeu e aparou, rolou, enfiou na boca, refez-se e acendeu-o com um belo floreio. Estendeu a mão para a garrafa, serviu a todos, empertigou-se e sorriu.

– Merda, eu provavelmente teria perdido de qualquer jeito. Um jogador que não tem uma desculpa não pode continuar sendo um jogador.

– Você fala como um escritor – eu disse.

– Se eu soubesse escrever como um, escreveria esse argumento pra você.

– Muito obrigado.

– Quanto ele está te pagando?

Eu fiz um movimento no ar com a mão: resposta nebulosa.

– Eu escrevo pra você e a gente racha no meio, certo?

– Legal.

– Não – disse Jon –, eu vou ver a diferença.

– Tudo bem, então – disse François –, Tab Jones escreve com o dildo.

Todos concordamos com isso, erguemos nossos copos num brinde. Era o início de uma boa noite.

6

Eu me recostava no balcão do bar do Musso's. Sarah tinha ido ao toalete de senhoras. Eu gostava do bar do Musso's, do bar como bar, mas não da sala onde ficava. Era conhecido como "Sala Nova". A "Sala Velha" ficava do outro lado, e eu preferia comer lá. Era mais escuro e tranquilo. Nos velhos tempos, eu ia à Sala Velha comer, mas raramente comia mesmo. Apenas olhava o menu e dizia ao pessoal "Ainda não", e continuava a pedir bebidas. Algumas das damas que eu levava lá eram de má reputação, e enquanto a gente bebia, sem parar, estouravam muitas discussões aos berros, cheias de xingamentos, bebidas derramadas e pedidos de outras. Eu geralmente passava às damas o dinheiro do táxi, mandava-as dar o fora e continuava bebendo sozinho. Duvido que usassem o dinheiro do táxi em táxis. Mas uma das coisas mais legais do Musso's era que quando eu voltava, depois da trepada, geralmente me recebiam com sorrisos calorosos. Muito estranho.

De qualquer modo, eu me recostava no balcão do bar e a Sala Nova estava cheia, a maioria turistas, que batiam papo, torciam o pescoço e emitiam raios da morte. Pedi um novo drinque e então me bateram no ombro.

– Chinaski, como vai você?

Virei-me e olhei. Jamais reconheci alguém. Podia encontrar uma pessoa na noite passada e não lembrá-la no dia seguinte. Se arrancassem minha mãe da cova, eu não saberia quem era ela.

– Estou bem – disse. – Posso te pagar uma bebida?

– Não, obrigado. Não nos conhecemos. Eu sou Harold Pheasant.

– Oh, sim. Jon me disse que você estava pensando em...

– É, quero financiar seu argumento. Li sua obra. Você tem um maravilhoso senso de diálogo. Li sua obra: *muito* cinematográfica.

– Tem certeza de que não quer um drinque?

– Não, preciso voltar pra minha mesa.

– Ah, é? Que tem feito ultimamente, Pheasant?

– Acabo de produzir um filme sobre a vida de Mack Derouac.

– É? Como se chama?

– *A Canção do Coração.*

Tomei um gole.

– Ei, espere um minuto! Você está *brincando*! Não vai chamar o filme de *A Canção do Coração.*

– Oh, sim, é assim que vai se chamar.

Ele sorria.

– Você não pode me enrolar, Pheasant. É mesmo um gozador! *A Canção do Coração*! Nossa!

– Não – ele disse. – Estou falando sério.

De repente deu as costas e foi-se embora...

Nesse momento Sarah voltava. Olhou para mim.

– De que está rindo?

– Me deixa pedir um drinque pra você que eu te conto.

Chamei o garçom e pedi um também para mim.

– Adivinha quem eu vi na Sala Velha – ela disse.

– Quem?

– Jonathan Winters.

– Ééé? Adivinha com quem conversei enquanto você estava lá.

– Uma de suas ex-putas.

– Não, não. Pior.

– Não tem nada pior que elas.

– Conversei com Harold Pheasant.

– O produtor?

– É, está ali naquela mesa do canto.

– Oh, estou *vendo*!

– Não, não olhe. Não acene. Beba seu drinque. Eu bebo o meu.

– Que diabos deu em você?

– Sabe, ele é o produtor que ia produzir o argumento que eu não escrevi.

– Eu sei.

– Quando você saiu ele veio conversar comigo.

– Já disse isso.

– Não aceitou nem um drinque.

– Então você fodeu tudo e não está nem bêbado.

– Espere. Ele queria falar de um filme que acaba de produzir.

– Como foi que você fodeu tudo?

– Eu não fodi nada. *Ele* fodeu.

– Claro. Conta pra mim.

Olhei no espelho. Gostava de mim mesmo, mas não no espelho. Não tinha aquela aparência. Acabei meu drinque.

– Acabe seu drinque – disse.

Ela acabou.

– Conta pra mim.

– É a segunda vez que você diz: “Conta pra mim”.

– Memória notável, e nem está bêbado ainda.

Fiz sinal para o garçom, tornei a pedir.

– Bem, Pheasant veio aqui e me falou do tal filme que produziu. É sobre um escritor que não sabia escrever mas ficou famoso porque parecia um peão de rodeio.

– Quem?

– Mack Derouac.

– E isso chateou você?

– Não, isso não importa. Estava ótimo, até ele me dizer o título do filme.

– Que era?

– Por favor, estou tentando varrer da minha cabeça. É absolutamente idiota.

– Diz pra mim.

– Tá legal...

O espelho ainda estava lá.

– Diz pra mim, diz pra mim, diz pra mim.

– Tudo bem: *O Voo do Destroço Peludo*.

– Eu gosto.

– Eu não gostei. E disse a ele. Ele se mandou. A gente perdeu o patrocinador.

– Você deve ir lá se desculpar.

– De jeito nenhum. Título horrendo.

– Você queria era que o filme fosse sobre *você*.

– *É isso aí*! Vou escrever um argumento sobre mim mesmo!

– Já tem o título?

– Já: *Moscas no Destroço Peludo*.

– Vamos sair daqui.

Com essa, saímos.

7

Devíamos encontrar Pinchot no saguão do Beverly Hills Cheshire às duas da tarde. Isso significava perder um dia de corridas, o que me chateava, mas Jon insistira. Tinha um cara lá que podia levantar dinheiro para financiar filmes. O tal cara, Jean-Paul Sanrah, não tinha dinheiro pessoalmente, mas isso não importava: diziam que ele podia masturbar uma estátua no parque e o dinheiro emanaria dos órgãos genitais. Sensacional. Suíte 530. Soava mais como hora de final de expediente.

Também zanzando pela suíte 530 andava Jon Luc-Modard, diretor de cinema francês. Pinchot disse que ele mais que gostava do que eu escrevia. Ótimo.

A querida Sarah viera junto, pro caso de eu precisar ajuda pra volta pra casa. Além disso, ela acreditava que na 530 haveria *starlets* de umbigos à mostra.

Chegamos lá, e já encontramos Jon no saguão, sentado numa grande poltrona de couro, à espreita de aberrações de feira e loucos. Ele nos viu e se levantou, inchando o peito. Apesar de ser um cara grandão, sempre gostava de parecer maior do que era.

Trocamos cumprimentos e o seguimos até o elevador.

– Como está saindo o argumento?

– Tomando forma.

– De que trata?

– Um bêbado. Montes de bêbados.

A porta do elevador se abriu. Era bacana ali dentro. Acolchoamento verde, material fofo verde escuro, e se a gente olhava o verde via pavões, muitíssimos pavões estampados. Até no teto.

– Classe – eu disse.

– Demais – disse Sarah.

Parou no número 5 e saímos. No tapete, mais verde fofo e mais pavões. Andávamos sobre pavões. E aí chegamos ao 530. Era uma grande e pesada porta preta, muito maior que as portas comuns, talvez duas vezes maior. Parecia mais o portão além de um fosso.

Jon bateu com uma aldrava de ferro em forma de busto de Balzac.

Nada.

Ele tornou a bater. Mais alto.

Esperamos.

Então a porta se abriu lentamente. Abriu-a um homenzinho quase da brancura de uma folha de papel.

– Henri-Leon! – disse Jon Pinchot.

– Jon! – disse Henri-Leon. E depois: – Por favor, entrem, todos vocês!

Entramos. Era espaçoso. E tudo de tamanho exagerado. Poltronas grandes, mesas grandes. Paredes extensas. Tetos altos. Mas a gente sentia um estranho cheiro de mofo. Apesar de toda a vastidão, dava uma sensação de túmulo.

Fomos todos apresentados.

O carinha branco como uma folha de papel era Henri-Leon Sanrah, irmão de Jean-Paul Sanrah, o arranjador de dinheiro. E lá estava Jon-Luc Modard. Muito calado, sem dizer nada. A gente tinha a impressão de que ele posava de gênio. Era pequeno, moreno, parecia ter feito mal a barba com um barbeador elétrico barato.

– Ah – disse-me Henri-Leon Sanrah –, você trouxe sua filha! Ouvi falar de sua filha, Reena!

– Não, não – eu disse. – Esta aqui é Sarah. É minha esposa.

– Tem bebidas na mesa. Muito vinho. E comida. Por favor, sirvam-se. Vou chamar Jean-Paul.

Com isso, Henri-Leon deixou a sala para o outro aposento, a fim de procurar Jean-Paul. E com isso Jon-Luc Modard virou-se, dirigiu-se para um canto escuro e postou-se lá, espreitando-nos. Fomos para a mesa.

– Abra o tinto – eu disse a Pinchot. – Abra vários tintos.

Pinchot entrou em ação com o saca-rolhas. Por toda parte viam-se comidas em bandejas de prata.

– Não coma a carne – disse Sarah. – Nem os bolos: têm açúcar demais.

Os deuses me haviam mandado Sarah para acrescentar dez anos à minha vida. Continuavam me impelindo para o cutelo, e no último instante levantavam minha cabeça do cepo. Muito estranhos, esses deuses. Agora me impeliam a escrever um argumento. Eu não tinha nenhum apetite para isso. Claro, sabia que se escrevesse seria um bom argumento. Não um grande argumento. Mas um bom argumento. Eu era um barato com as palavras.

Pinchot serviu o vinho. Erguemos nossas taças.

– Umm. Hummm – disse Sarah.

– Francês – disse Pinchot.

– Eu te perdoo – eu disse.

Enquanto bebíamos, eu podia ver o interior do outro aposento. A porta, estava encostada. E Henri-Leon tentava erguer um grande corpo que resistia na grande cama. O corpo recusava-se a levantar-se.

Vi Henri-Leon estender a mão para um balde e pegar um punhado de cubos de gelo. Duas mãos cheias. Comprimiu os cubos de ambos os lados do rosto e na testa. Abriu a camisa e esfregou o gelo no peito.

Mesmo assim, o corpo não se mexia.

E então, de repente, sentou-se e berrou:

– SEU FILHO DA PUTA, QUE FOI QUE VOCÊ FEZ? VOU TER DE ME DESCONGELAR!

– Jean-Paul, Jean-Paul... você tem... visitas...

– VISITAS? VISITAS? EU PRECISO TANTO DE VISITAS COMO UM CACHORRO DE PULGAS. VÁ

LÁ FORA E ENTUPA A BOCA DELES DE RÃS! MIJE EM CIMA DELES. QUEIME ELES!

– Jean-Paul, Jean-Paul... você tinha um compromisso... com Jon Pinchot e o argumentista dele...

– Tá legal... merda... Já saio já... Vou bater uma punheta primeiro... Não, não, eu espero... alguma coisa por que esperar...

Henri-Leon saiu e falou com a gente.

– Ele já vem. Tem estado sob uma pressão terrível. Pensou que a mulher ia deixar ele. Hoje cedo, chegou o cabograma de Paris: agora ela mudou de ideia. Foi um golpe mortal, como bois grandes sendo despedaçados por uma matilha de cachorros doidos.

Não soubemos o que dizer.

Então Jean-Paul apareceu cambaleando. Vestia calça branca com largas listras amarelas. Meias cor-de-rosa. Sem sapatos. O cabelo, todo em cachinhos castanhos, não precisava de pente. Mas a cabeça castanha tinha uma péssima aparência. Como se estivesse sendo tingida e não se decidisse sobre a cor. Ele usava apenas camiseta de baixo e coçava-se. Coçava-se o tempo todo. Ao contrário do irmão, era grande e rosado... não, vermelho, um vermelho que chamejava e morria, morria num instante até o branco do irmão, e depois tornava a chamejar, mais rubro que nunca.

Fizeram-se as apresentações.

– Ah, ah, ah – ele dizia.

Depois:

– Cadê Modard?

E olhou em volta e viu Modard no canto.

– Se escondendo de novo, hum? Porra, eu gostaria que ele fizesse alguma coisa *nova*.

De repente, Jean-Paul voltou-se e correu de volta ao quarto, batendo a porta.

Modard emitiu uma tossezinha de seu canto e servimos mais um pouco de vinho. Tudo realmente excelente. A vida era boa. Só se precisava, no mundinho deles, ser escritor, ou pintor, ou bailarino, e podia-se ficar por ali, sentado ou de pé, inspirando e expirando, bebendo vinho, fingindo saber que diabos acontecia.

Então Jean-Paul irrompeu de volta pela porta adentro. Achei que tinha machucado o ombro. Ele parou, apalpou o ombro, deixou-o para lá, coçou-se e investiu de novo em frente. Pôs-se a rodear a mesa num passo rápido e constante, berrando:

– TODOS NÓS TEMOS CU, CERTO? TEM ALGUÉM AQUI NESTA SALA QUE NÃO TENHA CU? SE TEM, QUE FALE LOGO, ESTÃO OUVINDO?

Jon Pinchot me enfiou o cotovelo nas costelas.

– Está vendo, é um gênio, está vendo?

Jean-Paul rodeava a mesa no mesmo passo rápido, berrando:

– TODOS NÓS TEMOS ESSA RACHA NAS COSTAS, CERTO? LÁ EMBAIXO, MAIS OU MENOS NO MEIO, CERTO? A MERDA ESPIRRA POR ALI, CERTO? OU PELO MENOS A GENTE ESPERA QUE ESPIRRE! É TIRAR A NOSSA MERDA, E ESTAREMOS MORTOS! PENSEM EM QUANTA MERDA A GENTE CAGA NUMA VIDA INTEIRA! A TERRA, NO MOMENTO, ABSORVE TODA ELA! MAS OS MARES E OS RIOS ESTÃO AMEAÇANDO SUAS PRÓPRIAS VIDAS ENGOLINDO NOSSA MERDA! NÓS SOMOS IMUNDOS, IMUNDOS, IMUNDOS! EU ODEIO TODOS NÓS. TODA VEZ QUE LIMPO A BUNDA, ODEIO A NÓS TODOS!

Parou, e pareceu ver Pinchot.

– Você quer dinheiro, certo?

Pinchot sorriu.

– Seu puto, vou te arranjar a porra desse dinheiro – disse Jean-Paul.

– Obrigado. Acabo de dizer ao Chinaski aqui que você é um gênio.

– Cala a boca!

Jean-Paul me olhou então.

– A melhor coisa em sua literatura é que excita o Institucional. E também os que precisam ser excitados. E o número deles chega a muitos milhões. Se conseguir permanecer puro em sua estupidez, talvez um dia receba um telefonema do inferno.

– Jean-Paul, esses a gente já recebe.

– É? Hum? Quem?

– Ex-namoradinhas.

– VOCÊ ME ENCHE O SACO! – ele gritou, e recomeçou a rodear a mesa, coçando-se.

Então, após um grande rodeio, correu para o quarto, bateu a porta e desapareceu.

– Meu irmão – disse Henri-Leon – não está se sentindo bem hoje. Está perturbado.

Eu estendi o braço e tornei a encher os copos.

Pinchot curvou-se para mim e sussurrou:

– Esta suíte, eles estão aqui há dias, comendo e bebendo, e não têm dinheiro pra pagar a conta...

– É mesmo?

– É paga por Frances Ford Lopalla. Ele acha Jean-Paul um gênio...

– Amor e Gênio são as duas palavras mais exploradas da língua – eu disse.

– Você também já começa a dizer bobagem – disse Sarah. – Já começa a ficar nojento.

Com isso, Jon-Luc Modard emergiu de seu canto. Aproximou-se de nós.

– Me deem a porra do vinho – disse.

Eu servi uma dose grande. Jon-Luc bebeu-a de vez. Servi outra.

– Li a merda que você escreve – ele disse. – O melhor dela é que é muito simples. Você sofreu danos no cérebro, não?

– Talvez. Perdi quase todo o sangue do corpo em 1957. Fiquei no porão de uma enfermaria de indigentes durante dois dias, até que um interno louco, com alguma consciência, me descobriu. Acho que perdi talvez um monte de coisas então, mais mentais que físicas.

– Essa é uma das histórias favoritas dele – disse Sarah. – Eu amo ele, mas vocês não fazem ideia de quantas vezes já tive de escutar essa história.

– Também amo você, Sarah – eu disse –, mas, de algum modo, contar histórias repetidas vezes parece tornar elas mais reais do que devem ter sido.

– Tá legal, Popsy, me desculpa – disse Sarah.

– Escute – disse Jon-Luc –, eu queria pedir a você que escrevesse os diálogos em inglês para as legendas de meu novo filme. Também quero usar uma cena de um de seus contos, onde um cara é chupado por baixo da mesa e continua trabalhando, atendendo o telefone e essa merda toda. Feito?

– Feito.

Depois, simplesmente aproximamos as cadeiras e continuamos a beber. E Jon-Luc começou a falar. Falava sem parar, olhando só para mim. A princípio me senti lisonjeado, mas depois de algum tempo nem tanto assim.

Jon-Luc continuava falando. Mostrava-se *dark* e bancava o gênio. Talvez fosse um gênio. Eu não queria ficar ressentido com isso. Mas já me haviam empurrado gênios durante todo o tempo de escola: Shakespeare, Tolstói, Ibsen, G. B. Shaw, Checov, todos esses chatos. E pior, Mark Twain, Hawthorne, as irmãs Brontë, Dreiser, Sinclair Lewis, tudo isso jogado em cima da gente como uma laje de cimento, a gente querendo sair e se mandar, pois todos pareciam pais estúpidos e densos, insistindo em regras e meios que fariam até os mortos se encolherem.

Jon-Luc simplesmente continuava falando. É só o que me lembro, a não ser, de vez em quando, minha boa Sarah dizendo:

– Hank, não deve beber tanto assim. Diminua a marcha. Não quero você morto pela manhã.

Mas Jon-Luc deitava e rolava.

Eu não mais entendia o que ele dizia. Via lábios movendo-se. O cara não era desagradável, apenas se encontrava ali. Precisando de uma barbeada. E a gente naquele estranho hotel de Beverly Hills, onde andava sobre pavões. Um mundo mágico. Eu gostava, porque nunca tinha visto nada assim antes. Sem sentido, perfeito e seguro.

O vinho jorrava e Jon-Luc não parava.

Caí em meu patético período de desligamento. Muitas vezes, diante de seres humanos bons e maus igualmente, meus sentidos simplesmente se desligam, se cansam, eu desisto. Sou educado. Balanço a cabeça. Finjo entender, porque não quero magoar ninguém. Este é o único ponto fraco que tem me levado à maioria das encrencas. Tentando ser bom com os outros, muitas vezes tenho a alma reduzida a uma espécie de pasta espiritual.

Deixa pra lá. Meu cérebro se tranca. Eu escuto. Eu respondo. E eles são broncos demais para perceber que não estou mais ali.

A bebida jorrava e Jon-Luc continuava falando. Tenho certeza de que disse muitas coisas espantosas. Eu me concentrava apenas nas sobrancelhas dele...

Na manhã seguinte, em minha casa, em minha cama e de Sarah, o telefone tocou por volta das onze da manhã.

– Alô.

Era Pinchot.

– Escuta, preciso te dizer uma coisa.

– Sim?

– Modard NÃO FALA NUNCA. Nunca houve NINGUÉM, NINGUÉM QUE FIZESSE ELE FALAR COMO VOCÊ FEZ! ELE FALOU DURANTE HORAS! TODO MUNDO FICOU PASMO.

– Oh, legal.

– VOCÊ NÃO COMPREENDE! ELE NÃO FALA NUNCA! E FALOU HORAS COM VOCÊ!

– Escuta, Jon, me desculpe, mas estou nauseado, preciso dormir.

– Tudo bem, mas preciso te dizer mais uma coisa.

– Manda.

– Sobre Jean-Paul Sanrah.

– Sim?

– Ele diz que eu tenho de sofrer, não sofri bastante, e quando tiver sofrido mais ele me arranja o dinheiro.

– Tudo bem.

– É um cara estranho, não é? Um verdadeiro gênio.

– É – eu respondi. – Acho que é.

Desliguei.

Sarah ainda dormia. Virei para meu lado direito, para a janela, porque às vezes roncava e queria dirigir o som para longe dela.

Acabava de cair naquela suave escuridão, naquele último repouso que nos é dado antes da morte, quando a gata favorita de Sarah, Beauty, deixou sua almofada especial ao lado da cabeça dela e passou por cima de meu rosto. Uma garra me arranhou a orelha esquerda, e ela saltou para o chão, atravessou o quarto e pulou para o parapeito da janela, aberta de frente para o leste. O rubro sol, erguendo-se, não me trouxe nenhum pensamento absorvente.

8

Nessa noite, sentado à máquina de escrever, servime dois drinques, bebi os dois, fumei três cigarros, ouvi a Terceira de Brahms no rádio, e então compreendi que precisava de alguma coisa para me ajudar a mergulhar no argumento. Disquei o número de Pinchot. Ele estava.

– Alô?

– Jon, é Hank.

– Hank, como vai?

– Ótimo. Escuta, eu aceito os dez.

– Mas você disse que um adiantamento pode atrapalhar seu processo de criação.

– Mudei de ideia. Não houve processo de criação.

– Quer dizer...?

– Quer dizer que já tenho a coisa na mente, mas ainda não pus no papel.

– Que tem em mente?

– É sobre um bêbado. Fica dia e noite sentado num banco de bar.

– Acha que alguém vai se interessar por um cara desses?

– Escuta, Jon, se eu fosse me preocupar com o que as pessoas se interessam, jamais escreveria coisa alguma.

– Tudo bem. Devo levar o cheque pra você?

– Não. Basta pôr no correio. Esta noite. Obrigado.

– Obrigado a você – disse Jon.

Encaminhei-me para a máquina de escrever e sentei-me. Funcionou imediatamente. Eu bati:

O BÊBADO DE ALMA AZUL E AMARELA

EXTERIOR/INTERIOR-DANDY'S BAR-DIA

A CÂMERA DÁ UMA PANORÂMICA DE CIMA: PASSA LENTAMENTE pela porta do bar e chega ao INTERIOR DO BAR.

UM JOVEM senta-se num tamborete junto ao balcão como se ali estivesse para toda a eternidade. Ergue o copo...

Eu mergulhara na coisa. A gente só precisa da primeira linha, depois tudo vem. Sempre fora assim, só se precisava de alguma coisa para pôr em andamento.

Aquele bar me voltou à memória. Lembrei-me de que a gente sentia cheiro do mictório onde quer que se sentasse. Era preciso um drinque imediato para combater aquilo. E para ir àquele mictório precisava-se de mais uns quatro ou cinco. E as pessoas daquele bar, os corpos, os rostos, as vozes, me voltavam agora. Eu estava lá de novo. Via de novo o chope naqueles copos finos de colarinho, a espuma branca olhando pra gente, borbulhando um pouco. O chope era verde, e após o primeiro gole, cerca de um quarto do copo, a gente inspirava, prendia a respiração, e estava dada a largada. O garçom da manhã era um cara bacana. O diálogo surgia e se fazia por si mesmo. Continuei batendo sem parar...

Então, o telefone tocou. Interurbano. Meu agente e tradutor da Alemanha, Karl Vossner. Ele adorava falar como achava que falavam os americanos incrementados.

– Ei, seu filho da puta, como vai indo?

– Tudo bem, Karl, ainda cavalgando seu próprio pau?

– Ééé, meu teto está coberto de placas de esperma seco.

– Bom garoto.

– Obrigado, *baby*. Aprendo tudo que é bom com você. Mas, *baby*, tenho boas novas. Quer ouvir, seu filho da puta?

– Oh, sim, sim, *baby*!

– Bem, além de assobiar *Dixie* com o cu, traduzi três de seus livros: poemas: *Os Piolhos da Danação*; contos: *Sonhos da Fossa*; e seu romance, *Incêndio na Estação Central*.

– Fico te devendo meu ovo esquerdo, Karl.

– Legal, mande por via aérea. Mas, *baby*, tem mais...

– Conta tudo pra mim.

– Bem, a gente teve uma feira do livro aqui no mês passado, e eu me encontrei com os seis maiores editores da Alemanha. E, deixe-me contar-lhe, eles estão na maior tesão pelo teu corpo.

– Meu corpo?

– O corpo da sua obra, você sabe. Sacou?

– Saquei, *baby*.

– Pus os seis grandes editores num quarto de hotel, servi cerveja, vinho, queijo e castanhas. Depois mandei fazerem lances pelo adiantamento sobre os três livros. Eles apenas sorriram e atacaram a bebida. Botei aqueles babacas na palma de sua mão. Contei umas piadas para relaxar o ambiente, e aí começou o leilão. Bem, pra resumir, Krumph deu o lance maior. Fiz o filho da puta assinar um contrato. Aí, tomamos uma juntos. Todos nós babacas enchemos a cara, especialmente Krumph. Portanto, faturamos essa. Estamos dentro.

– Você é do caralho, Karl. Qual é minha parte?

– *Baby*, deve chegar a uns 35 mil paus. Mando a você por telex dentro de uma semana.

– Cara, ó, cara, isso é mesmo *do caralho*!

– Melhor do que soprar vidro, seu filho da puta.

– E como, *baby*. Escuta, Karl, já ouviu esta? Qual é a diferença entre o cu de uma galinha e o de um coelho?

– Não sei, qual é?

– Pergunte ao Joãozinho.

– Saquei. É o máximo.

Com isso, encerrou-se a nossa conversa.

Num período de uma hora, eu estava 45 mil dólares mais rico. Trinta anos de fome e rejeição começavam a se mexer.

Voltei à máquina de escrever, me servi uma grande dose, emborquei, servi outra. Peguei três quartos de um charuto rançoso, acendi-o. A Quinta de Shostakovitch tocava no rádio. Bati na máquina:

O garçom, Luke, curva-se sobre o balcão, olhando o rapaz.

LUKE

Escuta, você fica dia e noite aí neste lugar. Só faz se sentar aí e mamar bebida.

RAPAZ

É.

LUKE

Legal, escuta, não quero ofender você nem nada, mas talvez essa merda não leve a parte alguma.

RAPAZ

Tá tudo bem, Luke, não se preocupe comigo. Só sirva.

LUKE

Claro, garoto. Mas não tem outra parte de você mesmo em algum lugar?

RAPAZ

Ei, Luke, já ouviu esta? Qual é a diferença entre o cu de uma galinha e o cu de um coelho?

LUKE

Não me venha com piadas, cara. Quero saber: não tem outra parte de você em algum lugar?

RAPAZ

Bem, merda. Acho que eu estava na sexta série. A professora pediu pra gente que escrevesse alguma coisa sobre a mais emocionante experiência que já tinha tido. E não me refiro à mudança pra Denver.

LUKE

Ééé.

RAPAZ

De qualquer modo, escrevi sobre uma rã que encontrei no jardim, com uma das pernas presa numa cerca de arame. Não podia se soltar. Eu tirei a perna dela da cerca, mas mesmo assim ela não podia se mover.

LUKE

(*bocejando*)

Ééé?

RAPAZ

Por isso eu peguei ela no colo e conversei com ela. Disse que eu também estava preso, que minha vida também tinha ficado presa em alguma coisa. Conversei com ela durante um longo tempo. Finalmente, a rã saltou do meu colo e saiu saltando pela grama afora, e desapareceu num matagal. E eu disse a mim mesmo que ela era a primeira coisa de que eu já sentira saudade em minha vida.

LUKE

É. E daí?

RAPAZ

Bem, eu achei que um dia poderia ser um escritor.

LUKE

(*curvando-se para a frente*)

Garoto, você é maluco!

Decidi que já era muito argumento escrito por uma noite. Fiquei apenas sentado à máquina de escrever, ouvindo a música do rádio. Não me lembro de ter ido para a cama. Mas de manhã estava lá.

9

Vin Marbad vinha altamente recomendado por Michael Huntington, meu fotógrafo oficial. Michael me fotografava constantemente, mas até então não houvera muitos pedidos desses trabalhos.

Marbad era consultor de impostos. Chegou uma noite com sua maleta, um homenzinho moreno. Eu já bebia tranquilamente há algumas horas, sentado com Sarah vendo um filme em minha velha TV preto e branco.

Ele bateu com rápida dignidade e eu o deixei entrar, apresentei-o a Sarah e servi-lhe vinho.

– Obrigado – ele disse, tomando um gole. – Você sabe que, aqui na América, se você não gasta dinheiro, eles tomam.

– Ééé? Que quer que eu faça?

– Dê uma entrada numa casa.

– Hum?

– Os pagamentos das hipotecas são dedutíveis do imposto de renda.

– Éeé, que mais?

– Compre um carro. É dedutível.

– Todo?

– Não, só um pouco. Deixa que eu cuido disso. O que a gente precisa é criar pra você algumas proteções contra os impostos. Veja aqui...

Vin Marbad abriu sua maleta e retirou muitas folhas de papel. Levantou-se e aproximou-se de mim com elas.

– Bens imóveis. Aqui, olhe, eu comprei um pouco de terra no Oregon. Isto é um cancelamento de imposto. Ainda tem alguns hectares à venda. Você pode entrar agora. Esperamos uma valorização de 25% cada ano. Em outras palavras, dentro de quatro anos seu dinheiro dobra...

– Não, não, por favor volte a sentar.

– Que é que há?

– Não quero comprar nada que eu não possa ver, não quero comprar nada que não possa alcançar e tocar.

– Está dizendo que não confia em mim?

– Eu acabo de conhecer você.

– Eu tenho recomendações em todo o mundo!

– Eu sempre confio em meu instinto.

Vin Marbad girou de volta ao sofá onde deixara seu casaco; enfiou-o e lançou-se para a porta com sua maleta, abriu-a, saiu e fechou-a.

– Você ofendeu ele – disse Sarah. – Ele só queria te mostrar algumas maneiras de economizar dinheiro.

– Eu tenho duas regras. Uma delas é: jamais confie num cara que fuma cachimbo. A outra: jamais confie num cara de sapato lustroso.

– Ele não fumava cachimbo.

– Bem, parece um fumador de cachimbo.

– Você ofendeu ele.

– Não se preocupe, ele vai voltar...

A porta escancarou-se, e lá estava Vin Marbad. Cruzou a sala apressado até seu lugar original no sofá, tornou a tirar o casaco, pôs a maleta a seus pés. Olhou-me.

– Michael me disse que você joga nos cavalinhos.

– Bem, ééé...

– Meu primeiro emprego, quando cheguei aqui, da Índia, foi no Hollywood Park. Era faxineiro lá. Sabe as vassouras que eles usam para varrer os bilhetes usados?

– Sei.

– Já notou como são largas?

– Já.

– Bem, isso foi ideia minha. As vassouras eram do tamanho normal. Eu desenhei a nova. Fui ao setor de Operações com ela e eles aproveitaram. Fui promovido pra Operações e venho subindo desde então.

Servi-lhe outra bebida. Ele tomou um gole.

– Escuta, você bebe quando escreve?

– Sim, um bocado.

– Isso é parte da sua inspiração. Vou fazer com que seja deduzido.

– Pode fazer isso?

– Claro. Sabe, fui eu que comecei a tornar dedutível a gasolina usada no automóvel. Foi ideia minha.

– Filho da puta – eu disse.

– Muito interessante – disse Sarah.

– Dou um jeito de você não pagar imposto nenhum e de modo legal.

– Parece ótimo.

– Michael Huntington não paga impostos. Pergunte pra ele.

– Acredito em você. Abaixo os impostos.

– Tudo bem, mas você tem de fazer o que eu digo. Primeiro, dê entrada numa casa, depois num carro. Dê a largada. Arranje um carro bom. Um novo BMW.

– Tudo bem.

– Em que máquina datilografa? Uma manual?

– É.

– Arranje uma elétrica. É dedutível.

– Eu não sei se consigo escrever numa elétrica.

– Você se acostuma em poucos dias.

– Quer dizer, não sei se consigo *criar* numa elétrica.

– Quer dizer que tem medo de mudar?

– É, ele tem – disse Sarah. – Veja os escritores do século passado, eles usavam penas de aves. Naquele tempo, ele teria se apegado a essas penas, teria lutado contra qualquer mudança.

– Penso muito em minha maldita alma.

– Você muda suas marcas de bebida, não muda? – perguntou Vin.

– Ééé...

– Tudo bem, então...

Vin ergueu sua taça, esvaziou-a.

Eu servi mais vinho a todos.

– O que a gente precisa é fazer de você uma Corporação, pra conseguir todas as vantagens dos impostos.

– Isso soa terrível.

– Eu disse a você, se não quer pagar imposto tem de fazer como eu digo.

– Eu só quero bater à máquina, não quero andar por aí carregando um fardo enorme.

– Você só tem de nomear um Conselho de Diretores, um Secretário, um Tesoureiro, e por aí além... É fácil.

– Soa horrível. Escuta, tudo isso soa como um monte de merda. Talvez eu me dê melhor simplesmente pagando os impostos. Não quero ninguém me enchendo o saco. Não quero o cara do imposto de renda batendo em minha porta à meia-noite. Pago até mais pra garantir que me deixem em paz.

– Isso é idiotice – disse Vin. – Ninguém deve *jamais* pagar impostos.

– Por que não dá uma chance a Vin? Ele só está querendo te ajudar – disse Sarah.

– Veja, eu mando pra você pelo correio os documentos da Corporação. É só ler e assinar. Vai ver que não tem nada a temer.

– Essa coisa toda, sabe, atrapalha. Estou trabalhando num argumento e preciso ter as ideias claras.

– Um argumento, hum? Sobre o que é?

– Um bêbado.

– Ah, você, hum?

– Bem, tem outros.

– Consegui fazer ele beber vinho agora – disse Sarah. – Estava quase morto quando conheci ele. Uísque, cerveja, vodca, gim, ale...

– Já sou consultor de Darby Evans há alguns anos. Você sabe, ele é argumentista.

– Eu não vou ao cinema.

– Ele escreveu *O Coelho que Saltou no Céu; Waffles com Lulu; Terror no Zoo*. Está fácil na casa dos seis dígitos. E é uma Corporação.

Não respondi.

– Não tem pago um vintém de imposto. E é tudo legal...

– Dê uma chance a Vin – disse Sarah.

Ergui minha taça.

– Tudo bem. Merda. A isso!

– Bom garoto – disse Vin.

Esvaziei meu copo e encontrei outra garrafa. Tirei a rolha e servi a todos.

Deixei minha mente ir na coisa; você é um operador esperto. É astuto. Por que pagar bombas que despedaçam crianças indefesas? Dirija um BMW. Tenha uma vista do porto. Vote nos republicanos.

Então me ocorreu outra ideia.

Não estará você se tornando o que sempre odiou?

E veio a resposta:

Merda, você não tem dinheiro de verdade mesmo. Por que não brincar com essa coisa de farra?

Continuamos bebendo, comemorando alguma coisa.

10

Assim, lá estava eu, com mais de 65 anos, procurando minha primeira casa. Lembro-me de que meu pai praticamente hipotecou sua vida inteira para comprar uma casa. Ele me disse: "Escute, eu vou pagar a vida inteira por uma casa, e quando eu morrer você ficará com essa casa, e durante a vida inteira você pagará por uma casa, e quando morrer deixará duas casas pra seu filho. Com isso são duas casas. Depois seu filho..."

Todo esse processo me parecia terrivelmente lento: casa por casa, morte por morte. Dez gerações, dez casas. Depois, bastaria uma só pessoa para perder todas elas no jogo ou queimar tudo com um fósforo e sair correndo pela rua abaixo com os bagos num balde de colher frutas.

Agora eu procurava uma casa que na verdade não queria, e ia escrever um argumento que na verdade não queria escrever. Começava a perder o controle e compreendia isso, mas parecia incapaz de inverter o processo.

A primeira corretora em que paramos foi em Santa Mônica. Chamava-se Imobiliária Século Vinte. Ora, isso é que era ser moderno.

– Posso ajudá-lo?

– Queremos comprar uma casa – eu disse.

O cara jovem apenas virou a cabeça para um lado e continuou desviando o olhar. Passou-se um minuto. Dois minutos.

– Vamos embora – eu disse a Sarah.

Voltamos ao carro e ligamos o motor.

– Que foi aquilo? – perguntou Sarah.

– Ele não queria fazer negócio com a gente. Deu uma avaliada e achou que éramos indigentes, sem valor. Achou que a gente ia desperdiçar o tempo dele.

– Mas não é verdade.

– Talvez não, mas a coisa toda me fez sentir como se eu estivesse coberto de lodo.

Eu dirigia o carro, mal sabendo aonde ia.

De alguma forma, aquilo doera. Claro, eu estava de ressaca e precisava de uma barbeada, e sempre usara roupas que de algum modo pareciam não me assentar bem, e talvez todos aqueles anos de pobreza me houvessem dado uma certa aparência. Mas não achava sensato julgar uma pessoa pela aparência externa daquele jeito. Eu preferiria muito mais julgar uma pessoa pelo jeito de ela agir e falar.

– Nossa – dei uma risada –, talvez ninguém nos venda uma casa.

– Aquele cara era um idiota – disse Sarah.

– A Imobiliária Século Vinte é uma das maiores redes do estado.

– O cara era um idiota – ela repetiu.

Eu ainda me sentia diminuído. Talvez *fosse* mesmo meio babaca. Só sabia bater à máquina – às vezes.

Passávamos por uma área de colinas.

– Onde estamos? – perguntei.

– Topanga Canyon – respondeu Sarah.

– Este lugar parece fodido.

– É legal, a não ser pelas inundações, incêndios e tipos neo-hippies fracassados.

Então eu vi o anúncio: PORTO DOS MACACOS. Era um bar. Encostei e saltamos. Havia um monte de motos na frente. Às vezes chamavam as motos de porcos.

Entramos. Estava cheio pra burro. Caras de blusão de couro. Caras usando echarpes imundas. Alguns tinham cicatrizes no rosto. Outros, barbas que não cresciam lá muito bem. A maioria de olhos azul-claro, redondos e apáticos. Sentavam-se muito quietos, como se estivessem ali há semanas.

Pegamos dois tamboretes.

– Duas cervejas – eu disse. – Qualquer coisa engarrafada.

O garçom afastou-se.

Vieram as cervejas e Sarah e eu tomamos uma golada.

Então percebi um rosto projetado para a frente ao longo do balcão, encarando a gente. Um rosto muito gordo, com um toque de imbecil. Era um jovem de cabelos e barba de um vermelho sujo, mas de sobrancelhas branquíssimas. O lábio inferior pendia como se um peso invisível o puxasse para baixo, retorcido, deixando ver o interior úmido e espumante.

– Chinaski – ele disse – filho da puta, é CHINASKI!

Eu fiz um pequeno aceno, depois olhei em frente.

– Um de meus leitores – disse a Sarah.

– Oh oh – ela disse.

– Chinaski – ouvi outra voz à direita.

– Chinaski – mais outra.

Um uísque surgiu à minha frente. Ergui-o.

– Obrigado, companheiros!

E emborquei-o.

– Vá com calma – disse Sarah. – Você se conhece. Não vamos sair daqui nunca.

O garçom trouxe outro uísque. Era um carinha com o rosto cheio de manchas vermelho escuro. Parecia mais mau do que qualquer outro ali dentro. Apenas ficava ali, me encarando.

– Chinaski – disse –, o maior escritor do mundo.

– Se você insiste – eu disse, e ergui o copo de uísque.

Depois passei-o para Sarah, que o emborcou.

Ela tossiu um pouco e depositou o copo.

– Só bebi esse pra salvar você.

Um pequeno grupo se formava aos poucos atrás da gente.

– Chinaski. Chinaski. Filho da puta... Li todos os seus livros. TODOS OS SEUS LIVROS!... Posso te dar um pontapé na bunda, Chinaski... Escuta, Chinaski, seu pau ainda sobe? Chinaski, Chinaski, posso ler um de meus poemas pra você?

Paguei ao garçom, descemos dos tamboretes e nos dirigimos para a porta. Tornei a notar os blusões de couro, a *suavidade* dos rostos e a sensação de que não havia muita alegria ou audácia em nenhum deles. Faltava totalmente alguma coisa nos pobres sujeitos, e alguma coisa em mim doeu, apenas por um instante, e senti vontade de abraçá-los, consolá-los e beijá-los como um Dostoiévski, mas sabia que isso no fim não levaria a nada, a não ser ao ridículo e à humilhação, para mim mesmo e para eles. De algum modo, o mundo tinha ido longe demais, e a bondade espontânea jamais poderia ser tão fácil. Era algo por que teríamos de tornar a batalhar.

Eles nos seguiram até o lado de fora.

– Chinaski, Chinaski... Quem é sua bela dama? Você não merece ela, cara!... Entre, Chinaski, fique e beba com a gente! Seja legal, vá! Seja como sua literatura, Chinaski! Não seja um chato!

Tinham razão, é claro. Entramos no carro, liguei o motor e passamos devagar por entre eles, que se amontoavam à nossa volta, cedendo aos poucos, alguns jogando beijos, outros me mostrando o dedão, uns poucos batendo nas janelas. Atravessamos.

Chegamos à estrada e fomos em frente.

– Então – disse Sarah –, aqueles são os seus leitores?

– A maioria deles, creio.

– Será que ninguém inteligente lê você?

– Espero que sim.

Continuamos rodando sem dizer nada. Depois Sarah perguntou:

– Em que está pensando?

– Dennis Body.

– Dennis Body? Quem é?

– Era meu único amigo na escola primária. Imagino o que terá acontecido com ele.

11

Enquanto rodávamos, eu avistei: Imóveis Arco-Íris.

Encostei na frente. O estacionamento não era asfaltado, e havia grandes buracos e calombos por toda parte. Localizei a superfície mais plana e estacionei. Saltamos e nos dirigimos ao escritório. Na porta aberta, deitava-se um gordo e sujo frango branco. Afastei-o com o pé. Ele se levantou, emitiu um pouco de matéria e entrou no escritório, encontrou um lugar num canto e tornou a deitar-se.

Uma dona sentava-se à mesa, quarentona, magra, cabelos escorridos cor de barro, enfeitados com uma flor de papel vermelha. Tomava uma cerveja e fumava um Pall Mall.

– Merda, como vão? – cumprimentou-nos. – Procurando casa por aqui?

– Pode-se dizer – respondi.

– Bem, *diga* então! Ha, ha, ha.

Ela matou sua cerveja e me entregou um cartão:

IMÓVEIS ARCO-ÍRIS
Eu tenho de fato o que você precisa.

LILA GANT,
a seu dispor

Lila levantou-se.

– Me acompanhem.

Não fechou o escritório. Entrou em seu carro. Era um Comet 62. Eu sabia porque tinha tido um. Na verdade, parecia o mesmo que eu vendera como sucata.

Nós a seguimos por uma tortuosa estrada rural, de terra. Dirigimos por alguns minutos. Notei a ausência de postes de luz. Também havia profundos desfiladeiros de ambos os lados da estrada. Fiz uma anotação mental de que dirigir por ali à noite, com alguns drinques na cuca, podia ser arriscado.

Finalmente, paramos na frente de uma casa de madeira sem pintura. Bem, fora pintada um dia, há muito tempo atrás, mas o tempo raspara quase toda a tinta, que já de início era um branco de titica de galinha. A casa parecia pender para a frente e para a esquerda – para a nossa esquerda, ao saltarmos do carro. Era uma casa grande, parecia acolhedora, terra a terra.

Tudo aquilo, eu pensava, porque eu aceitara um adiantamento para escrever um argumento e porque tinha um consultor de impostos.

Subimos para a varanda e as tábuas, é claro, cediam sob o nosso peso. Eu pesava cento e quatorze quilos, a maior parte gordura, em vez de músculo. Meus dias de batalha haviam passado. E pensar que outrora pesara setenta e dois quilos, numa estrutura de um metro e noventa: os grandiosos velhos tempos de fome, quando eu escrevia o material da pesada.

Lila bateu na porta da frente.

– Darlene, querida? Está decente? É melhor estar, porque nossos caras estão chegando. Tenho um pessoal aqui que quer ver seu castelo! Ha, ha, ha.

Lila empurrou a porta e entramos.

Estava escuro ali dentro, e cheirava como se houvesse um peru queimando no forno. Tinha-se também a sensação de escuras criaturas aladas voando em torno. Uma lâmpada pendia de um fio. A capa de isolamento descascara e via-se o arame exposto. Senti algo como um vento frio na nuca. Mas compreendi que era apenas um ataque de medo. Afastei essa ideia pensando: esta casa tem de ser realmente barata.

Darlene emergiu das sombras. Boca grande embatonzada. Cabelos para todos os lados. Olhos esguichando bondade para disfarçar anos de estragos. Era gorda, metida num blue jeans e numa blusa florida desbotada. Dois brincos, parecendo globos oculares, pendiam balançando um pouco, as íris azuis. Ela segurava um charo. Lançou-se para nós.

– Lila, sua velhaca! Qualé?

Lila pegou o charo de Darlene, tirou um tapa e devolveu-o.

– Como vai o idiota do seu irmão perneta, Willy?

– Oh, merda, acaba de entrar em cana. Está se cagando de medo que enrabem ele.

– Não se preocupe, querida, ele é feio demais.

– Acha mesmo?

– Mesmo.

– Espero!

Fomos todos apresentados. Fez-se silêncio. Ficamos ali parados, como se houvéssemos perdido toda capacidade de pensar, de saber o que queríamos. Eu até gostei. Pensei: bem, está tudo bem, posso ficar aqui parado tanto tempo quanto qualquer outro. Concentrei-me no arame retorcido do fio da lâmpada.

Entrou um homem alto e magro. Encaminhou-se para nós, movendo uma perna dura após a outra. Punha uma perna para a frente e depois seguia-a decididamente com a outra. Parecia um cego sem bengala. Aproximava-se de nós. O rosto era uma maçaroca de barba, e os cabelos retorcidos e embaraçados. Mas tinha belos olhos, de um verde muito escuro. Olhos de esmeralda. O babaca valia alguma coisa. E tinha um *grande sorriso*. Chegou mais perto. Parou e continuou *sorrindo, sorrindo*.

– Este é meu marido – disse Darlene –, Double Quartet.

Ele balançou a cabeça. Nós correspondemos.

Lila curvou-se para mim e sussurrou:

– Os dois deviam estar no cinema.

Sarah já se cansava do tempo que tudo aquilo lhe tomava.

– Bem, vamos dar uma olhada na casa!

– Ora, *claro*, querida, mexam esse rabo daí e venham atrás de mim...

Seguimos Lila até o outro aposento, e ao fazermos isso olhei para trás. Vi Double Quartet pegar o charo de Darlene e tirar um tapa.

Nossa, tinha uns olhos sensacionais; os olhos são realmente o reflexo da alma. Mas, porra, aquele *enorme sorriso* estragava tudo.

Estávamos evidentemente na sala de jantar ou da frente. Não havia móveis. Numa das paredes, haviam pregado um colchão d'água, no qual estava escrito com tinta vermelha:

A ARANHA CANTA SÓ

– Vejam isso – dizia Lila –, vejam esse quintal. *Bela terra*!

Olhamos pela janela. O quintal era como a estrada, só que mais; grandes buracos, montes de terra e pedras. E ali fora, sozinha, de pé, via-se uma solitária privada jogada fora. Sem tampa.

– Legal – eu disse –, meio esquisito.

– Esse pessoal aqui é ARTISTA – disse nossa corretora.

Recuamos da janela. Toquei a cortina que a cobria. Onde eu a tocava, caía um pedaço.

– Esse pessoal aí é muito *profundo* – dizia Lila. – Não liga pras *coisas comuns*, vocês sabem.

Subimos para o andar de cima e a escada era sólida, estranhamente sólida. Era boa e firme, e me senti um pouco melhor então, subindo ali.

No quarto de dormir havia apenas uma cama d'água, mas cheia. Eu me sentei no canto oposto dela, sozinho comigo mesmo. Coisa estranha: havia um grande calombo de um lado. Dava a impressão de uma explosão iminente.

O banheiro tinha ladrilhos, mas o piso ficara tanto tempo sem ser lavado que eles quase haviam desaparecido sob a crosta de sujeira e pegadas.

A privada tinha uma crosta marrom, eterna. Não havia como mudar aquilo. Crosta sobre crosta sobre crosta sobre crosta. Era pior do que qualquer privada que eu já vira em qualquer espelunca, em qualquer bar onde já estivera, e comecei a sufocar à lembrança de todos aqueles cagadores e à ideia daquele ali. Saí por um momento, me refiz, inspirei, me decidi a não pensar mais em nada daquilo e tornei a entrar no banheiro.

– Desculpe – disse.

Lila entendeu.

– Merda, desculpa – disse. – Está tudo bem...

Não olhei o *interior* da banheira, mas notei que alguém rabiscara com tintas de várias cores na parede acima dela:

SE TIM LEARY NÃO É DEUS,
ENTÃO DEUS ESTÁ MORTO.

MEU PAI MORREU NA BRIGADA
ABRAHAM LINCOLN E O DIABO
TEM XOXOTA

CHARLES LINDBERG
CHUPAVA PAU

Havia algumas outras mensagens pintadas aqui e ali, mas estavam borradas e truncadas e difíceis de ler.

– Vou deixar vocês andarem por aí, vocês sabem, pra sentir. Comprar uma casa é uma coisa que mexe com a cuca. Não quero apressar vocês.

Lila saiu. Ouvimo-la descer a escada. Sarah e eu saímos para o corredor. Pendurado próximo a nós, de uma corda desfiada, via-se um velho bule enferrujado.

– Oh, meu deus – disse Sarah de repente –, meu deus!

– Que foi?

– Já vi fotos desta casa antes! Me lembro agora! Eu *achava* que parecia conhecida!

– Quê? Que é?

– Esta é uma das casas onde *Charles Manson* matou alguém!

– Tem certeza?

– Sim, sim!

Descemos a escada. Eles esperavam a gente lá embaixo: Lila, Darlene e Double Quartet.

– Bem – perguntou Lila –, que acham?

– Tenho seu cartão e seu telefone – eu disse. – A gente entra em contato.

– Se vocês são artistas – disse Darlene – a gente faz um abatimento no preço. Nós gostamos de artistas. Vocês são artistas?

– Não – eu disse. – Bem, pelo menos eu, não.

– Posso mostrar outras casas a vocês – disse Lila.

– Não, não – disse Sarah –, já vimos bastante por hoje. Precisamos descansar.

Tivemos de sair empurrando-os, e o tempo todo Double Quartet *sorria, sorria...*

12

Em casa, esperavam-me dois envelopes. Enquanto Sarah pegava uma garrafa de vinho, eu abria um dos envelopes. Era uma espécie de manuscrito, acompanhado de um bilhete:

Chinaski! Tome vergonha! Você foi outrora um grande escritor! Agora suga! Você se vendeu! Minha avó escreve merda melhor que você! Enfiou a cabeça no cu por muito tempo! Mandei meu material pro seu editor e ele me mandou uma carta dizendo: "Obrigado pelo oferecimento, mas estamos sobrecarregados". O puto, eu sobrecarrego o olho do cu dele. Ele come merda no desjejum!

Os grandes poetas são ignorados. Têm medo dos grandes poetas! Você foi outrora um grande poeta, mas agora é apenas um band-aid cobrindo uma ferida purulenta. Você engole seu cachorro-quente sob um céu de vômito! Vendeu os bagos ao açougueiro! Matou o bebê do seu amor! Você fede a macaco. Para todo o sempre e sempre!

Envio junto um pouco de meus últimos trabalhos...

Assinava o seu nome com um traço ousado para a direita, fazendo uma longa linha curva após a última letra do nome, e abaixo o que parecia o desenho de um rosto.

Era um envelope cheio de poemas, nenhum deles datilografado. Escritos às pressas com tinta azul em papel amarelo de finas linhas azuis.

Sarah trouxe a garrafa de vinho e o saca-rolhas, abriu-a ela mesma e serviu dois copos.

– Charles Manson – disse. – Não admira que quisessem alugar a casa tão barato.

– Estou feliz por você ter se lembrado das fotos.

Sarah abriu o *Herald Examiner* e eu comecei a ler o primeiro poema:

O POETA

matam o poeta
queimam o poeta
ignoram o poeta
odeiam o poeta

mas a lua conhece
o poeta
e as prostitutas
conhecem
a agonia do
poeta
e dão a ele
de graça
lambem os pelos
de seus bagos
em santa prece

o poeta não
morrerá

mesmo na morte

ele fica dentro da
lua
e mostra o dedão
para o
universo!

O POETA EM AÇÃO

chupo as tetas de morango
dela.
chupo os pelos do
cu dela.
sugo os fluidos de baunilha
do gozo dela.
de madrugada ela chupa os
dedos de meus pés.
espirro pelo
cu.
ela ri.
nós
dormimos.

Não me senti inclinado a ler o resto do manuscrito. Sabia sobre o que seriam os poemas restantes: O POETA.

Sarah ergueu os olhos da leitura do *Herald Examiner*.

– Te mandaram mais poemas pra ler?

– É, acontece três ou quatro vezes por ano.

– Você não é editor. Por que fazem isso?

– É uma relação de amor-ódio que têm comigo.

– Que tal os poemas dele?

– Ele não é tão bom quanto acha que é, mas também a maioria de nós se acha assim.

– Você recebe poemas de mulheres também, certo?

– Ééé. Alguns com fotos de nus e convites. Pensam que eu posso fazer publicar os troços delas. Ou querem uma frase para a capa de alguma edição particular.

– Putas sujas!

– Certo!

Tocamos nossos copos, esvaziamo-los e servimos mais dois.

Abri o outro envelope. Era de Vin Marbad.

ARTIGOS DE INCORPORAÇÃO...

Comecei a ler. Jargão de advogado de corporação. Tentei desmontar aquilo em inglês comum, e uma parte que detestei de saída dizia:

Se o presidente da Corporação for julgado insano por um psiquiatra indicado por tribunal, os outros membros da dita Corporação podem, por um voto majoritário, dividir todos os bens da dita Corporação igualmente entre si.

Peguei a caneta e risquei esse trecho com grossas linhas pretas. Depois servi outro drinque, após esvaziar meu copo, e continuei lendo:

Se o Presidente da dita Corporação for julgado incapaz de exercer suas funções devido ao uso de drogas ou bebidas embriagantes, ou se for julgado sexualmente superativo em prejuízo do bem comum da Sociedade ou da Corporação, então, após um voto majoritário dos ditos membros, o Presidente da dita Corporação será colocado num papel de menor autoridade e todos os bens da dita Corporação serão divididos igualmente entre os membros restantes.

Peguei a caneta e marquei fortemente esse trecho. Depois, li mais:

Se o Presidente da Corporação for julgado senil..

Risquei esse trecho.

Se o Presidente da Corporação for viciado em jogo...

Riscado.

O Presidente da Corporação tem direito a um voto igual ao de cada membro, todos os votos valendo o mesmo...

Riscado.

Continuei lendo. Era horrorizante, parecia bárbaro. Aterrorizante. Cortei trecho após trecho. Deviam ser umas dezessete ou dezoito páginas. Quando acabei, as páginas eram um monte de linhas pretas.

Sarah trouxe outra garrafa. Afastei as páginas da minha frente.

– Deus Todo-poderoso, Deus Todo-poderoso, isso me enoja! É uma coisa miserável e digna de pena! Não posso acreditar!

– Não assine essa merda então – disse Sarah.

– Jamais – eu disse.

Encontrei um pedaço de papel e escrevi:

"Vin:

"Não posso fazer isso. É um pesadelo no inferno!"

Depois enfiei tudo no envelope selado para devolução e afastei-o para enviá-lo depois.

– Foi um longo dia – disse Sarah.

– E Charles Manson não é o único assassino – acrescentei.

– Sabe – ela disse –, ele os matou diretamente. Os outros fazem isso à distância, e raramente são apanhados.

– Vamos beber um pouco – eu disse – e nos reajustar à nossa própria realidade.

– Vamos beber até o sol nascer.

– Mesmo?

– Claro, por que não?

– Estamos aí – eu disse, já me sentindo muito melhor.

13

A casa onde eu morava nessa época tinha algumas qualidades. Uma das mais bacanas era o quarto, pintado de um azul muito escuro. Esse azul muito escuro oferecia um abrigo para muitas ressacas, algumas delas suficientemente brutais para matar um homem, sobretudo numa época em que eu engolia as pílulas que as pessoas me davam sem me preocupar em perguntar o que eram. Algumas noites eu sabia que, se adormecesse, morreria. Ficava dando voltas sozinho a noite toda, do quarto ao banheiro e do banheiro à cozinha, passando pela sala da frente. Abria e fechava a geladeira, repetidas vezes. Abria e fechava as torneiras. Ia ao banheiro e abria e fechava as torneiras. Dava descargas na privada. Puxava as orelhas. Inspirava e expirava. Depois, quando o sol saía, eu sabia que estava salvo. Aí dormia com as paredes azuis azuis azuis, curando-me.

Outra característica da casa eram as batidas na porta, de mulheres desagradáveis, às três ou quatro horas da manhã. Certamente não eram damas de grande encanto, mas tendo uma mente meio idiota eu achava que de algum modo elas me traziam a aventura. A verdade mesmo é que a maioria delas não tinha outro lugar para ir. E gostavam do fato de que havia bebida e de que eu não fazia muita força pra ir pra cama com elas.

Evidentemente, depois que conheci Sarah, essa parte do meu estilo de vida mudou bastante.

Aquele bairro, nos arredores da Carlton Way, perto da Avenida Western, também mudava. Antes era quase todo de classe média branca, mas os problemas políticos na América Central e em outras partes do mundo haviam trazido um outro tipo de indivíduo para a área. Os homens eram geralmente baixos, escuros ou morenos claros, geralmente jovens. Havia esposas, filhos, irmãos, primos, amigos. Começaram a inundar os apartamentos e pátios. Viviam muitos num mesmo apartamento, e eu era um dos poucos brancos que restavam no complexo em torno do pátio.

As crianças corriam de um lado para outro, subiam e desciam a ajardinada alamedazinha do pátio. Pareciam todas entre os dois e os sete anos. Não tinham bicicletas nem brinquedos. Raramente se viam as esposas. Ficavam dentro de casa, escondidas. Muitos dos homens também permaneciam trancados. Não era bom deixar o senhorio saber quantas pessoas moravam numa única unidade. Os únicos homens que se viam eram os inquilinos legais. Pelo menos eles pagavam os aluguéis. Como sobreviviam, não se sabia. Os homens eram pequenos, magros, calados, sérios. A maioria sentava-se de camiseta nos degraus das varandas, um pouco caídos para a frente, uma vez ou outra fumando cigarros. Sentavam-se nos degraus das varandas durante horas, imóveis. Às vezes compravam carros muito velhos em sucatas e os dirigiam *devagar* pelo bairro. Não tinham seguro para o carro nem carteira de motorista, e rodavam com placas vencidas. A maioria dos carros tinha freios ruins. Os homens quase nunca paravam no sinal da esquina, e muitas vezes não respeitavam o sinal vermelho, mas havia poucos acidentes. Alguma coisa cuidava deles.

Após um tempo, os carros quebravam mas meus novos vizinhos não os abandonavam na rua. Faziam-nos subir as alamedas e os estacionavam diante de suas portas. Primeiro trabalhavam no motor. Tiravam o capô, e o motor enferrujava-se na chuva. Depois punham o carro sobre cepos e tiravam as rodas. Levavam-nas para dentro de casa e as mantinham lá, para que não as roubassem durante a noite.

Quando eu vivia lá, havia duas filas de carros no pátio, assentados em cepos. Os homens sentavam-se imóveis em suas varandas, de camiseta. Às vezes eu balançava a cabeça ou acenava para eles. Jamais retribuíam. Aparentemente, não compreendiam nem liam os avisos de despejo que arrancavam, mas eu os via examinando o jornais de L.A.

Eram estoicos e resistentes porque, comparadas com o lugar de onde vinham, as coisas agora eram fáceis.

Bem, deixa pra lá. Meu consultor de impostos sugerira que eu comprasse uma casa, e assim, para mim, não se tratava na verdade de uma "fuga branca" diante dos invasores. Embora, quem sabe? Eu notara que, toda vez que me mudara em Los Angeles, no correr dos anos, toda mudança fora sempre para o Norte ou o Oeste.

Finalmente, após algumas semanas de busca de casa, encontramos a certa. Após a entrada, as prestações mensais chegavam a 789,81 dólares. Tinha uma enorme sebe na frente, na rua, e o pátio também ficava na frente, de modo que a casa ficava recuada no terreno. Parecia um lugar danado de bom pra gente se esconder. Tinha até uma escada, um *andar de cima* com um quarto, banheiro e o que iria se tornar minha sala de trabalho. E haviam deixado lá uma mesa velha, uma coisa enorme, feia e velha. Agora, décadas depois, eu era um escritor que tinha uma mesa. Sim, senti o temor, o temor de me tornar igual a *eles*. Pior, eu tinha uma encomenda para escrever um argumento. Estaria condenado e amaldiçoado, estaria para ser sugado até o fim? Não achava que seria assim. Mas será que alguém acha, algum dia?

Sarah e eu transferimos nossos poucos bens para lá.

O grande momento chegou. Pus a máquina de escrever em cima da mesa, encaixei uma folha de papel e bati nas teclas. A máquina ainda funcionava. E havia bastante espaço para um cinzeiro, o rádio e a garrafa. Não deixem ninguém convencê-los de outra coisa. A vida começa aos 65.

14

Na Marina del Rey, a coisa estava ficando preta. Como transporte, Jon Pinchot dirigia um Pontiac 1968 conversível verde, e François Racine um Ford 1958 marrom. Também tinham duas motos Kawazaki, uma 750 e uma 1000.

Wenner Zergog tomara emprestado o Ford 1958 e, dirigindo-o sem água no radiador, fundira o motor.

– Ele é um gênio – disse-me Jon. – Não sabe muito dessas coisas.

As motos foram as primeiras a ser torradas. O 1958 era usado para viagens mais curtas.

Então François Racine se mandou para a França. Jon vendeu o Ford 1958.

E aí, é claro, chegou o dia em que o telefone tocou e era Jon.

– Preciso me mudar. Vão derrubar este prédio e construir um hotel ou alguma coisa assim. Merda, não sei pra onde ir. Gostaria de ficar na cidade e negociar seu argumento. Como está indo essa coisa?

– Oh, está saindo...

– Estou perto de um acordo. E se não der certo, tem um cara no Canadá. Mas preciso me mudar. Os tratores já estão a caminho.

– Escute, Jon, você pode ficar em nossa casa. Temos um quarto no térreo.

– Está falando sério?

– Claro...

– Eu fico fora a maior parte do tempo. Vocês nem vão saber que estou aí.

– Ainda tem o Pontiac 1968?

– Tenho...

– Então ponha suas coisas nele e venha pra cá...

Desci e falei a Sarah.

– Jon vai se mudar pra cá por uns tempos.

– Quê?

– Jon Pinchot. Vão derrubar a casa dele. Vai ficar aqui por uns tempos.

– Hank, você sabe que não suporta viver com ninguém. Isso vai deixar você maluco.

– Vai ser só por uns tempos...

– Você vai estar lá em cima batendo na máquina e ele aqui embaixo ouvindo. Não vai dar certo.

– Eu faço com que dê. Jon me pagou pra escrever esse troço.

– Boa sorte – ela disse, deu as costas e foi para a cozinha.

As primeiras duas noites não foram ruins: Jon, Sarah e eu simplesmente bebemos e conversamos. Jon contou algumas histórias, a maioria sobre problemas com atores e o que tinha de fazer para que atuassem. Tinha um cara que, no meio de uma filmagem, de repente se recusou a falar. Ensaiava as cenas mas não dizia nada. Exigia que uma determinada cena fosse rodada a seu modo. Estavam no meio de uma selva em algum lugar, o tempo e o dinheiro acabando. Finalmente Jon disse ao ator: "Merda, faça como quiser!". E o ator fez a cena como queria, com diálogo. Só não sabia que não tinha filme na câmera. Depois disso, não houve mais problema.

Foi na segunda noite que o vinho realmente rolou. Eu falei um pouco, sobretudo repetições de histórias, material que já tinha escrito muito tempo atrás. Já era madrugada, quando Jon disse:

– Giselle se apaixonou por um diretor que só tinha um bago...

Giselle era sua namorada em Paris.

– Sinto muito – eu disse.

– Só que é pior agora. Câncer. Cortaram o outro bago também. Ela está muito perturbada.

– Não há dúvida de que parece azar.

– É, é, eu escrevo pra ela, telefono pra ela... faço tudo que posso pra ajudar. E estão no meio de uma filmagem...

(Tudo sempre acontecia no meio de uma filmagem.)

Giselle era uma atriz famosa na França. Dividia um apartamento com Jon em Paris.

Tentamos animá-lo sobre o azar da namorada. Ele descascou um longo charuto, lambeu-o, cortou o bico com os dentes, acendeu-o, inalou e exalou a primeira coluna de exótica fumaça.

– Sabe, Hank, eu sempre soube que você ia escrever um argumento pra mim. Tem coisas que a gente sabe instintivamente. Eu sei disso há muito tempo. E andava buscando o dinheiro pra isso há muito tempo, muito antes de fazer contato com você.

– Talvez eu escreva um argumento muito ruim.

– Não vai escrever. Já li tudo que você escreveu.

– Isso foi antes. Na profissão de escritor existem mais já-eras do que qualquer outra coisa.

– Isso não se aplica a você.

– Acho que ele tem razão, Hank – disse Sarah. – Você é simplesmente um escritor nato.

– Mas um *argumento*! Merda, é como se eu usasse patins de rodas e você me pusesse numa pista de gelo!

– Vai conseguir. Sei que vai, soube que ia quando eu estava na Rússia.

– Rússia?

– É, antes de conhecer você eu fui à Rússia procurar dinheiro pra produzir seu futuro argumento.

– Do qual eu não sabia ainda.

– Exatamente. Só eu sabia. De qualquer modo, soube por uma fonte digna de crédito que uma dona na Rússia tinha 80 milhões de dólares num banco suíço.

– Isso parece um *thriller* barato de TV.

– É, eu sei. Mas eu verifiquei. Tenho fontes muito boas pra esse tipo de coisa. Não posso falar muito sobre elas.

– Não queremos saber – disse Sarah.

– Assim, encontrei o endereço da dona. E teve início o longo e lento processo. Comecei a escrever cartas à dona...

– Que foi que fez? – perguntou Sarah. – Juntou fotos de nu frontal?

– Ou nus anais? – perguntei.

– A princípio, não. A princípio as cartas eram bastante formais. Disse que tinha encontrado o endereço dela do modo mais estranho, anotado num minúsculo pedaço de papel dentro de uma caixa de sapatos num toalete de Paris. Sugeri que talvez fosse destino. Oh, vocês não fazem ideia de como trabalhei duro nessas cartas!

– Você faria tudo isso pra arranjar dinheiro pra produzir um filme?

– Mais que isso!

– Mataria?

– Por favor, não me pergunte isso. De qualquer modo, enviei uma carta atrás da outra, mudando aos poucos pra cartas de amor.

– Eu não sabia que você sabia russo – disse Sarah.

– Eu escrevia as cartas em francês. A dona tinha uma intérprete. A dona respondia em russo e meu intérprete botava em francês.

– Não usariam isso nem num *thriller* barato de TV – eu disse.

– Eu sei. Mas eu pensava nos 80 milhões dela naquela conta suíça, e minhas cartas pra ela iam se tornando cada vez melhores. Cartas de amor. Amor em chamas.

– Beba mais um pouco de vinho – eu disse, tornando a encher o copo dele.

– Bem, ela terminou me pedindo que fosse visitá-la. E de repente, sem mais aquela, lá estava eu nas neves de Moscou.

– As neves de Moscou...

– Arranjei um quarto que acho que estava grampeado pela KGB. Acho que tinha grampo até no toalete. Eles ouviam até o meu cocô caindo...

– Acho que também estou ouvindo...

– Não, não, me escute... Finalmente, marquei um encontro pra ver a dona. Fui à casa dela, bati. A porta se abriu e lá estava aquela garota *belíssima*! Eu jamais vira uma garota tão *bela*!

– Ah, deus, Jon, *por favor*...

– Só que não era a dona, era a intérprete!

– Jon – perguntou Sarah –, que é que você está tomando além desse vinho?

– Nada! Nada! *É* verdade! Entrei na sala e lá estava o trapo velho sentado, toda de negro. Não tinha dentes, mas muitas verrugas. Eu me adiantei, me curvei, tomei a mão dela, fechei os olhos e beijei-a. A intérprete se sentou numa cadeira, nos observando. Eu me virei pra ela.

– "Eu gostaria de ficar sozinho com *você*", eu disse.

Ela falou com a velha. Depois se virou pra mim e disse: "Metra deseja ficar a sós com você. Mas numa igreja. Metra é muito religiosa."

– "Acho que estou apaixonado por você", eu disse à intérprete. Ela falou com a velha. A velha respondeu. Então a intérprete se virou pra mim: "Metra disse que o amor é possível, mas primeiro quer que você vá à igreja com ela".

Eu fiz que sim com a cabeça e a velha se levantou lentamente de sua cadeira, e deixamos a sala juntos, deixando a bela jovem pra trás...

– Essa coisa fodida podia ganhar um Prêmio da Academia – eu disse.

– Por favor, lembre-se de que eu estava tentando conseguir o dinheiro pro seu futuro argumento.

– Sim, por favor, prossiga, Jon. Conte o resto...

– Pois bem, chegamos à igreja. Ajoelhamos nos bancos. Não sou religioso. Ficamos algum tempo ali ajoelhados em silêncio. Então ela tocou em mim. Nos levantamos e fomos até um altar cheio de velas. Algumas estavam acesas. Muitas não estavam. Ela começou a acender muitas das velas apagadas. Isto a excitou. A boca dela tremia e pequenos fios de saliva começaram a cair de cada lado da boca dela, correndo e sumindo por entre as rugas. Por favor, acredita em mim, não tenho nada, nada mesmo contra a velhice! Mas por que será que algumas pessoas envelhecem pior que as outras?

– Sei lá – eu disse –, mas tenho a impressão que as pessoas que não pensam muito sempre vão parecer mais jovens por mais tempo.

– Eu acho que ela não pensava muito... de qualquer maneira, depois de acender muitas velas ela se excitou de novo. Pegou minha mão e apertou. Era forte, uma velhinha forte. Me levou até a estátua de Cristo...

– Sim...

– Largou o meu braço e ajoelhou e começou a beijar os pés daquele Cristo. Beijando mesmo. Os dedos dos pés dele ficaram molhados de saliva. Estava apaixonadíssima. Tremendo. Então se pôs de pé, pegou minha mão, apontou os pés. Sorri. Apontou de novo. Sorri de novo. Então ela me agarrou e começou a me forçar em direção aos pés. Merda, pensei, e aí pensei nos 80 milhões e ajoelhei e beijei os pés. Sabe, eles não limpam muito bem os pés na Rússia. A saliva de Metra... e a poeira... foi só com muita força de vontade que consegui beijar. Depois me coloquei de pé. Metra me levou de volta para o banco. Ajoelhamos de novo. De repente ela me pegou e a boca dela se colou à minha. Por favor, entenda, não tenho nada contra os velhos, os idosos, mas foi como beijar um bueiro. Me afastei. Alguma coisa deu voltas no meu estômago e me fui para o confessionário, afastei as cortinas, entrei, ajoelhei, e vomitei. Depois me levantei e saímos da igreja juntos. Deixei-a em casa. Então peguei uma garrafa de vodka e voltei para o meu quarto.

– Sabe, se eu escrevesse um roteiro de cinema assim, me expulsariam da cidade.

– Eu sei. Mas espere. Esta coisa não terminou ainda. Enquanto eu bebia vodka, pensei no que tinha acontecido. Não havia necessidade de recuar. A velha evidentemente era louca. A gente não beija na igreja, não é? Talvez num casamento. Assim lá estava eu...

– Beija e casa, hein? – perguntei.

– Bem, eu queria me assegurar dos 80 milhões. Depois de terminar a vodka, comecei uma longa carta de amor para Metra, só que o tempo todo fiquei pensando na intérprete. Uma carta de amor que era preciso ver. E nas entrelinhas daquele papo de amor expliquei para ela que queria fazer um filme sobre nós dois e que tinha sabido do dinheiro dela na Suíça, só que isto não tinha *nada* que ver com a minha presença ali, exceto que eu estava sem grana e queria muito levar nossa história de amor para a tela e para o público e para os amantes de Cristo.

– Tudo isto para conseguir dinheiro para produzir um roteiro que Hank nem conhecia e nem tinha escrito? – perguntou Sarah.

– Claro – disse Jon.

– Você é louco – acrescentei.

– Talvez. Enfim, a velha recebeu minha carta de amor e pensei que tinha concordado em ir à Suíça comigo apanhar o dinheiro. Combinamos tudo. Enquanto isto aconteceram outras duas viagens, para beijar os pés de Cristo e acender muitas velas e mais um pouquinho de beijos. Aí... recebi um telefonema do meu informante. A mulher que tinha 80 milhões de dólares na Suíça tinha exatamente o mesmo nome, tinha exatamente a mesma idade da minha velha, mas tinha nascido numa outra cidade e tinha outros pais. Tinha sido apenas uma coincidência idiota e estava tudo terminado para mim. Eu tinha sido enganado. Eu teria de arranjar o dinheiro de outra maneira...

– Esta é uma das histórias fodidas mais tristes que já ouvi – eu disse.

– Sinto muito – disse Jon –, mas é verdade.

– Por que você sofre desta maneira só para fazer filmes? – perguntou Sara.

– Porque eu adoro – respondeu Jon.

15

Alguns dias depois estávamos de volta ao estúdio de Danny Server, em Venice.

– Outro cara escreveu um filme sobre sarjeta e bebedeiras – disse Jon. – Por que você não dá uma olhada?

Assim, entramos lá, Jon, Sarah e eu. O pessoal já se achava nas poltronas. Mas o bar estava fechado.

– O bar está fechado – eu disse a Jon.

– É – ele disse.

– Escuta, a gente precisa beber alguma coisa...

– Tem uma loja de bebidas a cerca de uma quadra daqui, em direção ao mar, no outro lado da rua.

– Voltamos já.

Chegamos lá, compramos duas garrafas de tinto e um saca-rolhas. Na volta, fomos parados duas vezes para dar esmolas. E estávamos de volta ao estúdio. Empurrei a porta e entramos. Estava escuro. O filme rolava.

– Merda – eu disse. – Não enxergo nada! Não enxergo porra nenhuma!

Alguém me fez psiu.

– O mesmo pra você – eu disse.

– Quer fazer *o favor de calar a boca*! – disse uma mulher.

– Vamos tentar as primeiras filas – disse Sarah. – Acho que estou vendo uns dois lugares, mas não tenho certeza.

Conseguimos chegar à frente. Eu tropecei nuns pés.

– Filho da puta! – ouvi um homem dizer baixinho.

– Foda-se – eu disse.

Finalmente localizamos duas poltronas e nos sentamos. Sarah pegou os cigarros e o isqueiro, enquanto eu desarrolhava a garrafa. Não tínhamos copos, por isso eu tomei um gole e passei a garrafa para ela. Ela tomou um gole e devolveu-a. Depois acendeu dois cigarros pra gente.

O cara que escrevera o filme, *De Volta do Hades*, já tivera uma série na TV, um daqueles programas familiares. Pat Sellers. Bem, a série prosseguira indefinidamente, mas Pat perdera a batalha contra a garrafa e em breve a série estava condenada. Divórcio. Perda da família, do lar. Pat estava na sarjeta. Agora fazia um retorno. Fizera aquele filme. Estava abstêmio. E no circuito de conferências, ajudando outros.

Tomei outra golada e passei pra Sarah.

Via o filme. Estavam na miséria. Era noite, e haviam acendido uma fogueira. Os homens e mulheres pareciam muito bem vestidos para estarem na sarjeta. Não tinham realmente aparência de vagabundos. Pareciam pessoas que trabalhavam em filmes de Hollywood, atores de TV. E cada um tinha um carrinho de supermercado onde guardava seus bens terrenos. Só que os carrinhos eram novinhos em folha. Reluziam à luz da fogueira. Eu nunca vira carrinhos tão novos em nenhum supermercado. Evidentemente, haviam sido comprados para o filme.

– Passa a garrafa – pedi a Sarah.

Ergui-a bem alto e tomei uma boa golada. Tornei a ouvir o psiu, seguido de outro chiado.

– Essas pessoas são feias – eu disse a Sarah. – Que diabos há com elas?

– Não sei.

Voltemos ao filme e às pessoas à luz da fogueira com seus carrinhos de compras. Um cara falava. Os outros escutavam.

– ...eu acordava e não reconhecia a cama onde estava, não sabia onde estava... me vestia, saía e procurava meu carro. Jamais sabia onde estava o carro. Às vezes levava horas pra descobrir...

– Opa, isso é bom – eu disse a Sarah. – Já me aconteceu muitas vezes!

Ouvi outro psiu.

– ...eu vivia numa espelunca atrás da outra... muitas vezes perdia a carteira... me quebravam os dentes... era uma alma penada... penada... penada... Depois meu companheiro de farra, Mike, morreu bêbado num acidente de carro... isso foi a gota d'água...

Sarah tomou uma golada.

– Agora estou em paz... durmo bem... começo a me sentir de novo um ser humano normal... E Cristo é o meu barato, maior que qualquer bebida que o demônio pôs nesta terra!

O cara tinha lágrimas nos olhos.

E aí recitou um poema:

Tornei a me encontrar.
Multiplicado por dez.
Eu perdi o yen.
Sou irmão de minha gente.
Tornei a me encontrar.

Fez uma mesura e os outros aplaudiram.

Aí uma mulher começou a falar. Disse que começara a beber em festas. E daí fora em frente. Começara a beber sozinha em casa. As plantas morriam porque ela não as aguava. Durante uma discussão, esfaqueara a filha com uma faca de podar. O marido começara a beber também. Perdera o emprego. Ficava em casa. Os dois bebiam juntos. Aí ela o esfaqueara com uma faca de podar. Um dia entrara no carro e se mandara com a mala e os cartões de crédito. Bebia em motéis. Fumava e bebia e via TV. Vodca. Adorava vodca. Uma noite tocara fogo na cama. Um carro de bombeiros viera ao motel. Ela estava bêbada, de camisola de dormir. Um dos bombeiros lhe palmeara as nádegas. Ela saltara no carro de camisola de dormir, levando apenas a bolsa. Dirigira sem parar, estonteada. Por volta do meio-dia do dia seguinte estava na esquina da 4 com a Broadway. Dois dos pneus haviam se esvaziado enquanto dirigia. Os pneus haviam se soltado e ela rodava sobre os aros apenas, deixando fundos sulcos no asfalto. Um policial a parara. Ela fora detida – para observação. Os dias passavam. Nem o marido nem a filha apareciam. Estava sozinha. Um dia, conversava com o analista, e o cara lhe perguntara: "Por que você insiste em destruir a si mesma?". E quando lhe perguntara isso não era mais o rosto do analista que a olhava, era o rosto de Cristo. Isso fora o bastante...

– Como é que ela sabia que era o rosto de Cristo? – perguntei em voz alta.

– *Quem é* esse cara? – ouvi alguém perguntar.

Minha garrafa de vinho se esvaziara. Meti o saca-rolha na outra.

Aí outro cara contou a *sua* história. A fogueira seguia ardendo e ardendo. Ninguém precisava alimentá-la. E não apareciam outros vagabundos para importuná-los. Quando o cara terminou sua história, enfiou a mão em seu carrinho de compras e sacou um violão bastante caro.

Eu tomei uma golada e passei o tinto para Sarah.

O cara afinou o violão, e começou a tocar e cantar. Era afinado, tinha a voz treinada. Cantava sem parar.

A câmera corria em volta, captando a expressão em todos os rostos. Estavam emocionados, alguns choravam, outros tinham suaves e belos sorrisos. Aí o cantor acabou e recebeu entusiásticos e alegres aplausos.

– Nunca vi uma sarjeta desse jeito – eu disse a Sarah.

O filme prosseguiu. Outros atores falavam. Outros tinham violões caros. Era a noite do violão. E aí veio o *grand finale*. Apareceu uma estrela cadente, que traçou um arco sobre os rostos voltados para cima. Fez-se um breve silêncio. Aí um cara começou a cantar. Em breve uma mulher juntou-se a ele. Depois juntaram-se outras vozes. Todos sabiam a letra. Surgiram muitos violões. Era um coro edificante de esperança e unidade. E acabou. O filme acabou. As luzes se acenderam. Havia um pequeno palco. Pat Sellers subiu nele. Aplaudiram-no.

Pat Sellers tinha uma aparência horrível. Parecia sonolento, sem vida, morto. Os olhos vagos. Começou a falar.

– Não tomo um trago há quinhentos e noventa e cinco dias...

Estrugiram aplausos.

Ele prosseguiu:

– Sou um alcoólatra em recuperação... Somos *todos* alcoólatras em recuperação...

– Vamos dar o fora daqui – disse Sarah.

Havíamos acabado o vinho. Levantamo-nos e nos dirigimos para a saída. Fomos para o nosso carro.

– Filho da puta! – eu disse. – Onde está Jon? Por que não está aqui?

– Oh, tenho certeza de que ele viu o filme – disse Sarah.

– Aprontou pra gente. É meio engraçado quando se pensa na coisa.

– Eram todos membros dos A.A. lá dentro...

Entramos no carro e nos dirigimos para a autoestrada.

Minha ideia sobre a coisa toda era de que a maioria das pessoas *não era* alcoólatra, só *pensava* que era. Era algo que não podia ser precipitado. Para alguém se tornar um verdadeiro alcoólatra, precisava pelo menos uns vinte anos. Eu estava no meu 45º ano e não me arrependia nem um pouco.

Chegamos à autoestrada e nos dirigimos de volta à realidade.

16

Eu ainda tinha de escrever o argumento. Estava no andar de cima, diante da IBM. Sarah no quarto vizinho à direita. Jon lá embaixo, vendo TV.

Eu simplesmente me sentava ali. Já derrubara meia garrafa de vinho. Nunca tivera problemas antes. Durante décadas, jamais tivera o chamado bloqueio do escritor. Escrever sempre me fora fácil. As palavras rolavam, enquanto eu bebia e ouvia rádio.

Eu sabia que Jon estava à escuta, para ouvir o som da máquina de escrever. Precisava bater alguma coisa. Iniciei uma carta para um amigo que ensinava Inglês na Cal State Long Beach. Nós nos correspondíamos há algumas décadas.

Comecei:

Olá, Harry:

Como vai indo? Os bichinhos vão correndo bem. Tive uma ressaca braba outro dia, cheguei ao hipódromo pra segunda corrida, papei dez mangos numa pule de 10 por um. Não uso mais o Racing Form. Vejo todo mundo lendo-o e quase todo mundo perde. Tenho um novo sistema, claro, que não posso te contar. Sabe como é, se a literatura for pro beleléu, acho que posso me virar na pista. Merda. Vou te contar meu sistema. Por que não? Tá legal. Compro o jornal, qualquer jornal. Tento comprar um jornal diferente todo dia, só pra dar uma sacudida nos deuses. Depois, nesse jornal, escolho qualquer azarão. Aí relaciono os números dele em ordem. Digamos que a corrida seja de oito cavalos. No meu programa, eu marco na frente de cada cavalo a sua cotação. Exemplo:

cavalo 1.7
cavalo 2.3
cavalo 3.5
cavalo 4.1
cavalo 5.2
cavalo 6.4
cavalo 7.8
cavalo 8.6

O sistema? Bem, você pega a cotação do cavalo que vem abaixo do número do azarão. Se tem mais de uma, a gente pega a menor. Por exemplo, o cavalo 1, número 7, pagando 4 por 1, é melhor que o cavalo 6, número 4, pagando 3 por 1. Há uma exceção neste sistema. Se o cavalo 4 paga menos que o 1, ou seja, 4/5 ou menos, a gente salta a corrida se não há nada contra isso. O motivo é que as apostas apenas em favoritos sempre mostram uma perda.

*Bolei esse sistema porque, quando estava no ginásio, fiz o R.O.T.C.**, *e a gente tinha de ler o Manual de Armas, e nesse livro grossão tinha um pouco sobre artilharia. Agora, lembre que isso foi em 1936, muito antes do radar e dos mecanismos de orientação. Na verdade, o livro provavelmente fora escrito para a Primeira Guerra Mundial, embora possa ter sido compilado um pouco depois,*

* R.O.T.C. – Reserve Officers Training Corps – Corpo de Formação de Oficiais da Reserva.

não tenho certeza. De qualquer modo, eles calculavam a queda da granada de artilharia por consenso. O Capitão perguntava. – Tudo bem, Larry, a que distância você acha que está o inimigo?

– 625 metros, senhor.

– Mike?

– 400 metros, senhor.

– Barney?

– 100 metros, senhor.

– Slim?

– 800 metros, senhor.

– Bill?

– 300 metros.

Aí o Capitão somava os metros e dividia pelo número dos caras consultados. Neste caso, a resposta seria 445 metros. Eles mandavam a granada e geralmente explodiam uma grande proporção do inimigo.

Décadas depois, eu estava sentado na pista um dia, e me veio à memória o Manual de Armas, e eu pensei: por que não aplicar o sistema da Artilharia aos cavalos? Esse sistema tem funcionado para mim a maior parte do tempo, mas o problema estava e está na natureza humana: a gente se chateia com a rotina e parte pra outra. Eu devo ter pelo menos 25 sistemas, todos baseados em algum tipo de lógica maluca. Não gosto de ficar parado numa coisa só.

Agora você pergunta: como diabos eu acertei numa aposta de 10 por 1 na segunda corrida naquele dia? Bem, é o seguinte, eu anoto o número do azarão antes dos scratches. Esse cavalo era número 16 antes dos scratches. Quando foi cotado a 10 por 1, curiosamente, foi a maior queda dos sorteios do azarão. Uma raridade, é verdade, mas lá estava. E quando essas coisas acontecem, fazem a gente se sentir muito estranho mesmo. Tipo talvez haja uma chance às vezes. Bem, espero que você esteja legal, e que suas estudantes não te deixem com muita tesão, ou talvez que deixem.

Escuta, é verdade que Celine e Hemingway morreram no mesmo dia?

Espero que você esteja bem...

Mantenha-os chorando,

seu
Henry Chinaski

Tirei o papel da máquina, dobrei-o, escrevi o endereço à mão no envelope, enfiei a carta, peguei um selo, e lá estava: meu trabalho daquela noite. Fiquei ali sentado, acabei o resto da garrafa de vinho, abri outra e desci.

Jon desligara a TV e estava lá sentado. Levei dois copos e me sentei junto dele.

– A máquina parecia quente – disse Jon.

– Jon, eu estava escrevendo uma carta.

– Uma carta?

– Tome um trago.

– Tudo bem.

Tomamos um.

– Jon, você me pagou pra escrever essa porra desse argumento...

– Mas é claro....

– Eu não posso escrever. Estou lá em cima tentando escrever o troço e você aqui embaixo esperando o som da máquina de escrever. É difícil...

– Eu podia ir pra algum lugar à noite.

– Não, escuta, você vai ter de se mudar! Não posso continuar desse jeito! Desculpe, cara, eu sou um cachorro, um mau caráter, um cachorro mau caráter! Os cachorros têm caráter? De qualquer modo, você vai ter de arranjar um lugar pra morar. Eu não posso escrever desse jeito, não sou homem bastante.

– Eu compreendo.

– Compreende?

– É claro. Mas ia ter de mudar de qualquer jeito.

– Quê?

– François está voltando. Concluiu o negócio dele na França. Vamos encontrar um lugar, nós dois. Estou procurando. Na verdade, acho que achei um lugar hoje. Só não queria chatear você com tudo isso.

– Mas vocês podem...?

– A gente tem dinheiro. Estamos consolidando nossos recursos.

– Nossa, então me perdoa por querer jogar você na rua?

– Não tem nada pra perdoar. Eu só estava preocupado em como dizer a você que tinha de me mudar.

– Você não enrolaria um velho bêbado, enrolaria?

– Não. Mas você escreveu alguma coisa?

– Muito pouco...

– Posso ver?

– Claro, chapa.

Subi, peguei as páginas, coloquei-as na mesa de café. Depois voltei lá pra cima, fui para o quarto.

– Venha, Sarah, vamos comemorar!

– Comemorar o quê?

– Jon vai se mudar. Vou poder voltar a escrever!

– Você ofendeu ele?

– Acho que não. Sabe, François está voltando, os dois precisam encontrar um lugar.

Descemos. Sarah pegou outro copo. Jon estava mergulhado no argumento.

Riu quando me viu.

– Essa coisa está sensacional, porra! Eu sabia que ia ser!

– Você não enrolaria um velho bêbado, enrolaria?

– Não. Nunca.

Sarah sentou-se e bebemos em silêncio.

Jon falou:

– Usei o telefone de Wenner Zergog pra chamar François. Descobri que ele fodeu tudo. Entrou em cana. Recebeu o salário de alguns dias, depois foi em cana. A mesma velha história...

– Que história? – perguntou Sarah.

– Ele é um grande ator, mas de vez em quando pira. Esquece o argumento e a cena que devia fazer e faz a seu modo. É uma doença, eu acho. Deve ter feito isso de novo.

– Que é que ele faz? – perguntei.

– É sempre a mesma coisa. Vai bem por um tempo. Depois não segue a direção. Eu digo a ele: "Você vai até ali e diz sua fala." Ele não vai. Vai pra outro lugar e diz outra fala. E eu pergunto a ele: "Por que você faz isso?". E ele responde: "Não sei. Não faço ideia". Uma vez a gente estava filmando e ele saiu, baixou as calças e se curvou. Não usava cueca.

– Porra – eu disse.

– Oh, ele diz coisas tipo "Não devemos apressar o processo natural da morte". Ou: "Todas as vidas humanas me diminuem".

– Parece um cara do caralho.

– E é...

Bebemos até as primeiras horas da manhã, bem avançado nas primeiras horas da manhã.

Acordei lá pelo meio-dia e desci e bati na porta de Jon. Não houve resposta. Abri a porta. Ele se fora. Deixara um bilhete.

Queridos Hank e Sarah:

Muito obrigado por todos os drinques e tudo. Eu me senti um hóspede privilegiado.

Hank, seu argumento é uma justificação de minha crença em você. É mais que isso. Por favor, continue.

Telefono breve pra você pra dizer onde estou e meu telefone.

Este é um dia maravilhoso. Aniversário de Mozart. Haverá música linda o dia todo...

seu
Jon

O bilhete me fez sentir muito mal e bem ao mesmo tempo, que era como eu me sentia a maior parte do tempo mesmo. Subi, mijei, escovei os dentes e voltei pra cama com Sarah.

17

Nessa noite, sem Jon escutando lá embaixo, o argumento começou a andar. Eu escrevia sobre um jovem que queria escrever e beber, mas a maior parte de seu sucesso era com a garrafa. O jovem fora eu. Embora aquele não fosse um tempo infeliz, tinha sido, em grande parte, um tempo de vazio e espera. Enquanto eu batia, os personagens de um certo bar me voltavam à memória. Eu tornava a ver cada rosto, os corpos, ouvia as vozes. Ali estava um bar que tinha um certo encanto mortal. Eu me concentrei nisso, revivi as brigas de bar com o garçom. Eu não era bom de briga. Para começar, tinha as mãos pequenas demais e vivia mal alimentado, muito mal alimentado. Mas tinha uma certa garra e encaixava um soco muito bem. Meu principal problema numa briga era que não conseguia me enfurecer de verdade, mesmo quando minha vida parecia estar em jogo. Era tudo teatro comigo. Importava e não. Brigar com o garçom era algo que tinha de ser feito e agradava aos fregueses, que eram um grupinho muito unido. Eu era o de fora. Tem alguma coisa positiva na bebida – aquelas brigas todas teriam me matado se eu tivesse sóbrio, mas, bêbado, era como se o corpo virasse borracha e a cabeça cimento. Pulsos torcidos, lábios inchados e rótulas machucadas eram mais ou menos tudo que eu sofria no dia seguinte. E também galos na cabeça, das quedas. Como isso podia virar um argumento, eu não sabia. Só sabia que era a única parte da minha vida sobre a qual não escrevera muito. Acredito que era são naquela época, tão são quanto qualquer outro. E sabia que havia toda uma civilização de almas penadas que viviam entrando e saindo de bares, diariamente, noturnamente e para sempre, até a morte. Nunca lera sobre essa civilização, e por isso decidi escrever sobre ela, como a lembrava. A boa máquina velha matraqueava.

No dia seguinte, lá pelo meio-dia, o telefone tocou. Era Jon.

– Encontrei uma casa. François está comigo. É linda, tem *duas* cozinhas, e o aluguel é de graça, realmente de graça...

– Onde está?

– Estamos no gueto de Venice. Avenida Brooks. Só tem negros. As ruas são guerra e destruição. Lindo!

– Oh!

– Você deve vir ver a casa!

– Quando?

– Hoje!

– Eu não sei.

– Oh, você não ia querer perder isto! Tem gente morando debaixo da nossa casa. A gente ouve eles lá embaixo, falando e tocando o rádio. Tem gangues por toda parte! Alguém construiu um grande hotel aqui. Mas ninguém pagou o aluguel. Fecharam o lugar com tábuas, cortaram a eletricidade, a água, o gás. Mas as pessoas ainda moram aqui. É UMA ZONA DE GUERRA! A polícia não vem aqui, parece um estado separado, com suas próprias leis. Eu adoro! Você tem de nos visitar!

– Como chego aí?

Jon me deu as indicações, e desligou.

Procurei Sarah.

– Escuta, preciso ir ver Jon e François.

– Ei, eu vou também!

– Não, não pode. Fica no gueto de Venice.

– Oh, o gueto! Eu não perderia isso por nada neste mundo!

– Escuta, me faz um favor, tá? Por favor, *não* venha!

– Que? Acha que eu ia deixar você ir lá embaixo *sozinho*?

Peguei minha lâmina, pus o dinheiro nos sapatos.

– Tá legal – disse...

Entramos dirigindo devagar no gueto de Venice. Não era verdade que só tivesse negros. Havia alguns latinos nos arredores. Notei um grupo de sete a oito mexicanos em volta, encostados num carro velho. Quase todos usavam camiseta ou estavam nus da cintura para cima. Passei dirigindo devagar, sem encarar ninguém, só absorvendo. Eles não pareciam fazer muita coisa. Só esperavam. Prontos e à espera. Na verdade, provavelmente estavam apenas entediados. Pareciam caras legais. E não pareciam lá muito preocupados.

Aí chegamos à turfa negra. De repente, ruas cheias de lixo: um pé esquerdo de sapato, uma camisa laranja, uma bolsa velha... uma romã podre... outro pé esquerdo de sapato... um blue jeans... um pneu...

Eu tinha de dirigir por entre aquelas coisas. Dois negros de uns onze anos nos fitavam de suas bicicletas. Ódio puro, perfeito. Eu sentia. Os negros pobres tinham ódio. Os brancos pobres tinham ódio. Só quando ganhavam dinheiro negros e brancos se integravam. Alguns brancos amavam os negros. Muito poucos negros amavam os brancos, se é que algum amava. Ainda estavam indo à forra. Talvez nunca fossem. Numa sociedade capitalista, os perdedores são escravizados pelos vencedores, e é preciso haver mais perdedores que vencedores. Que pensava eu? Sabia que a política jamais resolveria isso, e não sobrava muito tempo para entrar numa boa.

Dirigimos até encontrar o endereço, estacionei o carro, saí e bati na porta.

Uma portinhola abriu-se deslizando e lá estava um olho nos olhando.

– Ah, Hank e Sarah!

A porta abriu-se, fechou-se, e estávamos dentro.

Eu me aproximei da janela e dei uma olhada.

– Que está fazendo? – perguntou Jon.

– Só quero dar uma olhada no carro de vez em quando...

– Oh, sim, venha ver, vou te mostrar as duas cozinhas!

Claro que havia duas cozinhas, um fogão em cada uma, uma geladeira em cada uma, uma pia em cada uma.

– Eram duas casas antes. Foram transformadas em uma.

– Legal – disse Sarah. – Você pode cozinhar numa cozinha e François na outra...

– No momento, estamos vivendo basicamente de ovos. Temos galinhas, que põem muitos ovos...

– Nossa, Jon, tá tão ruim assim?

– Não, na verdade, não. A gente calcula que vai ficar aqui por um longo tempo. Precisamos de quase todo o nosso dinheiro pra vinho e charutos. Como vai indo o argumento?

– Tenho o prazer de comunicar que já temos umas boas páginas. Só que às vezes me atrapalho com CÂMERA, ZOOM, PANORÂMICA... essa merda toda...

– Não se preocupe, eu cuido disso.

– Onde está François? – perguntou Sarah.

– Ah, está na outra sala... venham...

Entramos e lá estava François rodando sua roletinha. Quando bebia, ficava com o nariz muito vermelho, como um bêbado de desenho animado. E também, quanto mais bebia, mais deprimido ficava. Chupava um toco de charuto molhado. Conseguiu extrair algumas tristes baforadas. Ao lado, via-se uma garrafa de vinho quase vazia.

– Merda – disse – já estou com 60 mil dólares no buraco e bebendo esse vinho barato do Jon, que ele diz ser coisa fina mas é pura bosta. Paga um dólar e 35 centavos a garrafa. Meu estômago parece um balão cheio de xixi! Estou com 60 mil dólares no buraco e sem nenhum emprego em vista. Tenho de... me... matar...

– Vamos lá, François – disse Jon – vamos mostrar as galinhas a nossos amigos...

– As galinhas! O-V-V-OS! A gente come O-V-V-OS o tempo todo! Só O-V-V-OS! Pup, pup, pup! A galinha pup O-V-V-OS! O dia todo, a noite toda minha função é salvar as galinhas dos negrinhos! Os negrinhos vivem saltando a cerca e correndo pro galinheiro! Eu bato neles com uma vara comprida, digo: "Seus filhos da puta, fiquem longe de minhas galinhas que pup os O-V-V-OS! Não consigo pensar, não consigo pensar em minha vida nem em minha morte, estou sempre correndo atrás desses negrinhos com a vara comprida! Jon, preciso de mais vinho, outro charuto!

Deu outra rodada na roleta.

Mais más notícias. O sistema estava falhando.

– Sabe, na França tem apenas um zero pra casa! Aqui na América tem um zero e um duplo zero pra casa! PEGAM OS DOIS BAGOS DA GENTE! POR QUÊ? Vamos lá, mostro a vocês as galinhas...

Saímos para o quintal, e lá estavam as galinhas e o galinheiro. O próprio François o fizera. Era bom nessas coisas. Tinha um verdadeiro talento para isso. Só que não usara tela de galinheiro, mas barras. E fechaduras em cada porta.

– Faço a chamada toda noite. "Cécile, está aí?" "Cluc, cluc", ela responde. "Bernadette, está aí?" "Cluc, cluc", ela responde. E por aí vai. Uma noite, eu chamei "Nicole?" e ela não clucou. Você acredita? Apesar de todas as barras e fechaduras, eles pegaram Nicole! Tiraram ela daqui. Nicole se foi, se foi para sempre! Jon, Jon, eu preciso de mais vinho!

Tornamos a entrar e nos sentamos, e o novo vinho correu solto. Jon deu um novo charuto a François.

– Se eu tiver meu charuto quando preciso – disse François – posso viver.

Bebemos por algum tempo, e então Sarah perguntou:

– Escuta, Jon, seu senhorio é negro?

– Oh, sim...

– Ele não te perguntou por que alugava uma casa aqui?

– Sim...

– E que foi que você disse?

– Disse que éramos cineastas e atores da França.

– E ele?

– Ele disse: "Oh".

– Mais alguma coisa?

– Sim, disse: "Bem, o rabo é *seu*!".

Bebemos um tempo falando bobagem.

De vez em quando eu me levantava e ia à janela ver se o carro ainda estava lá.

Enquanto bebíamos, comecei a me sentir culpado pela coisa toda.

– Escuta, Jon, deixa eu te devolver o dinheiro do argumento. Eu botei você contra a parede. Isso é terrível...

– Não, eu quero que você faça esse argumento. Ele *vai* se tornar um filme, eu prometo...

– Tudo bem, porra...

Bebemos mais um pouco.

Então Jon disse:

– Veja...

Por um buraco na parede onde nos sentávamos via-se uma mão, uma mão negra. Contorcia-se através do reboco quebrado, os dedos fechando-se, movendo-se. Parecia um animalzinho escuro.

– DÊ O FORA! – berrou François. – DÊ O FORA, ASSASSINO DE NICOLE! VOCÊ DEIXOU UM BURACO ETERNO EM MEU CORAÇÃO! DÊ O FORA!

A mão não deu o fora.

François aproximou-se da parede e dela.

– Estou mandando dar o fora. Só quero fumar meu charuto e beber meu vinho em paz. Você perturba o visual! Não posso me sentir bem com você tateando e me olhando com seus pobres dedos negros!

A mão não deu o fora.

– TUDO BEM, ENTÃO!

A vara estava bem ali. Com um movimento demoníaco, François pegou-a e começou a açoitar a parede com ela, repetidas vezes...

– ASSASSINO DE GALINHA, VOCÊ FERIU MEU CORAÇÃO ETERNAMENTE!

O som era ensurdecedor. Então François parou.

A mão dera o fora.

François sentou-se.

– Merda, Jon, meu charuto apagou. Por que não compra charutos melhores, Jon?

– Escuta, Jon – eu disse – a gente tem de ir indo...

– Ora, vamos... por favor... a noite está só *começando*! Você não viu nada ainda...

– A gente precisa ir indo... Preciso trabalhar mais no argumento...

– Oh... nesse caso...

Em casa, subi e trabalhei no argumento, mas estranhamente, ou talvez não, minha vida passada não parecia tão estranha, bárbara ou louca quanto o que ocorria agora.

18

O argumento ia bem. Escrever nunca foi trabalho para mim. Sempre fora assim, desde quando me lembrava: ligar o rádio numa estação de música clássica, acender um cigarro ou charuto, abrir a garrafa. A máquina fazia o resto. Eu só precisava estar ali. Todo o processo me permitia seguir em frente quando a vida oferecia tão pouco, quando a própria vida era um espetáculo de horror. Sempre havia a máquina para me acalmar, conversar comigo, me entreter, salvar meu rabo. Basicamente, era por isso que eu escrevia: para salvar meu rabo, salvar meu rabo do asilo de doidos, das ruas, de mim mesmo.

Uma de minhas mulheres passadas berrara pra mim:

– Você bebe pra fugir da realidade!

– É claro, minha cara – eu lhe respondera.

Usava a garrafa *e* a máquina. Gostava de ter um pássaro em cada mão, ao diabo com o mato.

De qualquer modo, o argumento ia bem. Ao contrário do romance, do conto ou do poema, quando eu folgava uma ou duas noites de tempos em tempos, trabalhava nele toda noite. E aí, acabou.

Telefonei para Jon:

– Bem, não sei o que temos aqui, mas está acabado.

– Sensacional! Eu iria pegar, mas estamos dando um almoço aqui. Comidas, bebidas, convidados. François é o *chef*. Pode trazer o argumento de carro?

– Eu gostaria, mas tenho medo de rodar por aí.

– Oh, merda, Hank, ninguém vai roubar esse fusca velho.

– Jon, eu acabo de comprar um novo BMW.

– Quê?

– Anteontem. Meu consultor de impostos diz que é dedutível do imposto de renda.

– Dedutível do imposto? Não acho possível...

– Foi o que ele me disse. Me disse que na América a gente tem de gastar o dinheiro, senão tomam. Agora não podem tomar o meu: eu não tenho nenhum.

– Mas eu preciso ver o argumento! Com alguma coisa pra mostrar aos produtores, posso começar a me mexer.

– Tudo bem, sabe o Ralph's Market, perto do gueto?

– Sei.

– Vou parar no estacionamento e telefonar pra você de lá. Depois você vem me buscar, certo?

– Ótimo, vou fazer isso...

Sarah e eu esperávamos junto a nosso negro BMW 320i, quando Jon encostou. Entramos e fomos para o gueto.

– Que vão seus leitores e os críticos dizer quando descobrirem sobre o BMW?

– Como sempre, esses porras vão ter de me julgar pelo que eu escrevo.

– Nem sempre fazem isso.

– Isso é problema deles.

– Trouxe o argumento com você?

– Está bem aqui – disse Sarah.

– Minha secretária.

– Ele escreveu de uma vez – disse Sarah.

– Sou um gênio 320i – eu disse.

Rodávamos para a casa de Jon. Vários automóveis estacionavam na frente. Ainda era dia. Talvez uma e meia da tarde. Atravessamos a casa até o quintal.

O almoço já rolava há algum tempo. Garrafas vazias sobre mesas de madeira. Fatias de melancia chupadas pela metade pareciam tristes ao sol. As moscas pousavam nelas, depois partiam. Os convidados pareciam estar ali há pelo menos umas três horas. Era uma dessas festas dispersas: grupos de três ou quatro aqui, ignorando grupos de três ou quatro ali. Havia uma mistura de tipos europeus e de Hollywood, mais alguns outros. Os outros não tinham tipo especial, apenas estavam ali, e decididos a ficar. Eu sentia ódio no ar, mas não sabia o que fazer. Jon sabia: abriu algumas novas garrafas de vinho.

Aproximamo-nos de François. Ele atuava na grelha. Estava morto de bêbado e totalmente deprimido. Virava pedaços de galinha no espeto. Os pedaços já estavam assados, ficando pretos, mas ele ainda os girava.

François tinha uma aparência terrível. Usava uma dessas grandes toucas brancas de *chef*, só que era evidente que já caíra muitas vezes de sua cabeça e tinha manchas de lama. Ele nos viu.

– AH! ESTAVA ESPERANDO POR VOCÊS! ESTÃO ATRASADOS! QUE HOUVE? EU NÃO ENTENDO!

– Desculpe, François, tivemos de estacionar no Ralph's.

– GUARDEI UM POUCO DE FRANGO PRA VOCÊS! COMAM UNS PEDAÇOS DE FRANGO!

Pegou dois pratos de papelão e jogou um pedaço de frango em cada um.

– Obrigado, François.

Sarah e eu encontramos uma mesa e nos sentamos. Jon sentou-se conosco.

– François está perturbado. Acha que eu matei uma das galinhas dele. Jamais houve uma galinha com tantas pernas, peitos e asas. Contei as galinhas repetidas vezes com ele. A conta está certa. Mas ele bebe e acha que eu matei uma das galinhas. Eu comprei os pedaços no Ralph's.

– François é muito sensível – disse Sarah.

– E como – disse Jon. – E pra piorar tudo, como se orgulha de nos proteger contra roubos. Armou araminhos e alarmes por toda parte. Toda espécie de alarme maluco. Muito sensíveis. Eu dei um peido uma vez e um deles disparou.

– Ora, vamos, Jon...

– Não, é verdade. Assim, pra piorar ainda mais, outro dia François saiu pra ligar o carro. O motor pegou. Ele pôs em marcha ré, e não aconteceu nada. Achou que a marcha ré tinha pifado. Saltou do carro e descobriu que estavam *faltando* as duas rodas de trás...

– Incrível...

– Aconteceu. A ré do carro estava apoiada num monte de pedras, e *faltavam* as rodas...

– Deixaram as da frente?

– Deixaram.

– Onde se arranjam novas rodas e pneus? – perguntou Sarah.

– A gente comprou de volta dos safados.

– O quê?! – eu perguntei. – Podemos tomar outro drinque?

Jon serviu.

– Eles bateram na porta. Perguntaram: "Querem suas rodas? Nós estamos com suas rodas". Mandei eles entrarem. "EU VOU MATAR VOCÊS!", gritou François. Mandei ele ficar quieto. Tomamos vinho com eles e barganhamos o preço. Foi preciso muita barganha e muito vinho, mas finalmente chegamos a um acordo, e eles trouxeram as rodas e jogaram no chão. Foi isso aí.

– Quanto custou a vocês?

– Trinta e três dólares. Pareceu um bom negócio por duas rodas e dois pneus.

– Nada mal – eu disse.

– Bem, na verdade chegou a 38. Tivemos de pagar mais cinco pra eles prometerem não tornar a roubar as rodas.

– Mas e se outros roubarem?

– Eles disseram que os cinco garantiam que *ninguém* jamais tocaria nas rodas. Mas explicaram que isso só se aplicava às rodas, e não a qualquer outra parte do carro.

– Fizeram outros acordos?

– Não, e eles foram embora. Mas notamos que nosso rádio tinha desaparecido. Ficamos de olho neles o tempo todo, e o rádio mesmo assim desapareceu. Não tenho ideia de como fizeram isso. É um rádio tamanho padrão. Como puderam esconder ele? Como saíram com ele pela porta? Eu não compreendo. É uma coisa de admirar.

– É.

Jon levantou-se. Tinha o argumento.

– Preciso esconder isso agora. Tenho um lugar muito especial. E eu te agradeço por teu trabalho nisso, Hank.

– Não foi nada. Grana mole.

Jon se afastou com o argumento. Baixei os olhos para o meu frango.

– Nossa, não posso comer isso... está queimado, quase uma pedra.

– Também não posso comer o meu...

– Tem uma lata de lixo junto da cerca ali. Vamos tentar nos livrar desse troço...

Fomos até a lata de lixo. Ao longo de toda a cerca viam-se aqueles olhinhos olhando em carinhas pretas.

– Ei, me dá um pedaço de frango!

– Me dá uma asa, seu filho da puta...

Eu me aproximei da cerca.

– Este troço está queimado... não se pode comer...

Uma mãozinha esticou-se e o pedaço de frango desapareceu. Outra mão disparou e o pedaço de frango de Sarah também se foi.

Os dois carinhas saíram a correr, gritando, seguidos por um bando de outros garotos, que também gritavam.

– Tem horas que odeio ser branca – disse Sarah.

– Tem guetos brancos também. E negros ricos.

– Não se compara.

– Não, mas eu não sei o que fazer.

– Comece por algum lugar...

– Não tenho colhões. Estou muito preocupado com meu próprio rabo branco. Vamos nos juntar a esse alegre grupo aí e pegar mais umas bebidas.

– É sua resposta pra tudo: beber.

– Não, essa é minha resposta pra nada.

Era hora de desfazer o grupo. Mesmo naquele quintal arrebentado havia áreas de gueto, áreas Malibu e áreas Beverly Hills. Por exemplo, os mais bem vestidos, com roupas de *griffes* famosas, permaneciam juntos. Cada tipo reconhecia sua contraparte e não exibia tendências a se misturar. Fiquei surpreso de alguns deles se mostrarem dispostos a ir a um gueto negro em Venice. Talvez achassem a coisa chique. Claro, o que fazia a coisa toda cheirar mal era o fato de muitos dos ricos e famosos na verdade não passarem de putas estúpidas e estúpidos filhos da puta. Simplesmente haviam entrado em alguma mamata em alguma parte. Ou tinham enriquecido com a estupidez do grande público. Geralmente eram desprovidos de talento, de visão, de alma, pedaços de cocô ambulantes, mas para o público pareciam deuses, belos, reverenciados. O mau gosto cria muito mais milionários que o bom gosto. No fim, tudo se resumia a quem conseguia mais votos. Na terra das toupeiras uma toupeira era rei. Portanto, quem merecia alguma coisa? Ninguém merecia nada...

François sentava-se a uma mesa e fomos nos sentar com ele. Mas ele estava triste, completamente desligado daquilo tudo. Mal nos reconheceu. Um charuto molhado e partido pendia-lhe da boca, e ele fitava a sua bebida. Ainda trazia o imundo chapéu de *chef*. Sempre tivera um pouco de classe, mesmo nos piores momentos. Agora, tudo desaparecera. Era terrível.

– POR QUE VOCÊS SE ATRASARAM? EU NÃO COMPREENDO! SEGUREI O ALMOÇO PRA ESPERAR POR VOCÊS! POR QUE SE ATRASARAM?

– Escuta, amigo, por que não dorme pra curtir essa? Amanhã tudo parecerá melhor...

– AMANHÃ SEMPRE PARECE A MESMA COISA! É ESSE O PROBLEMA!

Jon aproximou-se.

– Deixa que eu cuido dele. Vai ficar bem. Venham, me deixa apresentar vocês a alguns convidados.

– Não, a gente precisa ir...

– Tão cedo?

– É, estou preocupado com o 320i.

– Levo vocês de carro...

Ainda estava lá. Entrei e acenei para Jon quando ele voltou para o gueto, a festa e o coitado do François.

Em breve alcançávamos a autoestrada.

– Bem, você escreveu o argumento – disse Sarah. – Pelo menos tem isso.

– Pelo menos...

– Acha que algum dia se tornará um filme?

– É sobre a vida de um bêbado. Quem liga pra vida de um bêbado?

– Eu. Quem você gostaria que fizesse o papel principal?

– François.

– François?

– É.

– Temos alguma coisa pra beber em casa?

– Meia caixa de gamay beaujolais.

– Deve dar...

Acelerei mais para chegar a eles.

19

Jon entrou em ação. Fizeram cópias do argumento, enviaram a produtores, agentes, atores. Voltei a mexer com o poema. Também produzi um novo sistema para o hipódromo. Isso era importante para mim, porque me permitia esquecer que devia ser um escritor. Escrever era estranho. Eu precisava escrever, era como uma doença, uma droga, uma forte compulsão, mas não me agradava pensar em mim mesmo como um escritor. Talvez tivesse conhecido escritores demais. Eles levavam mais tempo falando mal uns dos outros do que fazendo seu trabalho. Eram nervosos, fofoqueiros, velhas solteironas; viviam se lamentando, dando facadas, inchados de vaidade. Eram esses os nossos criadores? Sempre fora assim? Provavelmente sim. Talvez escrever fosse uma forma de lamento. Alguns simplesmente se lamentavam melhor que os outros.

De qualquer modo, o argumento circulou e não houve ofertas. Alguns disseram que era interessante, mas a principal queixa era de que não havia público para aquele tipo de filme. Tudo bem mostrar como uma pessoa outrora grande ou incomum era destruída pela bebida. Mas concentrar-se apenas num vagabundo bebendo ou num bando de vagabundos bebendo não fazia muito sentido. Quem estava ligando? Quem ligava para como eles viviam ou morriam?

Mas eu recebi um telefonema de Jon:

– Escuta, Mack Austin pegou o argumento e gostou. Quer dirigir, e quer o mesmo cara que eu no papel principal.

– Quem?

– Tom Pell.

– É, ele faria um bom bêbado...

– Pell está maluco pelo argumento. É maluco por sua obra, leu tudo que você escreveu. Está tão maluco pelo argumento que diz que trabalha nele por um dólar.

– Nossa...

– Só insiste que Mack Austin dirija. Eu não gosto desse Mack Austin. É meu inimigo.

– Por quê?

– Oh, a gente teve uns problemas.

– Por que não se beijam e fazem as pazes?

– NUNCA! MACK AUSTIN JAMAIS DIRIGIRÁ O MEU FILME!

– Tudo bem, Jon, vamos esquecer isso.

– Não, espere, quero arrumar uma reunião em sua casa entre Mack Austin, Tom Pell e eu. E você, é claro. Talvez você consiga fazer Tom Pell mudar de ideia e fazer o filme sem Austin. Ele é um grande ator, você sabe.

– Eu sei. Então convide eles. Ele vai trazer Ramona?

– Não.

Tom se casara com Ramona, famosa cantora pop.

– Bem, quando será melhor?

– Eles concordaram amanhã à noite, às oito e meia, se estiver bem pra você.

– Você joga rápido.

– Neste jogo, a gente joga rápido ou morre.

– Não é como xadrez?

– É mais como gamão entre idiotas.

– Um dos idiotas vence?

– E um perde.

Descobri um pouco mais sobre o caso entre Jon Pinchot e Mack Austin. Embora Jon tivesse feito a maior parte de seus filmes na Europa, e os filmes de Austin fossem americanos, a turma do cinema frequentava os mesmos lugares em Hollywood. Jon e Mack Austin comiam no mesmo restaurante da moda. Não sei bem ao certo quem estava bebendo e quem não, mas parece que se iniciou uma discussão entre os dois diretores em mesas não muito próximas. Papo do ofício, vocês sabem. Técnica. Origens. Formação. Perspectiva. Etc.

A coisa prosseguia entre as mesas, diante de uma boa plateia de gente da "indústria".

Finalmente, Mack levantou-se e gritou para Jon:

– VOCÊ SE INTITULA DIRETOR? NÃO PODE DIRIGIR NEM O TRÂNSITO!

Bem, eu não sei. Dirigir o trânsito é um serviço que exige grande habilidade.

De qualquer modo, outras pessoas haviam antes acusado Mack em público de não poder dirigir nem o trânsito. Agora ele passava adiante o cumprimento. Vale tudo em ódio e em Hollywood.

Mais tarde eu soube de outras histórias semidocumentadas de choques entre Mack e Jon.

De qualquer modo, a reunião se realizava...

INTERIOR. CASA DO ESCRITOR. 20:15.

Jon chegara um pouco adiantado.

– Espere só até ver Austin – disse. – Largou as drogas e o álcool. Parece um pneu furado, uma meia vazia...

– Eu acho sensacional – disse Sarah – que ele tenha se livrado. É preciso coragem.

– Legal – disse Jon.

Eles chegaram lá pelas 20:35. Tom de blusão de couro. Mack numa jaqueta de couro de bezerro com franjas. Usava uma meia dúzia de correntes de ouro. Acabadas as apresentações, servi vinho a Tom. Ele se abancou à mesa do café.

Tom começou.

– Eu vi o argumento. Adoro. Quero enfiar meus bicúspides naquela porra. Já sinto o gosto. É o tipo de papel que eu gosto.

– Obrigado, meu chapa. A sua foi a única mordida que recebemos.

– Tom e eu temos até um investidor. Estamos prontos pra rolar – disse Mack.

– Tem certeza de que não quer um drinque, Mack? – perguntei.

– Não, obrigado.

– Vou pegar um refrigerante pra você – disse Sarah. – Ou prefere chá?

– Um refrigerante está ótimo.

Sarah foi buscar algo para deixar Mack à vontade. Nós tínhamos refrigerantes naturais. Os melhores.

Tomei minha bebida de vez, servi outra. Começava a sentir uma certa futilidade em todo tipo de acerto ou acordo.

– Eu preciso de Mack como diretor. Conheço o trabalho dele. Confio nele – disse Tom.

– Não confia em mim? – perguntou Jon.

– Não é isso. É que eu sinto que posso trabalhar mais intimamente com Mack.

– Eu sou o único que vou dirigir este filme – disse Jon.

– Escuta – disse Tom. – Sei que este filme significa muito pra você. A gente pode criar uma posição pra você. Será bem pago e poderá exercer bastante controle. Por favor, aceite. Eu quero ver essa coisa rolando. Por favor, tente entender.

Sarah voltava com o refrigerante de Mack.

– Eu sei que posso trabalhar bem com Tom – disse Mack.

– Você não pode... – começou Jon.

– ...dirigir nem o trânsito – concluiu Mack.

A discussão prosseguiu interminável. Horas. Sarah, Jon e eu continuamos bebendo. Tom também. E Mack traçando os refrigerantes naturais.

– Vocês são todos cabeçudos – disse Sarah. – Certamente a gente pode chegar a algum acordo.

Mas tudo continuava exatamente como no início. Ninguém cedia. E eu não tinha ideias. Não podia romper o impasse.

Começamos até mesmo a falar de outras coisas. Trocamos várias histórias engraçadas. A bebida rolava.

Lá para o fim, não me lembro quem contava a história, mas chegou a Mack Austin. E o atingiu em cheio, com refrigerantes naturais e tudo. Ele caiu para trás, gargalhando aos berros. As correntes de ouro saltavam.

Depois ele se recompôs.

Logo em seguida, já era hora de nos separarmos. Tom e Mack precisavam sair. Nos despedimos. Depois que o carro deles desceu de ré a estradinha de acesso à casa, Jon me olhou:

– Você ouviu aquela risada falsa? Viu como as porras daquelas correntes de ouro saltavam no pescoço dele? De que estava rindo? Você viu aquelas porras daquelas correntes de ouro?

– É, vi, sim – eu disse.

– Ele estava nervoso – disse Sarah. – Era o único que não estava bebendo. Já estiveram numa sala cheia de bêbados quando não estão bebendo?

– Não – eu disse.

– Escuta – me disse Jon. – Posso usar o telefone?

– Claro...

– Preciso ligar pra *Paris! Já!*

– Quê?

– Não se preocupe. Ligo a cobrar. Quero falar com meu advogado. Sobre uma cláusula adicional em meu testamento...

– Vá em frente.

Jon foi ao telefone e começou a fazer os arranjos para uma ligação. Eu me aproximei e reabasteci os copos deles. Depois voltei.

– É terrível – disse Sarah. – Lá se vai o filme.

– Bem, quase alguma coisa já é melhor do que nada.

– É?

– Pensando bem, não tenho tanta certeza...

Jon fez sua ligação. Tomara mais que alguns drinques e estava excitado. Nós o ouvíamos facilmente.

– PAUL! É, É JON PINCHOT! É, É URGENTE! QUERO UM ADITIVO EM MEU TESTAMENTO! ESTÁ PRONTO? SIM, EU ESPERO!

Olhou-nos.

– Isto é muito importante...

Depois:

– É, PAUL! TEM UM FILME AÍ. EU TENHO O CONTROLE. CHAMA-SE *A DANÇA DE JIM BEAM*, ESCRITO POR HENRY CHINASKI! MUITO BEM. ANOTE O SEGUINTE! EM CASO DE MINHA MORTE, ESTE FILME JAMAIS DEVERÁ SER DIRIGIDO POR MACK AUSTIN! ESTE FILME PODE SER DIRIGIDO POR QUALQUER UM NA TERRA, EXCETO MACK AUSTIN! PEGOU ISSO, PAUL? É, MUITO OBRIGADO, PAUL. SIM, ESTOU BEM. COMO VAI SUA SAÚDE? TUDO BEM, QUALQUER UM, MENOS MACK AUSTIN! MUITÍSSIMO OBRIGADO, PAUL! BOA NOITE! BOA NOITE!

Depois disso, tomamos mais um grande gole juntos. E Jon tinha de ir embora. Ele parou na porta.

– Você ouviu aquela risada falsa? Viu aquelas correntes de ouro saltando?

– Vi, Jon...

E então ele se foi e a noite acabara. Fomos chamar os gatos. Tínhamos cinco gatos e não podíamos dormir até recolher todos os cinco pra dentro de casa.

Os vizinhos nos ouviam a chamá-los tarde da noite ou no início da madrugada. Tínhamos vizinhos bacanas. E os cinco gatos não tinham porra de pressa nenhuma pra se recolher.

20

Três ou quatro dias depois, Jon estava no telefone.

– Jack Bledsoe leu o argumento e gosta dele, quer trabalhar nele. Estou tentando levar ele pra ver você, mas ele diz que não quer ser esmagado por você. Diz que você tem de vir a ele.

– Isso vai esmagar menos ele?

– Eu acho que ele acha que sim.

– Você acha que ele pode fazer o papel?

– Oh, sim, ele vem das *ruas*! Chegou a vender castanhas nas ruas! É de Nova York!

– Já vi alguns filmes dele...

– Bem, e que acha?

– Talvez... Escuta, ele precisa parar de *sorrir* o tempo todo, quando não sabe o que fazer. E tem de parar de esmurrar geladeiras. E tem de parar com aquele passinho de Nova York, andando como se tivesse uma banana enfiada no rabo.

– Ele era boxeador, esse Jack Bledsoe...

– Merda, nós todos fomos boxeadores...

– Ele pode fazer o papel, confie em mim...

– Jon, ele não pode ser *Nova York*. Esse personagem principal é da Califórnia. Os garotos da Califórnia são retraídos, feitos de pau. Não se lançam adoidados, esfriam e imaginam o próximo passo. Menos pânico. E por baixo de tudo isso, têm a capacidade de matar. Mas não soltam um monte de fumaça antes.

– Você diz isso a ele...

– Tudo bem, quando e onde?

Eram oito horas da noite em North Hollywood. Estávamos atrasados uns cinco minutos. Percorríamos vários caminhos escuros em busca de um apartamento.

– Espero que ele tenha algo pra beber. A gente devia ter trazido alguma coisa.

– Tenho certeza de que ele tem alguma coisa.

Era difícil distinguir os números. E então, lá estava Jon de pé numa sacada.

– Aqui em cima...

Subi a escada e segui Jon. Era um dos esconderijozinhos de Jack.

Jon empurrou a porta e entramos. Eles se sentavam num velho sofá. Jack Bledsoe e seu companheiro Lenny Fidelo. Fidelo fazia papéis importantes. Jack Bledsoe parecia exatamente Jack Bledsoe. Lenny era um cara grandão, largo, meio gordo. Fora marcado pela vida, tivera seus esfregões com ela. Eu gostava dele. Grandes olhos tristes. Mãos grandes. Parecia solitário, cansado, legal.

Fizeram-se as apresentações.

– Quem é esse cara? – perguntei a Jack, indicando Lenny. – Seu guarda-costa?

– É – disse Jack.

Jon apenas sorria, de pé, como se aquilo fosse uma reunião de grandes almas. Mas a gente nunca sabe.

– Tem alguma coisa pra beber? – perguntei.

– Só cerveja. Está bem cerveja?

– Tudo bem – eu disse.

Lenny saiu para buscar a cerveja em outro aposento. Eu sentia por Sarah, que não morria de amores por cerveja.

Nas paredes, viam-se *posters* de boxe. Dei uma circulada, olhando-os. Sensacionais. Alguns eram muito antigos. Comecei a me sentir machão só de olhar pra eles.

Molas saltavam do sofá, e almofadas espalhavam-se pelo chão, junto com sapatos, revistas, sacolas de papel.

– Isto aqui é uma verdadeira *garçonniere* – riu Sarah.

– É, é, eu gosto – eu disse. – Já morei em muita espelunca, mas nunca em nada assim.

– Nós gostamos – disse Jack.

Lenny voltava com as cervejas. Latas. Nós as abrimos e nos sentamos, dando uma ou duas goladas.

– Então, leu o argumento? – perguntei a Jack.

– Li. Aquele cara é você?

– É, há muito tempo.

– Tomou um pontapé no rabo – disse Jack.

– A maior parte do tempo.

– Você fazia mesmo biscates em troca de sanduíches? – perguntou Jack.

– A maior parte do tempo.

A cerveja era boa. Fez-se silêncio.

– Bem, que acha? – perguntou Jon.

– Quer dizer, de Jack?

– É.

– Ele serve. A gente vai ter de amassar ele um pouco.

– Mostra aí seu estilo de briga – disse Jack.

Eu me levantei e comecei a boxear.

– Punhos rápidos – disse Sarah.

Tornei a me sentar.

– Eu encaixava bem um soco. Mas me faltava uma certa gana. Não sabia ao certo o que fazia. Tem mais cerveja?

– Oh, claro – disse Lenny, que se levantou e foi buscar uma para mim.

Sabia-se em Hollywood que Jack Bledsoe não gostava de Tom Pell. Gostava de soltar farpas sobre Tom em quase todas as entrevistas. "Tom vem de Malibu. Eu venho das ruas." A mim não me importava de onde vinha um ator, desde que soubesse atuar. Os dois sabiam. E não havia nenhuma necessidade de nenhum dos dois atuar como atuam os escritores.

Lenny voltou com a cerveja.

– É a última – disse.

– Oh, merda, não – eu disse.

– Volto já – disse Jon.

Saiu pela porta afora. Tráfico de cerveja. Eu gostava de Jon.

– Você gosta desse Jon Pinchot como diretor? – perguntou Jack.

– Já viu o documentário dele sobre Lido Mamin?

– Não.

– Pinchot não conhece o medo. Adora trepar com a morte.

– Tesão pela morte, hum?

– Parece. Mas fez outras coisas além do filme sobre Mamin. Confio nele como diretor até o fim. Não foi diluído por Hollywood, embora um dia possa ser.

– E você?

– Eu o quê?

– Hollywood não vai te castrar?

– Não tem como.

– Famosas últimas palavras?

– Não, famosas primeiras palavras.

– Hank odeia cinema – disse Sarah. – O último filme do qual gostou foi *Farrapo Humano*, e você sabe há quantos anos foi isso.

– A única boa atuação de Ray Milland. Mas eram ases – eu disse.

Aí senti vontade de fazer xixi, perguntei onde era o banheiro.

Fui até lá, abri a porta, entrei, fiz meu papel.

Virei-me para a pia, para lavar as mãos.

Enfiada na pia, vi uma toalha branca, uma ponta enfiada no ralo e a outra passando por cima da borda da pia e caindo no chão. Não era uma visão bonita. E estava encharcada, completamente encharcada. Para que era aquilo? Que significava? Fora deixada ali após uma orgia? Para mim, não fazia sentido. Eu sabia que devia significar alguma coisa. Eu era apenas um cara velho. Estaria o mundo me deixando para trás? Eu sobrevivera a muitas noites e dias terríveis, muitos deles repletos de antissignificado, e mesmo assim não podia decifrar aquela gigantesca toalha encharcada.

E, pior, Jack sabia que eu ia aparecer. Por que deixaria aquela coisa ali assim? Seria um recado?

Voltei.

Agora, se eu fosse um nova-iorquino, teria dito: "Ei, que é que aquela porra daquela toalha branca encharcada está fazendo naquela porra daquela pia, hum?".

Mas eu era um cara da Califórnia. Simplesmente saí do banheiro e me sentei, sem dizer nada, imaginando que o que eles faziam era lá com eles e eu não queria parte alguma naquilo.

Jon voltara com mais cervejas, e no meu lugar já havia uma lata aberta.

– Quero Francine Bowers no principal papel feminino – disse Jack. – Acho que consigo ela.

– Eu conheço Francine – disse Jon. – Acho que também consigo.

– Por que os dois não cuidam disso? – perguntou Sarah.

Lenny foi buscar mais cerveja. Parecia viciado em cerveja. Meu tipo de sujeito.

– Ei, acham que têm um papel pra mim nesse filme? – ele perguntou.

Olhei para Jon,

– Eu gosto de Lenny na tela – disse Jack.

– Acho que tem um papel pra você. Eu prometo – disse Jon – encaixar você.

– Eu li o argumento – disse Lenny. – Acho que podia fazer o papel do garçom do bar.

– Ora, vamos – eu disse. – Não vai querer espancar seu companheiro Jack aqui, vai?

– Não tem problema – disse Lenny.

– Ééé – disse Jack. – Ele já fez isso antes. Me quebrou os dentes.

– Foi mesmo? – perguntou Sarah.

– E como – disse Jack.

Tomamos a cerveja. Falamos sobretudo de amenidades, sobre os muitos feitos de Lenny. Ele não apenas pagava o que devia, como tornava a cobrar o que pagara.

Quando a cerveja já quase acabara, achei que era tempo de ir embora.

Fiz mais uma corrida ao banheiro, depois Sarah e eu nos dirigimos à porta.

Então, na porta, aconteceu uma coisa estranha. Perguntei a Jack:

– Escuta, cara, que porra faz aquela toalha grande encharcada pendurada na pia do seu banheiro?

– Que toalha grande encharcada? – perguntou Jack.

E isso foi o fim dessa noite em particular.

21

Passaram-se três ou quatro semanas.

Uma noite, o telefone tocou. Era Jon.

– Como está você? Como está Sarah?

– Estamos bem. Você está vivo?

– Estou. *A Dança de Jim Beam* também. Francine Bowers leu o argumento e adorou. Chegou a reduzir uma fatia de seu salário habitual pra fazer ele. Jack também, mas não diga a ninguém.

– Claro, mas por que essas reduções?

– Estamos negociando com a Firepower Productions, Harry Friedman e Nate Fischman. Eles negociam duro, mas está tudo assinado. Teve um problema, porque o agente de Jack exigiu no contrato uma cláusula "faça ou pague".

– Que é isso?

– Isso quer dizer que Jack receberá a grana dele quer o filme seja feito ou não. A maioria dos grandes astros tem essa cláusula nos contratos.

– É difícil acreditar que vá existir um filme.

– Tom Pell teve muito a ver com isso, quando se ofereceu pra fazer a coisa por um dólar. Deu ao projeto um pouco de crédito.

– Eu gostaria que a gente tivesse o Tom...

– Bem, ele ajudou. Quando Jack soube que Tom queria fazer o filme por um dólar, se interessou. A Firepower se interessou. Tivemos sorte.

– Sabe o que disse Lippy Leo Durocher?

– Quem é esse?

– Um jogador de bêisebol dos velhos tempos. Ele disse: "Prefiro ter sorte a ser bom de bola."

– Eu acho que a gente tem sorte *e* é bom de bola.

– Talvez. Mas quem são esses caras da Firepower?

– São novos em Hollywood. Marginais. Ninguém sabe qual é a deles. Faziam filmes de exploração na Europa. Chegaram aqui da noite pro dia e começaram a fazer filmes às dezenas, um atrás do outro. Todo mundo odeia eles. Mas eles fazem negócios, embora negociem duro.

– Pelo menos pegaram *Jim Beam*.

– É, quando ninguém mais queria. Eles têm um prédio enorme em North Hollywood. Entrei no escritório e lá estava Harry Friedman sentado. "Você tem Bledsoe e Bowers?", perguntou. "Tenho", eu disse. "Tudo bem", ele disse, "a gente tem um filme." "Mas não quer ler o argumento?", eu perguntei. "Não", ele disse.

– Cara interessante.

– Hollywood odeia ele.

– É uma pena...

– Você devia ver ele. Um homem gordão. A propósito, vai dar uma festa de aniversário na casa dele quinta à noite. Você e Sarah devem ir. O sócio dele, Nate Fischman, vai estar lá também...

– Nós iremos. Me dê o endereço...

Dez minutos depois, o telefone tornou a tocar.

– Hank, aqui é Tim Ruddy, eu sou um dos produtores de *Jim Beam*.

– Trabalha pra Firepower?

– Não, trabalho com Jon. Somos coprodutores. Eu e Lance Edwards.

– Oh...

– De qualquer modo, você conhece Victor Norman?

– Li os livros dele.

– É, ele leu os seus também. Ele vai escrever e dirigir um filme pra Firepower. E vai à festa. Quer saber se você pode dar uma passada no Chateau Marmont pra se encontrar com ele e irem à festa juntos.

– Qual é o número da suíte dele?

Naquela quinta-feira, fomos até o Chateau Marmont. O criado pegou nosso carro e nos dirigimos à entrada. Um homem sorridente, meio calvo, nos aguardava. Era Tim Ruddy. Fizeram-se as apresentações, e entramos atrás dele. Victor Norman respondeu à nossa batida. Gostei dos olhos dele. Parecia calmo e por dentro.

Apresentações. Sarah estava com uma ótima aparência. Norman mostrou-se radiante com ela.

Apertei a mão dele e disse:

– O bebum conhece o campeão.

Ele gostou disso.

Victor Norman era talvez o romancista mais conhecido dos Estados Unidos. Aparecia constantemente na TV. Era volúvel e hábil com a palavra. O que eu mais gostava nele era que não tinha medo das feministas. Era um dos últimos defensores da masculinidade e dos colhões no país. Para isso era preciso ter raça. Eu nem sempre gostava de sua produção literária, mas tampouco gostava sempre da minha.

– Me deram a maior suíte da casa com desconto. Disseram que era boa publicidade. Mas, de qualquer maneira, a Firepower paga a conta.

Fomos com ele para a sacada. Uma puta de uma vista de uma puta de uma cidade.

Fazia frio ali fora.

– Escuta, cara – perguntei – a gente não tem nada pra beber por aqui?

Acompanhamos Victor pelos vastos aposentos intercomunicantes. Ali dentro, a gente se sentia protegido de tudo. Uma fortaleza de segurança. Legal, legal.

Victor voltou com uma garrafa de vinho.

– Achei uma garrafa mas nenhum saca-rolhas dando sopa...

– Ah, deus – suspirei. Um bêbado amador.

Victor Norman estava no telefone.

– Precisamos de um abridor. Um saca-rolhas... Um pouco mais de vinho... Algumas garrafas de...

Olhou-nos.

O vinho demorou algum tempo a chegar.

– Vou fazer dois filmes pra Firepower. Vou escrever e dirigir um. E vou *atuar* no outro. Jon-Luc Modard é quem vai dirigir. Espero me dar bem com ele.

– Boa sorte – eu disse.

Seguiu-se uma conversa sem importância. Victor nos contou como conhecera Charlie Chaplin. Era uma história boa, louca e engraçada.

O vinho chegou e nos sentamos. Sarah e Tim Ruddy puseram-se a conversar. Ela sentia que ele se sentia de fora e tentava animá-lo. Era boa nisso. Eu, não tanto.

Victor olhou-me.

– Está fazendo alguma coisa agora?

– Fodendo com um poema.

Ele pareceu um pouco triste.

– Me pagaram um milhão de dólares pra escrever meu próximo romance. Isso foi há um ano. Não escrevi uma página e o dinheiro já acabou.

– Nossa.

– Nossa não vai ajudar.

– Eu soube das pensões alimentícias, todas as ex-esposas...

– Ééé...

Aproximei meu copo dele. Estava vazio. Ele tornou a enchê-lo.

– Eu soube de suas bebedeiras...

– Ééé...

– Que são essas coisas que você fuma?

– Beedi's. Da Índia. Enrolados por leprosos.

– É mesmo?

O vinho rolava e o tempo passava.

– Bem, acho que é melhor irmos indo pra festa – disse Victor Norman.

– Podemos ir no meu carro.

– Tá legal.

Descemos. Tim Ruddy queria ir no seu próprio carro.

O criado trouxe meu carro. Dei-lhe uma gorjeta e Sarah entrou. Arranquei e fomos para a festa de aniversário de Harry Friedman.

– Eu também tenho um BMW preto – disse Victor Norman.

– Os caras durões dirigem BMWs pretos – eu disse.

22

Chegamos um pouco atrasados para a festa, mas ainda não havia muita gente. Victor Norman sentava-se a algumas mesas da nossa. Depois que Sarah e eu nos sentamos, apareceu o garçom com nosso vinho. Vinho branco. Bem, era de graça.

Esvaziei meu copo e fiz sinal com a cabeça, chamando o garçom para tornar a enchê-lo.

Percebi que Victor me observava.

O pessoal ia chegando aos poucos. Vi o famoso ator do bronzeado perpétuo. Soubera que ele ia a quase todas as festas de Hollywood, em toda parte.

Sarah me deu uma cutucada. Era Jim Serry, o velho guru da droga da década de 60. Também ele ia a muitas festas. Parecia cansado, triste, esgotado. Senti pena dele. Ia de mesa em mesa. Chegou à nossa. Sarah deu um sorriso de prazer. Era uma filha dos anos 60. Apertei a mão dele.

– Oi, *baby* – eu disse.

A casa começava a lotar rapidamente. Eu não conhecia a maioria das pessoas. Acenava constantemente ao garçom para trazer mais vinho. Ele terminou trazendo uma garrafa inteira, e a pôs na mesa.

– Quando acabarem essa, trago outra.

– Obrigado, cara...

Sarah embrulhara um presentinho para Harry Friedman. Eu o tinha no colo.

Jon chegou e sentou-se à nossa mesa.

– Estou feliz por você e Sarah terem podido vir – disse. – Veja, está enchendo, este lugar está cheio de gângsters e matadores, os piores!

Ele adorava aquilo. Tinha alguma imaginação. Eu o ajudava a atravessar os dias e as noites.

Então surgiu um sujeito de aparência muito importante. Ouvi alguns aplausos.

Saltei de pé com o presente de aniversário. Me aproximei dele.

– Sr. Friedman, feliz...

Jon correu a me agarrar por detrás. Me puxou de volta à mesa.

– Não! Não! Esse não é Friedman! É o Fischman!

– Oh...

Sentei-me.

Notei Victor Norman me observando. Imaginei que desistisse dentro de pouco tempo. Quando tornei a olhar, ele ainda me encarava. Me olhava como se não acreditasse nos próprios olhos.

– Tudo bem, Victor – eu gritei –, e daí se eu faço cocô nas calças? Quer fazer disso uma Guerra Mundial?

Ele desviou o olhar.

Eu me levantei e procurei o banheiro dos homens.

Ao sair de lá, me perdi e entrei na cozinha. Encontrei um ajudante de garçom fumando um cigarro. Meti a mão na carteira e puxei uma nota de dez dólares. Coloquei-a no bolso da camisa dele.

– Não posso aceitar, senhor.

– Por que não?

– Não posso.

– Todo mundo recebe gorjetas. Por que não o ajudante de garçom? Eu sempre quis ser um ajudante de garçom.

Afastei-me, tornei a encontrar a sala principal e a mesa.

Quando me sentei, Sarah se curvou para mim e sussurrou:

– Victor Norman veio aqui quando você saiu. Disse que foi muito legal de você não falar nada da literatura dele.

– Fui bom, não fui, Sarah?

– Foi.

– Não fui um bom menino?

– Foi.

Olhei para Victor Norman, atraindo sua atenção. Fiz-lhe um aceno de cabeça, pisquei o olho.

Nesse momento entrava o verdadeiro Harry Friedman. Algumas pessoas se levantaram e aplaudiram. Outras pareciam entediadas.

Friedman sentou-se à sua mesa e serviu-se de comida. Massa. A massa correu a roda. Harry Friedman recebeu a sua e atacou-a logo. Parecia um bom garfo. Era largo, sem dúvida. Usava um terno velho, os sapatos gastos. Cabeça grande, bochechudo. Enfiava a massa naquelas bochechas. Tinha grandes olhos redondos, olhos tristes e cheios de desconfiança. Ai, viver no mundo! Faltava um botão da camisa branca amassada, perto da barriga, que se estufava para fora. Parecia um bebezão que de algum modo se soltara, crescera depressa e quase se tornara um homem. Tinha charme, mas podia ser perigoso acreditar naquele charme – ele seria usado contra a gente. Não usava gravata. Feliz aniversário, Harry Friedman!

Surgiu uma jovem vestida de policial. Encaminhou-se diretamente para a mesa dele.

– VOCÊ ESTÁ PRESO! – gritou.

Harry Friedman parou de comer e sorriu, os lábios molhados de massa.

A policial tirou o casaco e a blusa. Tinha seios enormes. Balançou-os debaixo do nariz de Harry Friedman.

– VOCÊ ESTÁ PRESO – gritou.

Todo mundo aplaudiu. Não sei por quê.

Friedman fez sinal à policial para que se abaixasse. Ela se abaixou e ele sussurrou-lhe alguma coisa no ouvido. Ninguém soube o que era.

Me leve pra sua casa. Vamos ver o que acontece?

Esqueceu seu cassetete. Cuido disso? Você vem me ver. Te levo no cinema?

A policial tornou a vestir a blusa, o casaco, e se mandou.

As pessoas aproximavam-se da mesa de Friedman e diziam-lhe coisinhas. Ele as olhava como se não soubesse quem eram. Em breve acabara de comer e bebia vinho. Manejava bem o vinho. Gostei disso.

Realmente tinha um fraco por vinho. Depois de algum tempo, saiu de mesa em mesa, curvando-se, falando com as pessoas.

– Nossa – eu disse a Sarah –, veja só aquilo!

– Quê?

– Ele está com um pedaço de massa num dos cantos da boca e ninguém lhe diz nada. Está ali *pendurado*!

– Estou vendo! Estou vendo! – disse Jon.

Harry Friedman continuava indo de mesa em mesa, curvando-se, falando. Ninguém o avisava.

Finalmente, ele se aproximou. Estava mais ou menos a uma mesa da nossa quando eu me levantei e me aproximei dele.

– Sr. Friedman – disse.

Ele me olhou com aquele rosto de bebê monstruoso.

– Sim?

– Fique parado.

Estendi a mão, peguei o fiapo de massa e puxei. A coisa se soltou.

– O senhor estava andando por aí com isso pendurado. Eu não aguentava mais.

– Obrigado – ele disse.

Voltei pra minha mesa.

– Bem, bem – perguntou Jon –, que acha dele?

– Acho ele um encanto.

– Eu te disse. Não conheci ninguém como ele depois de Lido Mamin...

– De qualquer modo – disse Sarah –, foi bacana da sua parte tirar a massa da cara dele, já que ninguém mais tinha coragem de fazer isso. Foi muito bacana.

– Obrigado, eu sou um cara muito bacana, na verdade.

– Oh, é? Que mais fez você de bacana ultimamente?

Nossa garrafa de vinho estava vazia. Chamei o garçom. Ele franziu o cenho para mim e adiantou-se com outra garrafa.

E não consegui pensar em nada bacana que tivesse feito. Ultimamente.

23

Começara a pré-produção.

Tudo parecia estar indo bem.

Aí o telefone tocou. Era Jon.

– Temos problema.

– Qual?

– Friedman e Fischman...

– Sim?

– Querem se livrar de meus coprodutores, Tim Ruddy e Lance Edwards...

– Conheci o Ruddy, o Edwards, não... Que há?

– Esses caras trabalham comigo há muito tempo neste filme. Puseram tempo e dinheiro. Agora Friedman e Fischman querem chutar os dois. Estou sendo pressionado de todos os lados. Todo mundo aceitou ganhar menos. E a Firepower se meteu em encrenca da grossa. O sindicato está investigando eles. A ação tinha chegado a 40, agora caiu pra

4..."Se livre desses caras", eles me dizem. "Não precisamos deles!" "Mas", respondo, "*eu* preciso deles..." "Por que precisa deles?", perguntam. "Não somos tão bons quanto eles?" "Mas eles estão no contrato", digo a eles. "Vocês assinaram o contrato." "Sabe o que é um contrato?" me perguntam. "Um contrato é uma coisa a ser *renegociada*!"

– Nossa...

– Esses caras estão apertando e pressionando, apertando e pressionando... E vão apertar e pressionar até não terem mais nada pra apertar e pressionar... Eu já concordei em rodar o filme em 32 dias, em vez de 34... O orçamento já foi reduzido várias vezes... Eles não gostam do meu técnico de som... Não gostam do meu câmera... Querem outros mais baratos. "E você tem de se livrar desses produtores", me dizem. "Nós não precisamos deles..."

– Que é que você vai fazer?

– Bem, eu não posso abandonar Tim e Lance... Nós temos um plano. Amanhã, Tim e eu vamos almoçar com um advogado. Esse cara é conhecido em toda Hollywood. Só o nome dele já enche todo mundo de medo. É poder de fato, total. E deve um favor a Tim. Assim, depois do almoço, vamos passar no escritório de Friedman e Fischman, levando o tal advogado com a gente. Agora, seria bom se você também estivesse lá. Você pode?

– Claro... A que horas e onde?

O almoço foi no Musso's. Pegamos uma mesa grande, de canto. Bebemos e almoçamos. Várias pessoas pararam para dar uma palavrinha com o grande advogado. Era verdade, todos morriam de medo dele. O grande advogado era muito delicado e usava um terno bastante caro.

O advogado, Lance e Jon planejaram sua estratégia em relação a Friedman e Fischman. Não prestei muita atenção. O advogado expôs a coisa: você diz isso, eu digo aquilo. Você não diz isso. Deixa comigo.

Advogados, médicos, bombeiros mecânicos, eles é que ficavam com a grana toda. Escritores? Os escritores morriam de fome. Os escritores se suicidavam. Os escritores enlouqueciam.

O almoço acabou e fomos para nossos respectivos carros e nos dirigimos para o grande edifício verde onde Friedman e Fischman estavam à espera. Acertamos nos encontrar na entrada.

A secretária escoltou-nos até o gabinete de Harry Friedman, e quando entramos ele se levantou e já foi dizendo:

– Sinto muito, mas a empresa não tem dinheiro e nada se pode fazer. Esses outros produtores têm de ir embora. Não podemos pagar a eles. Não temos dinheiro!

Pegamos cadeiras na sala e nos sentamos.

Jon disse:

– Sr. Friedman, eu preciso desses homens, eles são essenciais pra produção.

Friedman permaneceu de pé. Apoiou os nós dos dedos no tampo da mesa.

– NINGUÉM É NECESSÁRIO! MENOS AINDA ESSES HOMENS. PRA QUE PRECISAMOS DELES? ME DIGA: PRA QUE PRECISAMOS DELES?

– São meus coprodutores, Sr. Friedman...

– EU SOU UM PRODUTOR! EU SOU MELHOR QUE ELES! NÃO PRECISO DESSES HOMENS! ESSES HOMENS SÃO SANGUESSUGAS! SANGUESSUGAS!

Abriu-se uma porta atrás de Friedman e apareceu Fischman. Não era tão gordo quanto o outro. Deu uma corridinha em torno da mesa de Friedman. Deslocava-se bem. Enquanto corria em torno da mesa, berrava:

– SANGUESSUGAS! SANGUESSUGAS!

Depois voltou correndo pela porta por onde entrara, e que evidentemente levava ao seu gabinete.

Friedman sentou-se atrás de sua mesa. Era evidente que sabia quem era o grande advogado.

Sentou-se atrás de sua mesa e disse em voz baixa:

– Não precisamos de ninguém.

O grande advogado pigarreou, e falou:

– Por favor, me desculpe, mas existe... um contrato.

Friedman saltou de pé atrás de sua mesa:

– VOCÊ CALE A BOCA, SEU ESPERTINHO!

– Entro em contato com você – disse o grande advogado.

– É. ENTRE EM CONTATO. VÁ EM FRENTE, ENTRE EM CONTATO, SEU ESPERTINHO! VOCÊ PRA MIM NÃO É NADA!

Nós nos levantamos e nos juntamos perto da porta. Sussurraram-se algumas palavras, e então Tim e o grande advogado saíram. Jon disse que precisava conversar mais um pouco com Friedman. Eu fiquei.

Nós nos sentamos.

– Não posso pagar esses caras – disse Friedman.

Jon curvou-se para a frente, gesticulou com a mão.

– Mas, Harry, você não pode simplesmente pedir a eles que trabalhem pra você... *de graça*!

– EU ADORO quando as pessoas trabalham DE GRAÇA! ADORO!

– Mas... isso não é *direito*... esses homens trabalham há *meses*! Você têm que pagar *alguma coisa*!

– Tudo bem, dou a eles 15 mil...

– Só 30 mil, por todos esses meses de trabalho?

– Não, os 15 são para *os dois*...

– Mas isso é impossível...

– Nada é impossível... – Olhou para mim: – Quem é esse cara?

– É o escritor.

– É um cara velho. Não vai viver muito tempo. Corto 10 mil dele...

– Não, ele é pago através de mim...

– Então eu corto 10 mil de você e você corta 10 mil dele.

– Harry, pare com isso, por favor...

Friedman levantou-se de sua mesa e encaminhou-se para um sofá de couro encostado na parede. Jogou-se estendido no sofá. Olhava para o teto. Permaneceu calado. Então me pareceu ouvir um leve soluço. Os olhos de Harry Friedman se umedeciam.

– Não temos dinheiro. Não temos dinheiro. Eu não sei o que fazer. Me ajude, me ajude.

Ficou calado por uns bons dois minutos. Jon acendeu um cigarro e esperou.

Então Friedman falou, ainda olhando para o teto.

– Isso podia ser chamado de um filme de arte, não podia?

– Bem, sim – disse Jon.

Harry Friedman saltou de seu sofá, correu para Jon:

– UM FILME DE ARTE! UM FILME DE ARTE! ENTÃO VOCÊ TRABALHARÁ DE GRAÇA!

Jon levantou-se.

– Sr. Friedman, preciso ir...

Encaminhamo-nos para a porta.

– Jon – disse Friedman –, *aqueles sanguessugas* têm de ir embora.

– Sanguessugas – ouvimo-lo dizer novamente, através da porta.

Dirigimo-nos para o bulevar.

24

Sarah e eu decidimos visitar novamente o gueto. Como ainda tínhamos o velho fusca, decidi ir nele até lá.

Uma vez lá, parecia o mesmo, a não ser por um velho colchão deixado no meio da rua, que tivemos de contornar.

Todo o lugar tinha a aparência de uma aldeia bombardeada. Nesse dia não havia ninguém à vista. Era como se, a um sinal, todos tivessem se escondido. Mas eu sentia uma centena de olhos em cima da gente. A porta tinha cinco buracos de balas. Algo novo.

Tornei a bater.

– Sim? – ouvi a voz de Jon.

– É Hank e Sarah. Nós ligamos. Estamos aqui.

– Oh...

A porta abriu-se.

– Entrem, por favor...

François Racine estava à mesa com sua garrafa de vinho.

– A vida não vale nada – ele disse.

Jon passou a corrente na porta. Sarah correu os dedos pelos buracos de bala.

– Vejo que tiveram cupins...

Jon deu uma risada.

– Oh, sim... sentem-se...

Pegou alguns copos e nos sentamos. Ele serviu o vinho.

– Outro dia estupraram uma garota no capô do meu carro. Cinco ou seis deles. Nós protestamos. Eles ficaram furiosos. Passaram-se alguns dias, e aí, uma noite, estávamos sentados aqui e bang, bang, bang, bang, bang, as balas passaram através da porta. Depois ficou tudo em silêncio.

– Ainda estamos vivos – disse François. – Nos sentamos e bebemos vinho.

– É só um blefe – disse Jon. – Querem que a gente se mude. Eu me recuso a mudar.

– Um dia não poderemos nos mudar mais – disse François.

– Eles têm mais armas que a polícia – disse Jon – e disparam mais.

– Vocês deviam sair daqui – disse Sarah.

– Está brincando? Alugamos este lugar por três meses adiantados. Perderíamos toda a grana.

– É melhor perder nossas vidas? – perguntou François.

– Conseguem dormir à noite? – perguntei.

– Temos de beber pra dormir. E mesmo assim nunca se tem certeza. Essas barras nas janelas talvez não signifiquem grande coisa. O vizinho também tem. Outra noite, estava jantando sozinho e lá estava um cara parado atrás dele com uma arma. De alguma forma, entrara pelo telhado. Tem uma espécie de passagem lá por cima. Eles estão embaixo e em cima da casa. Ouvem tudo que a gente diz. Estão escutando agora.

Quatro fortes batidas ressoaram no assoalho.

– Estão vendo?

François saltou e bateu com o pé no chão.

– QUIETOS! QUIETOS! QUE TIPO DE DEMÔNIO SÃO VOCÊS?

Silêncio lá embaixo. Acho que só queriam nos informar que estavam lá.

François tornou a sentar-se.

– Toda essa coisa é aterrorizante – disse Sarah.

– Eu sei – disse Jon. – Roubaram nossa TV, mas a gente não precisa de TV por aqui.

– Eu achava que isto era só um gueto negro – eu disse –, mas vi alguns hispanos da última vez...

– Oh, sim – disse Jon – temos uma das piores gangues mexicanas aqui, a V-66. Pra pertencer a ela o cara tem de ter matado alguém.

Fez-se uma longa pausa.

– Como vai indo o filme? – perguntei, para quebrar o silêncio.

– A produção está rolando. Eu estou lá todo dia, trabalhando muitas horas com o pessoal. Em breve estaremos rodando. À medida que cada dia passa, que a Firepower investe mais dinheiro, o filme se torna mais realidade. Mas dá merda de todo tipo todo dia.

– Como, por exemplo? – perguntou Sarah.

– Bem, fomos alugar a câmera...

– Vocês alugam a câmera?

– É. Assim, fomos alugar uma câmera e a empresa disse que não alugava pra nós.

– Por quê? – perguntei, dirigindo-me à janela para dar uma olhada no fusca.

– A Firepower não pagou o *último* aluguel. A empresa insistiu em que a Firepower lhe desse um cheque visado pelo uso da última câmera e pelo aluguel da que a gente queria usar.

– Eles deram?

– Deram.

François levantou-se.

– Vou contar as galinhas – disse, e saiu.

– François não tem medo desse tipo de vida? – perguntou Sarah.

– Não – disse Jon –, ele está louco. Outro dia estava sentado aqui sozinho, e ergueu os olhos e viu dois caras parados ali. Um deles tinha uma faca. "Passa o dinheiro!", disse o cara. "Não", disse François, "você passa o seu!" Estava bêbado, e pegou a vara e começou a bater nos dois com ela. Eles saíram correndo e François correu atrás deles pela rua abaixo gritando: "FIQUEM LONGE DE MINHA CASA! VÃO À CASA DE OUTRO. E NÃO ROUBEM MINHAS GALINHAS!". Correu atrás deles a rua toda.

– Podiam ter matado ele.

– Ele está louco demais pra ver isso.

– Tem sorte de estar vivo – disse Sarah.

– É. Mas eu acho que o fato de ser francês, e não americano, ajuda. Isso confunde eles, pois não sentem o mesmo ódio que sentem por um americano. Sentem que ele é doido, e nem *todos* esses caras são assassinos. Alguns são simplesmente humanos tentando se virar.

– Não são *todos* humanos? – perguntou Sarah.

– Humanos demais – respondeu Jon.

François entrou.

– Contei minhas galinhas. Ainda estão todas lá. Conversei com elas. Conversei com minhas galinhas.

Sentou-se. Jon encheu o copo dele.

– Eu quero um castelo – disse François. – Quero seis filhos e uma esposa grande e gorda.

– Pra que quer isso tudo? – perguntei.

– Pra quando perder no jogo alguém conversar comigo. Agora, quando eu perco, ninguém conversa comigo.

Eu queria sugerir que quando ele perdesse no jogo talvez uma esposa gorda e seis filhos tampouco conversassem com ele. Mas não sugeri. François já sofria bastante.

Em vez disso, eu disse:

– A gente precisa ir ao hipódromo juntos um dia desses.

– QUANDO? – ele perguntou.

– Breve.

– Eu tenho um novo sistema.

– Todos temos.

Aí o telefone tocou. Jon atendeu na terceira chamada.

– Alô...

– Sim... sim, aqui é Jon.

– Como? Mas isso não pode ser!

Olhou-nos, ainda segurando o fone.

– Desligou...

– Quem?

Jon pôs o fone no gancho. Ficou ali parado.

– Era Harry Friedman...

– E...?

– E o filme foi cancelado – respondeu.

25

Passaram-se vários dias. Eu não fazia grande coisa, apenas ia às corridas, voltava e brincava com o poema. Trabalhava em três áreas: o poema, o conto e o romance. Agora, com o argumento, eram quatro. Ou não eram? Sem o filme, seria eu um escritor de argumentos? Jim Beam não estava dançando.

Aí Jon ligou.

– Como vão os cavalinhos?

– Vão muito bem. Escuta, como está você, aliás?

– Eu estou bem... só queria contar pra você o que aconteceu.

– Sim?

– Bem, depois do cancelamento, a primeira coisa que François e eu fizemos foi tomar um porre de dois dias e duas noites...

– Uma lavagem, certo?

– Certo. Depois disso fui ao prédio da Firepower, numa tentativa de ver Friedman e descobrir por que ele cancelou o filme. Foi um choque pra mim.

– Pra mim também.

– Fui até lá. O guarda não quis me deixar entrar. Evidentemente, Friedman tinha dado ordens pra que eu não visse ele.

– Filho da puta.

– É, ele é às vezes. De qualquer modo, fui pela outra entrada, tem duas...

– É, eu sei.

– Eu conheço o advogado deles. Disse ao guarda que ia falar com o advogado, e ele me deixou entrar. Mas não fui ver o advogado, fui ao gabinete de Friedman e entrei direto.

– Boa.

– Friedman levantou a cabeça e me viu. Disse: "Ora, olá, Jon, como vai você?". Eu disse que estava ótimo. Decidi não perguntar por que ele cancelara o filme. Isso era lá com ele mesmo. Por isso disse: "Você vai arranjar outra pessoa pra esse filme?". Ele perguntou: "Você tem mais alguém?". Eu disse que não tinha. Depois disse: "Nós vamos arranjar alguém. E quando arranjarmos, quero sua palavra sobre uma coisa". "Qual?", ele perguntou. "Bem, quando arranjarmos alguém, vamos fazer com que paguem a você todas as suas despesas até agora com a pré-produção." "Ótimo", ele disse. "Mas", eu disse, "quero sua palavra de que deixará o filme seguir em frente sob essas condições, e de que a Firepower não exigirá pagamentos adicionais." "Ótimo", disse Friedman, "vá em frente. Arranje outra pessoa. Eu concordo com os termos. E boa sorte pra você."

– E ficou nisso?

– Ficou, apertamos as mãos e eu saí. Acredito que ele ficou encantado com a possibilidade de recuperar os custos de pré-produção.

– Agora a gente só tem de arranjar alguém.

– Já temos...

– Quê?

– Sabe, o tempo todo em que negociamos com a Firepower, mesmo depois deles assinarem o contrato pra fazer o filme, a gente procurava em segredo outros produtores. Jamais confiamos muito na Firepower. Assim, quando um dos outros produtores descobriu que o filme tinha sido cancelado, pulou dentro.

– Oh, quem são essas pessoas?

– É Edleman, um *grande* operador imobiliário do leste. O homem dele na costa oeste é Sorenson. A gente checou tudo. O dinheiro está lá, é concreto. E eles dizem: "Sim, nós temos o dinheiro. Sim, a gente quer fazer o filme. Vamos fazer".

– Tem certeza de que esses caras são legais?

– O dinheiro está lá. Eles estão estabelecidos. Nós estamos numa melhor do que com a Firepower. E eles adoram o argumento e os atores. Estão prontos pra rolar. Estamos tratando da documentação. Assinamos quinta-feira à tarde.

– Lindo, Jon. Estou feliz por você. Por mim também.

– A gente faria o filme de qualquer jeito. Eu estava decidido. Mas agora podemos fazer imediatamente.

– Estou orgulhoso de você, Jon.

– Mantenho você informado. Tchau.

– Faça isso. Tchau, Jon...

O telefonema seguinte foi uns dois dias depois.

– Filho da puta!

– Qualé, ô?

– A Firepower voltou atrás! Eles sabem de Edleman e Sorenson. AGORA ESTÃO EXIGINDO ENTRE 500 E 750 MIL DÓLARES A MAIS!

– QUÊ?

– Friedman voltou atrás em sua palavra. Chamei ele no telefone, disse: "Mas você me disse que não ia pedir nada mais! Você me deu sua palavra!"

– Que foi que ele disse?

– Não disse nada. Desligou. Agora não consigo entrar em contato com ele. Não atende meus telefonemas. Vou fazer uma GREVE DE FOME!

– Quê?

– UMA GREVE DE FOME! Pego minha garrafa d'água e uma cadeirinha baixa e vou me sentar na frente da Firepower e me matar de fome!

– Agora?

– É, estarei lá dentro de dez minutos!

– Não tá falando sério...

– Claro que tou falando sério!

Quando passei de carro, lá estava Jon Pinchot sentado defronte do prédio, em sua cadeirinha baixa. Tinha a garrafa d'água. E um cartaz em letras grosseiras:

GREVE DE FOME!
A FIREPOWER É
O PODER DA MENTIRA!

Estacionei e fui até ele. Quatro ou cinco pessoas o fitavam. Eu me ajoelhei ao lado dele.

– Escuta, Jon. Vamos esquecer essa porra desse filme. Eu devolvo seu dinheiro. Não preciso dele tanto assim. Vamos acabar com essa merda e tomar um porre em algum lugar, hum?

Jon enfiou a mão no bolso e me entregou um pedaço de papel.

– Dei um jeito de mandar entregar isso por mensageiro a Harry Friedman. Ele recebeu. Isso aí é uma cópia. – E ele puxou outro papel. – Aqui está o acordo de liberação.

Li o primeiro papel que ele tinha me entregue:

Caro Harry:

Aqui estão as duas alternativas que eu lhe disse pelo telefone. Como vê, são ambas aceitáveis por mim. Acredite-me, quando eu sugiro uma solução em que não ganho dinheiro algum, isso não é só para salvar o projeto, mas também porque eu gosto de você, muito mais do que você pode imaginar.

Tudo bem, agora você decide. Por favor, decida rápido, porque eu tenho Edleman, que está pronto a assumir o filme e todas as obrigações em todos os contratos. Se Edleman, que está disposto a assumir o filme imediatamente, não tiver esse pedaço de papel (Solução nº 1 anexa) assinado por você até quinta-feira à tarde, não poderá iniciar a produção no dia 19. Dez pessoas importantes precisam ser contratadas antes disso. O que nos deixa só terça e quarta para que Edleman assuma o filme. Se não se fizer isso, perderemos Jack Bledsoe como principal ator e você perderá cerca de um milhão de dólares. Isso é suicídio para qualquer um, pelo menos financeiramente. Mas tenho de ir mais um passo à frente, como se segue: se meu filme não estiver liberado por você amanhã de manhã, às nove horas, como você me prometeu, a Solução nº 2 é que começarei a cortar pedaços de meu corpo e mandá-los em envelopes para você, todos os dias. Estou falando sério. Você não pode se dar o luxo de esperar nem mais um dia. É UMA QUESTÃO DE VIDA OU MORTE PARA O FILME.

Com amor,
Jon

O outro pedaço de papel tinha o título Solução nº 1 e começava:

EMENDA AO ACORDO DE LIBERAÇÃO DOS SERVIÇOS DE DIREÇÃO DE JON PINCHOT

Tendo sido escrito por um advogado, era quase ilegível, mas parecia exigir que Friedman liberasse o filme para Edleman e ficasse com o dinheiro que seria de Jon.

Devolvi os papéis a ele.

– Qual é a Solução nº 2?

– O corte dos pedaços.

– Chama isso de solução?

– Acho que se podia chamar de resolução.

– Você não vai fazer isso?

– Vou, sim. É só o que eu sei.

– Você está doido.

– Não. Não. Mas venha comigo. Preciso me preparar.

– Preparar?

– É.

Estávamos no carro de Jon.

– Já tenho a primeira parte do que preciso. O anestésico. Sabe, tive de ir ao médico por causa de uma unha do pé encravada. Ele operou. E me deu o anestésico para depois. Funcionou sensacionalmente...

– Aonde vamos?

– Você vai ver. De qualquer modo, tive de voltar pra verificar a unha. Disse ao médico: "Aquele anestésico foi sensacional, durou dez horas. Me fale sobre ele". Ele me falou. Depois eu perguntei: "Eu posso ver?". Ele me levou ao seu armarinho de remédios e mostrou o tal. "Muito interessante", eu disse. A gente conversou mais um pouco, e eu saí. Mas tinha uma mochila comigo, uma pequena mochila de viagem. Deixei ela junto do armarinho de remédios. Depois que saí do consultório, voltei. "Oh", disse à recepcionista, "esqueci minha mochila." Entrei pra pegar e não tinha ninguém por perto. Abri o gabinete e peguei o anestésico.

– Você não pode fazer isso – eu disse a Jon.

– Eu *tenho* que – ele respondeu.

Estávamos numa ferragem.

– Sim? – disse o balconista.

– Eu quero uma serra – disse Jon. – Uma motosserra.

O vendedor dirigiu-se a um mostruário de parede e voltou com o aparelho laranja.

– Esta é uma Black and Decker, uma das melhores que temos.

– Onde se põe a lâmina? – perguntou Jon. – Como se põe?

– Oh, é muito fácil – disse o vendedor. Pegou uma lâmina e encaixou-a.

Jon olhou-a. A lâmina tinha dentes muito grandes.

– Humm – disse Jon –, não é essa exatamente a lâmina que eu procurava.

– Que tipo de lâmina você quer? – perguntou o vendedor.

Jon pensou um momento. Depois disse:

– Uma pra cortar pequenas peças de madeira. Madeira dura.

– Oh – disse o vendedor –, que tal esta?

Encaixou a nova lâmina. Tinha dentes finos, muito juntos, afiados.

– É – disse Jon –, é essa que eu quero. Essa serve.

– Dinheiro ou cartão de crédito? – perguntou o vendedor.

De volta ao carro, e voltando para retomar a greve de fome, perguntei a Jon:

– Não vai realmente fazer isso, vai?

– Claro. Vou começar com o dedo mindinho da mão esquerda. Pra que serve ele mesmo?

– É o que a gente usa para bater a letra “a” na máquina de escrever.

– Eu bato sem usar a letra “a”.

– Escuta, amigo, não há nenhuma maneira de dar meia-volta nessa coisa e esquecer tudo?

– Não. De jeito nenhum.

– E você vai estar lá às nove da manhã?

– No escritório do advogado dele. Ligarei a máquina. E farei a coisa se ele não liberar o filme.

Eu acreditava. Era como ele dizia: uma simples declaração de um fato, sem sobretons melodramáticos.

– Você me espera antes de entrar no escritório do advogado?

– Espero, mas você tem de chegar na hora. Vai chegar na hora?

– Estarei lá na hora – eu disse.

Voltamos à Firepower.

26

Eu estava lá às 8:50 da manhã. Estacionei e esperei por Jon. Ele apareceu às 8:55. Saltei e me aproximei do carro dele.

– Bom dia, Jon...

– Olá, Hank... Como vai?

– Ótimo. Escuta, que aconteceu com a greve de fome?

– Oh, ainda estou nela. Mas mais importante é cortar os pedaços.

Trazia a Black and Decker consigo. Enrolada numa toalha verde escuro. Entramos no prédio da Firepower juntos. O elevador nos levou ao escritório do advogado. Neeli Zutnick. A recepcionista aguardava a nossa chegada.

– Por favor, entrem direto – disse.

Neeli Zutnick esperava. Levantou-se de detrás de sua mesa e apertou-nos a mão. Depois voltou, sentou-se atrás da mesa.

– Os cavalheiros gostariam de um cafezinho? – perguntou.

– Não – disse Jon.

– Eu tomo um – eu disse.

Zutnick apertou o botão do intercomunicador.

– Rose? Rose, minha querida... um café, por favor... – Olhou para mim. – Creme e açúcar?

– Preto.

– Preto. Obrigado, Rose... Agora, cavalheiros...

– Onde está Friedman? – perguntou Jon.

– O Sr. Friedman me deu instruções completas. Agora...

– Onde fica sua tomada? – perguntou Jon.

– Tomada?

– Pra isso... – Jon puxou a toalha, revelando a Black and Decker.

– Por favor, Sr. Pinchot...

– Onde fica a tomada? Deixa pra lá, já achei...

Jon adiantou-se e ligou a Black and Decker na tomada.

– Você deve entender – disse Zutnick – que se eu soubesse que ia trazer esse instrumento, teria mandado desligar a eletricidade.

– Tá tudo bem – disse Jon.

– Não há necessidade desse instrumento – disse Zutnick.

– Espero que não. É só... para o caso...

Rose entrou com o meu café. Jon apertou o botão da Black and Decker. A lâmina entrou em ação, zumbindo.

Rose ficou nervosa e entornou o café, só um pouquinho... o bastante para deixar cair uma gota no vestido. Era um belo vestido vermelho, e ela, gorda, recheava-o lindamente.

– Uau! Me deu um *susto*!

– Desculpe – disse Jon. – Eu estava só... testando...

– De quem é o café?

– Meu – eu disse. – Obrigado.

Ela me trouxe o café. Eu bem que precisava.

Rose saiu, lançando-nos um olhar preocupado por cima do ombro.

– Os Srs. Friedman e Fischman manifestaram consternação por seu atual estado mental...

– Corta essa merda, Zutnick! Ou eu consigo a liberação ou o primeiro pedaço de minha carne será depositado... *aqui*!

Jon bateu no centro da mesa do advogado com a ponta da Black and Decker.

– Ora, Sr. Pinchot, não há necessidade...

– HÁ NECESSIDADE, SIM! E O TEMPO ESTÁ SE ESGOTANDO! EU QUERO AQUELA LIBERAÇÃO JÁ!

Zutnick olhou para mim.

– Que tal seu café, Sr. Chinaski?

Jon apertou o gatilho da Black and Decker e ergueu a mão esquerda, o dedo mindinho esticado. Volteou a Black and Decker em torno do dedo, a lâmina funcionando furiosamente.

– JÁ!

– TUDO BEM! – berrou Zutnick.

Jon tirou o dedo do gatilho.

Zutnick abriu a gaveta de cima da sua mesa e puxou duas folhas de papel tamanho ofício. Empurrou-as para Jon. Jon aproximou-se, pegou-as, sentou-se e começou a ler.

– Sr. Zutnick – perguntei – posso tomar outra xícara de café?

Ele me fuzilou com o olhar, apertou o botão do intercomunicador.

– Outra xícara de café, Rose. Preto...

– Como em Black and Decker – eu disse.

– Sr. Chinaski, isso não tem graça nenhuma.

Jon continuou a ler.

Chegou meu café.

– Obrigado, Rose...

Jon continuava a ler e nós esperávamos. Ele pusera a Black and Decker atravessada no colo.

Então disse:

– Não, isso não serve...

– QUÊ? – perguntou Zutnick. – É UMA LIBERAÇÃO TOTAL!

– Toda a cláusula "e" deve ser retirada. Contém ambiguidades demais.

– Posso ver esses papéis? – perguntou Zutnick.

– Certamente...

Jon colocou-os sobre a lâmina da Black and Decker e passou-os para Zutnick. O advogado tirou-os da lâmina com certa repugnância. Começou a ler a cláusula "e".

Não estou vendo nada de errado aqui...

– Retire...

– Você realmente pretende cortar um de seus dedos?

– Pretendo. E posso até cortar um dos seus.

– Isso é uma ameaça? Está me ameaçando?

– Pense no seguinte: eu não tenho nada a perder aqui. Só vocês.

– Um contrato assinado sob essas condições pode ser considerado inválido.

– Você me dá nojo, Zutnick! Elimine a cláusula "e" ou meu dedo se vai! JÁ!

Jon apertou o botão. A Black and Decker tornou a saltar em ação. Jon Pinchot estendeu o dedo mindinho da mão esquerda.

– PARE! – gritou Zutnick.

Jon parou.

Zutnick falava no intercomunicador.

– ROSE! Preciso de você...

Rose entrou.

– Mais café para os cavalheiros?

– Não, Rose. Quero todo este contrato revisto e rodado de novo, mas elimine a cláusula "e", e depois me devolva.

– Pois não, Sr. Zutnick.

Ficamos ali sentados por algum tempo.

Então Zutnick disse:

– Pode tirar essa coisa da tomada agora.

– Ainda não – disse Jon. – Só quando tudo estiver finalizado.

– Você tem realmente outro produtor pra essa coisa?

– É claro...

– Se importa de me dizer quem é?

– Claro que não. Hal Edleman. Friedman sabe disso.

Zutnick piscou os olhos. Edleman significava dinheiro. Ele conhecia o nome.

– Eu li o argumento. Parece muito... cru... pra mim.

– Já leu outra obra do Sr. Chinaski? – perguntou Jon.

– Não. Mas minha filha leu. Ela tem o livro de contos dele, *Sonhos da Piscina*.

– E?

– Detestou.

Rose voltava com o novo contrato. Entregou-o a Zutnick. O advogado deu uma olhada, levantou-se e aproximou-se de Jon.

Jon releu a coisa toda.

– Muito bem.

Dirigiu-se com o documento para a mesa, curvou-se e assinou-o. Zutnick assinou por Friedman e Fischman. Estava feito. Uma cópia para cada.

Então Zutnick deu uma risada. Parecia aliviado.

– A prática da advocacia se torna cada vez mais estranha...

Jon tirou a Black and Decker da tomada. Zutnick encaminhou-se para um pequeno armário na parede, abriu-o, pegou uma garrafa e três copos. Colocou-os sobre a mesa e serviu a todos.

– Ao acordo, cavalheiros...

– Ao acordo... – disse Jon.

– Ao acordo – disse o escritor.

Bebemos. Era conhaque. E tínhamos o filme de novo.

Acompanhei Jon até o seu carro. Ele jogou a Black and Decker no banco de trás, e entrou na frente.

– Jon – perguntei da calçada –, posso testar você com a grande pergunta?

– Claro.

– Pode me dizer a verdade sobre a Black and Decker. Jamais sairá daqui. Você ia realmente fazer aquilo?

– Mas é claro...

– Mas as outras partes depois? Os outros pedaços. Ia fazer isso?

– Claro. Uma vez que a gente começa uma coisa dessas, não tem como parar.

– Você tem raça, cara.

– Não é nada. Agora estou com fome.

– Posso te pagar um café?

– Bem, tudo bem... Eu sei do lugar certo... Entre no carro e me siga...

– Tudo bem.

Segui Jon de um lado a outro de Hollywood, as luzes e as sombras de Alfred Hitchcock, o Gordo e o Magro, Clark Gable, Gloria Swanson, Mickey Mouse e Humphrey Bogart caindo ao nosso redor.

27

Não houve muita coisa durante uma semana, mais ou menos. Eu brincava com um dos gatos no tapete quando o telefone tocou. Sarah atendeu.

– Sim? Oh, olá, Jon. Sim, ele está aqui. Não tem corrida nas terças. Quê? Oh, deus, que bagunça... Escuta, eu vou chamar Hank...

Eu me levantei do tapete e peguei o telefone.

– Alô, Jon...

– Hank, furou...

– Quê?

– O troço do Edleman. Eles andaram tentando vender *A Dança de Jim Beam* por sete milhões pelas nossas costas. O pessoal que eu contratei pra procurar secretamente outro produtor quando a gente estava na Firepower acaba de me dizer que o grupo Edleman propôs vender a *eles* os direitos do filme por sete milhões...

– Mas eles não têm os direitos, ainda...

– Disseram que tinham. Ofereceram o pacote: o argumento, os atores, o orçamento. Pediam sete milhões pelo direito de produzir o filme. Iam comprar os direitos da gente por menos, depois de fazerem o acordo em segredo...

– Nossa...

– Fomos novamente vítimas de outro bando de escroques. Portanto, está fora. O negócio com Edleman acabou. Agora vamos tentar arranjar outro produtor. Eu não queria chatear você com tudo isso, mas achei que era melhor te informar.

– Claro. Então, em que pé estão as coisas?

– Recebemos telefonemas. Oferecemos a coisa pelo telefone e eles dizem: "Ótimo, ótimo, vamos fazer". Depois, quando veem o argumento, dizem: "Não". Toda a cidade diz "Não". A gente tem aqui um filme com dois grandes atores e um orçamento tão baixo que não há meio de não faturar. E a cidade toda diz "Não". É inédito.

– Não gostam do argumento – eu disse.

– Não gostam.

– E eu não gosto deles. Não gosto nem um pouco deles.

– Bem, vamos continuar trabalhando. Tem de haver alguém em algum lugar que não tentamos ainda.

– A coisa parece preta.

– De algum modo, nós vamos fazer esse troço.

– Eu gosto da sua fé.

– Não esquenta.

– Tudo bem...

Voltei ao tapete e a brincar com o gato. O bichinho gostava de correr atrás de um pedaço de barbante.

– O filme voltou à estaca zero – eu disse a Sarah. – Ninguém gosta do argumento.

– Você gosta?

– Acho que é melhor que a maioria dos argumentos que tenho visto, mas talvez esteja errado. Sinto sobretudo por Jon.

O gato sentiu falta do cordão e enfiou uma garra nas costas de minha mão. Saiu sangue. Fui ao banheiro e molhei a ferida com água hidrogenada. Lá estava meu rosto no espelho: apenas um velho que escrevera um argumento. Merda. Saí dali.

Quando os cavalinhos corriam, eu nunca recebia más notícias, porque não estava em casa e ninguém me encontrava.

Bem, as corridas voltaram de novo, e eu ia todo dia, me saía bem, voltava, como era meu hábito, comia, via um pouco de TV com Sarah, subia para a garrafa de vinho e a máquina. Trabalhava no poema. O poema não dava muito dinheiro, mas sem dúvida era um grande parque de diversões por onde eu me debatia.

Algumas semanas depois da última chamada, recebi outra de Jon.

– Está tudo uma merda de novo – ele disse. – Estamos pior do que nunca!

– Quê?

– Escuta, a gente encontrou um produtor, ele disse tudo bem, gostou de tudo, até do argumento. Me disse: "Tudo bem, vamos fazer. Traga os documentos, eu assino, e a gente entra direto na produção". Marcamos uma data pra assinatura, mas antes de eu poder chegar lá ele me ligou e disse: "Não posso fazer o filme". Aparentemente, tem aí um diretor muito conhecido que diz ter os direitos de todas as obras sobre Henry Chinaski. "Não posso fazer nada", ele disse. "O acordo está desfeito."

Henry Chinaski era o nome que eu usara para o personagem principal de vários dos meus romances. Eu tornara a usar o nome no argumento.

– Que merda é essa? – perguntei.

– Não é merda nenhuma. Você vendeu os direitos do personagem Henry Chinaski.

– Isso não é verdade – eu disse. – Mas, mesmo que fosse, a gente só precisa mudar o nome.

– Não, o contrato diz que ele é dono do personagem, não importa que nome você use. Pra sempre!

– Não pode ser verdade...

– Receio que quando você vendeu os direitos de seu romance *Conferente de Embarque* ao diretor Hector Blackford, vendeu também esses direitos dramáticos.

– É, vendi os direitos pro cinema. Foram só dois mil dólares. Eu estava morrendo de fome. Na época me pareceu um bocado de grana. Blackford jamais fez um filme de *Conferente de Embarque*.

– Não importa. Diz no contrato que ele é dono do personagem pra sempre.

– Escuta, como você soube disso?

– Bem, tem um advogado, Fletcher Jaystone. Ele estava transando com uma montadora. Acabaram a transa e o advogado viu o argumento na mesa de cabeceira. Pegou. Era *A Dança de Jim Beam*. Ele folheou, pôs o argumento de volta no lugar e disse: "HENRY CHINASKI! MEU CLIENTE É DONO DESSE CARA! EU MESMO FIZ O CONTRATO!". E dali mesmo a coisa se espalhou pela cidade. *A Dança de Jim Beam* está morto. Agora ninguém quer tocar nele porque Blackford e seu advogado *são donos* de Henry Chinaski.

– Isso não é verdade, Jon. Eu não venderia esses direitos perpetuamente por uns míseros dois mil paus. Isso não faria nenhum sentido.

– Mas está no contrato!

– Eu li o contrato antes de assinar. Não vi nada disso.

– Veja a cláusula VI.

– Eu não acredito.

– Eu telefonei pro advogado. É um cara durão. "Nós somos donos de Henry Chinaski", ele me disse. "Eu investi 15 mil dólares de meu próprio dinheiro na época, e era muito dinheiro então. *Ainda* é um bocado de dinheiro." Eu comecei a ficar nervoso, a gritar com ele. "Espere", ele disse. "Não fale comigo desse jeito. Não fale comigo desse jeito." Não cheguei a parte alguma com ele. Não sei se ele quer um monte de dinheiro ou o que, mas neste momento

Jim Beam está morto, mais morto do que qualquer outra coisa por aí. Está liquidado.

– Jon, eu telefono pra você depois.

Olhei o contrato e procurei a cláusula VI. Em minha opinião, não conseguia ver nenhuma venda direta ou implícita dos direitos sobre o personagem. Reli várias vezes a cláusula VI mas não conseguia ver.

Liguei para Jon.

– Não tem nada na cláusula VI que diga coisa alguma sobre a cessão do personagem para sempre. Que tipo de maluquice é essa? Será que todo mundo ficou maluco?

– Não, mas é o que significa.

– Significa o quê?

– A cláusula VI.

– Você tem o contrato aí, Jon?

– Tenho.

– Pode ler pra mim onde declara que esse cara é dono de Henry Chinaski?

– Bem, infere.

– Isso é LOUCURA! Eu não vejo sequer *uma inferência*!

– Se a gente tiver de ir pro tribunal, vai levar três, quatro, cinco anos... E enquanto isso *Jim Beam* está morto. Ninguém vai tocar nele.

– SERÁ QUE TODO MUNDO NESTA CIDADE ESTÁ TÃO AMEDRONTADO? NÃO HÁ NADA NA CLÁUSULA VI QUE DECLARE QUALQUER COISA, DA MAIS VAGA FORMA, SOBRE A VENDA DO PERSONAGEM CHINASKI A ESSA GENTE!

– Você assinou um papel cedendo os direitos a Henry Chinaski para sempre – disse Jon.

Ele também estava doente. Desliguei.

Encontrei o número de Hector Blackford. Estava na lista telefônica, como sempre estivera. Eu conhecia Hector desde que ele saíra da escola de cinema na USC. Um de seus primeiros filmes fora um documentário sobre mim.

Passou numa TV a cabo uma noite. Na manhã seguinte, 50 pessoas telefonaram e cancelaram as assinaturas.

Hector e eu tomamos uns bons porres juntos algumas vezes. Ele mostrara um certo interesse em filmar *Conferente de Embarque*, e chegara até a me entregar um argumento, mas estava tão mal feito que eu disse a ele que esquecesse. Enquanto isso, ele seguiu seu caminho e eu o meu. E *ele* se tornou rico e famoso, dirigindo vários grandes sucessos. Eu brincava com o poema e esqueci *Conferente de Embarque*.

O telefone tocou, e ele atendeu.

– Hector, é Hank...

– Oh, olá, Hank. Como vai indo?

– Não muito bem.

– Que é que há?

– É sobre *Jim Beam*. Tem um cara aí pela cidade afirmando que você e ele são donos de Henry Chinaski. Conhece ele?

– Fletcher Jaystone?

– É. Ora, Hector, você sabe que eu não venderia meu rabo e minha alma por uns míseros dois mil dólares.

– Fletcher diz que você vendeu.

– Isso não está na cláusula VI.

– Ele diz que está.

– Você leu?

– Li.

– Está?

– Não sei.

– Escuta, *baby*, você não vai me arrancar os bagos por uma vaga fraseologia que ninguém entende, vai?

– Que quer dizer?

– Quero dizer que temos um filme em andamento e isso vai matar ele pra sempre. Não se lembra de todas aquelas noites em que tomamos porre juntos e tivemos todos aqueles bons papos?

– É, foram belas noites.

– Então converse com seu cara e diga a ele pra se mandar. A gente só quer inspirar e expirar.

– Hank, eu ligo pra você depois.

Fiquei sentado junto ao telefone, esperando. Esperei quinze minutos.

Tocou.

Era Hector.

– Tudo certo, Jaystone vai aliviar a barra.

– Obrigado, cara, sei que você é um grande coração. Esse negócio ainda não te matou.

– Jaystone vai te mandar uma liberação, imediatamente.

– Sensacional! Sensacional! Hector, você é lindo!

– E Hank...

– Sim?

– Ainda vou fazer um filme de *Conferente de Embarque* um dia.

– Tudo certo, *baby*. Lembranças à tua mulher!

– Lembranças a Sarah – disse Hector.

Nove décimos desse tipo de coisa são resolvidos no telefone; o outro décimo na assinatura de documentos.

Liguei para Jon.

– Hector mandou o tal Jaystone dar o fora. Jaystone vai te mandar uma liberação.

– Sensacional! Sensacional! Agora podemos ir em frente! Hector foi camarada, não foi?

– Bem, acho que ele provou isso.

– Assim que a gente receba a liberação, vou voltar ao novo produtor... A propósito, em vez de esperar o correio, por que não vou ao escritório de Jaystone e pego a liberação?

– Claro, telefone pra ele e acerte.

– Bem, estamos de volta ao ramo do cinema – disse Jon.

– Claro. Talvez a gente deva ir almoçar no Musso's.

– Quando?

– Amanhã. Uma e meia.

– Até lá – disse Jon.

– Até lá – respondi.

28

Assim, lá estava eu sentado batendo poemas e enviando-os às pequenas revistas. Por algum motivo, o conto não estava chegando à máquina, e eu não gostava disso, mas não podia forçá-lo, e portanto ficava ali brincando com o poema. Era minha liberação e minha festa. Talvez o conto voltasse um dia. Os cavalinhos corriam, o vinho ainda rolava, e Sarah fazia um belo trabalho no jardim.

Não tive notícias de Jon durante uma semana, mais ou menos, e aí, uma noite, o telefone tocou.

– Sabe aquele novo produtor pra quem conseguimos a liberação dada por Blackford?

– Sim, ele está pronto pra começar?

– Recuou. Diz que não quer fazer o filme.

– Por quê?

– Disse que enquanto esperava os papéis de liberação lhe ofereceram outra propriedade que ele prefere. Um argumento sobre dois órfãos gêmeos que conquistam o Campeonato Mundial de Duplas de Tênis.

– Parece sensacional. Eu gostaria de ter pensado nisso.

– Mas tem boas notícias também.

– Como, por exemplo?

– A Firepower decidiu ir em frente com o filme.

– Quê? Por quê?

– Acho que ficaram com medo de que ninguém mais faça. Acho que eles farejam grana no negócio. Afinal, o orçamento foi reduzido aos ossos. Todo mundo aceitou um corte. E isso foi obra deles, a obra de arte deles. Não creio que queiram que outros se beneficiem com isso. Harry Friedman me ligou. "Eu quero aquela porra daquele filme", disse. "Tudo certo", respondi, "você ganhou." "E se esse filme não faturar, eu pessoalmente corto *todos* os seus dedos!"

– Então estamos em marcha de novo?

– Em marcha de novo.

Aí, três ou quatro noites depois, o telefone tocou. Era Jon.

– Tudo bem se eu for aí? Tem uma coisa que a gente precisa conversar.

– Claro, Jon...

Trinta minutos depois, ele estava na porta. A garrafa e os copos esperavam na mesinha de café.

– Entra, Jon...

– Onde está Sarah?

– Aula de arte dramática.

– Oh...

Jon rodou pela sala e encontrou seu lugar favorito junto à lareira. Enchi o seu copo.

– Tudo bem, diga lá.

– Bem, a gente está pronto pra começar a rodar o cronograma estabelecido. Aí Francine Bowers, que está em Boston, cai doente. Precisa fazer uma operação. Não ficará boa antes de duas semanas.

– E agora?

– Filmamos as cenas sem ela. Filmamos Jack Bledsoe, tudo mais. Filmamos ela no fim. A gente se prepara pra filmar a primeira cena com Jack e ele se recusa!

– Por quê?

– Exige um Rolls-Royce conversível pra trazer ele pro *set*, senão não trabalha.

– Como diabos pode ele fazer isso?

– Está no contrato. A gente encontra um Rolls pra ele. Não adianta. Não é da cor que ele quer. Filmamos algumas cenas sem ele nem Francine. Aí encontramos o Rolls da cor certa e Jack volta pronto pra trabalhar.

Encho os copos outra vez.

– Ele quer você lá olhando pra ele – disse Jon.

– Quê? Ele não sabe que tenho de ir às corridas?
– Diz que não tem corrida todo dia.
– Isso é verdade.
– Escuta, Hank, ele quer que você escreva uma cena só pra ele.
– Oh, ééé?
– Quer fazer uma cena diante de um espelho, quer dizer alguma coisa diante de um espelho. Talvez um poema...
– Isso pode pôr tudo a perder, Jon.
– Esses atores às vezes são muito difíceis. Se ficam insatisfeitos no início, podem matar o filme todo.
Lá vou eu, pensei, vendendo meu rabo rio abaixo...
– Tudo bem – eu disse. – Vou escrever o poema no espelho.
– Francine também quer uma cena em que exiba as pernas. As pernas dela são sensacionais, você sabe.
– Tudo bem, eu escrevo a cena...
– Obrigado. Você sabe, vai receber outro pagamento. Devia receber quando começassem as filmagens, mas a Firepower suspendeu nossos pagamentos. Mas vamos receber, e quando recebermos você recebe.
– Tudo bem, Jon.
– Eu gostaria que você viesse ver o bar e o hotel onde estamos filmando. Estamos usando bêbados verdadeiros, sabe. Moram no tal hotel. Você vai gostar deles.
– A gente vai lá segunda-feira...
– Eu tive uns probleminhas com Jack...
– Como?
– Ele queria pegar uma cor, usar um chapeuzinho de feltro e um rabo de cavalo...
– Eu não acredito...
– É verdade. Levei horas pra convencer ele. E veja o que ele queria usar no filme!
Jon meteu a mão em sua valise e puxou uns óculos escuros. Colocou-os. Eram imensos. E a armação tinha a forma de palmeiras verdes, de plástico.

– Esse cara tá maluco? – perguntei. – Nenhum homem no estado da Califórnia usaria uma coisa dessas.

– Eu disse a ele. Ele insistiu pra usar os óculos *num momento qualquer* do filme, mesmo por um instante. "SE FOR DE OUTRO JEITO", gritou pra mim, "VOCÊ VAI ME CORTAR OS BAGOS FORA!"

– Bem – eu disse. – Eu não quero cortar os bagos dele fora. Vou bolar uma cena em algum ponto onde ele possa pôr os óculos.

– Você manda esse material pra mim assim que escrever?

– Vou fazer isso esta noite.

Servi outra rodada de drinques.

– Como está François?

– Sabe aqueles 60 mil que enfiou no buraco naquela roleta em que joga?

– Sei.

– Bem, ele se safou. Agora está ganhando seis mil e é um sujeito muito mais feliz.

– Ótimo.

Três coisas o homem precisa: fé, prática e sorte.

29

As filmagens iam começar em Culver City. O bar ficava lá, e o hotel com o meu quarto. A parte seguinte seria feita no distrito da Rua Alvarado, onde ficava o apartamento da mulher.

Depois vinha um bar que frequentávamos na Rua 6 com Vermont. Mas as primeiras tomadas seriam em Culver City.

Jon nos levou para ver o hotel. Parecia autêntico. Os bebuns moravam ali. O bar ficava embaixo. Nós ficamos parados, olhando.

– Que tal? – perguntou Jon.

– Sensacional. Mas já vivi em lugares piores.

– Eu sei – disse Sarah. – Eu vi.

Subimos para o quarto.

– Aqui está. Parece familiar?

Era pintado de cinza, como muitos desses lugares. Persianas rasgadas. A mesa e a cadeira. A geladeira coberta de grossa crosta de sujeira. E a pobre cama bamba.

– Está perfeito, Jon. É *o* quarto.

Fiquei um pouco triste por não ser jovem e estar fazendo tudo aquilo de novo, bebendo e brigando e jogando com as palavras. Quando a gente é jovem, pode realmente aguentar uma surra. A comida não importava. O que importava era beber e sentar à máquina. Eu devia ter sido louco, mas há muitos tipos de loucura, e alguns são muito gostosos. Eu morria de fome para ter tempo de escrever. Não se faz mais isso. Olhando aquela mesa, via-me ali sentado de novo. Naquele tempo estava louco e sabia disso e não importava.

– Vamos descer pra dar outra verificada no bar...

Descemos. Os bebuns que iam aparecer no filme já estavam lá. Bebiam.

– Vamos lá, Sarah, vamos pegar um banco. Tchau, Jon...

O garçom nos apresentou aos bêbados. Eram o Grande Monstro e o Pequeno Monstro, o Nojento, Buffo, Cabeça de Cachorro, Lady Lila, Lance Livre, Clara e outros.

Sarah perguntou ao Nojento o que ele estava bebendo.

– Parece bom – disse.

– É um Cape Cod, suco de amora e vodca.

– Eu tomo um Cape Cod – disse Sarah ao garçom, Cowboy Cal.

– Vodca 7 – eu disse ao Cowboy.

Tomamos algumas. O Grande Monstro me contou uma história de uma briga deles todos com os tiras. Muito interessante. E eu sabia, pelo jeito de ele contar, que era verdade.

Depois veio a chamada para o almoço para os atores e a equipe. Os bebuns ficaram onde estavam.

– É melhor a gente comer – disse Sarah.

Saímos pelos fundos e para leste do hotel. Haviam instalado uma grande banca. Os extras, técnicos, operários e outros já comiam. A comida tinha boa aparência. Jon veio ter com a gente. Pegamos nossas rações na carroça e o seguimos até a ponta da mesa. Quando passávamos, Jon parou. Um homem comia sozinho. Jon apresentou-nos.

– Esse é Lance Edwards...

Edwards fez-nos um leve aceno de cabeça e voltou ao seu filé.

Sentamo-nos na ponta da mesa. Edwards era um dos coprodutores.

– Esse Edwards age como um filho da puta – eu disse.

– Oh – disse Jon – ele é muito acanhado. É um dos caras dos quais Friedman estava tentando se livrar.

– Talvez tivesse razão.

– Hank – disse Sarah –, você nem conhece o cara.

Eu atacava minha cerveja.

– Coma sua comida, Sarah.

Ela ia acrescentar dez anos à minha vida, para o melhor ou para o pior.

– Vamos filmar uma cena com Jack na sala. Você deve vir ver.

– Depois de comermos, vamos voltar pro bar. Quando estiverem prontos pra filmar, mandem alguém nos chamar.

– Tudo bem – disse Jon.

Depois de comermos, contornamos o hotel até o outro lado, verificando-o. Jon nos acompanhava. Vários reboques estacionavam ao longo da rua. Vimos o Rolls-Royce de Jack. E junto a ele um grande reboque prateado, com um anúncio na porta: JACK BLEDSOE.

– Veja – disse Jon –, ele tem um periscópio em cima, pra ver quem se aproxima...

– Nossa...

– Escuta, tenho de acertar umas coisas...

– Tudo bem... Tchau...

Jon tinha uma coisa engraçada. Seu sotaque francês ia desaparecendo à medida que ele só falava inglês nos Estados Unidos. Era um pouco triste.

A porta do reboque de Jack abriu-se. Era ele.

– Ei, entrem!

Subimos os degraus. Uma televisão estava ligada. Uma garota jovem deitava-se no beliche, vendo TV.

– Essa é Cleo. Comprei uma moto pra ela. A gente roda junto.

Um cara sentava-se na outra ponta.

– Esse é meu irmão, Doug...

Eu me aproximei de Doug, ensaiei uns passos de boxe na frente dele. Ele não disse nada. Apenas encarava. Sujeito frio. Ótimo. Eu gostava de caras frios.

– Tem alguma coisa pra beber? – perguntei a Jack.

– Claro...

Pegou um uísque, serviu-me uma dose com água.

– Obrigado...

– Quer um pouco? – ele perguntou a Sarah.

– Obrigada – ela disse. – Não gosto de misturar bebidas.

– Ela está tomando Cape Cods – eu disse.

– Oh...

Sarah e eu nos sentamos. O uísque era bom.

– Gosto deste lugar – eu disse.

– Fique o quanto quiser – disse Jack.

– Talvez eu fique pra sempre...

Jack me lançou seu famoso sorriso.

– Seu irmão não é de falar muito, é?

– Não, não é.

– Um cara frio.

– Ééé.

– Bem, Jack, decorou suas falas?

– Eu nunca olho as minhas falas até o último instante antes da filmagem.

– Sensacional. Bem, escuta, a gente tem de se mandar.

– Eu sei que você consegue, Jack – disse Sarah. – Estamos satisfeitos por você ter o papel principal.

– Obrigado.

No bar, os bebuns ainda estavam lá, e não pareciam nem um pouco mais bêbados. Era preciso muita coisa pra derrubar um profissional.

Sarah tomou outro Cape Cod. Eu voltei ao Vodca 7.

Bebemos, e ouvimos outras histórias. Cheguei até a contar uma. Talvez houvesse passado uma hora. Aí eu ergui o olhar e vi Jack parado, olhando por cima das portas de vaivém da entrada. Eu via apenas a cabeça dele.

– Ei, Jack – gritei –, entre e tome uma.

– Não, Hank, vamos filmar agora. Por que não vem ver?

– Já vou já, *baby*...

Pedimos mais duas doses. E já as atacávamos quando Jon entrou.

– Vamos filmar agora – ele disse.

– Tudo bem – disse Sarah.

– Tudo bem – disse eu.

Acabamos nossas doses e eu peguei umas duas garrafas de cerveja para levar conosco.

Seguimos Jon por uma escada acima e pelo quarto adentro. Cabos por toda parte. Técnicos mexendo-se de um lado para outro.

– Aposto que poderiam rodar um filme com cerca de um terço desses porras todos.

– É o que Friedman diz.

– Às vezes ele tem razão.

– Tudo bem – disse Jon –, estamos quase prontos. Fizemos alguns ensaios. Agora filmamos. Você – disse para mim – fica nesse canto. Pode ver daqui sem entrar na cena.

Sarah recuou até ali comigo.

– SILÊNCIO! – gritou o assistente de direção de Jon. – PREPARANDO PRA RODAR!

Tudo ficou em silêncio.

Então foi a vez de Jon:

– CÂMERA! AÇÃO!

A porta do quarto abriu-se e Jack Bledsoe entrou cambaleando. Merda, era o jovem Chinaski! Era eu! Senti uma dor mole dentro de mim. Juventude, sua filha da puta, aonde foi você?

Queria voltar a ser o jovem bêbado. Queria ser Jack Bledsoe. Mas era apenas o cara velho no canto, mamando uma cerveja.

Bledsoe cambaleou até a janela junto à mesa. Abriu a persiana escangalhada. Ensaiou uns passos de boxe, um sorriso no rosto. Depois sentou-se à mesa, pegou um lápis e um pedaço de papel. Ficou ali sentado algum tempo, depois puxou a rolha de uma garrafa de vinho, tomou uma talagada, acendeu um cigarro. Ligou o rádio e deu sorte de sintonizar Mozart.

Começou a escrever naquele pedaço de papel com o lápis, enquanto a cena escurecia...

Pegara a coisa. Pegara do jeito que era, quer isso significasse alguma coisa ou não, ele a pegara como era.

Eu me aproximei dele e apertei sua mão.

– Peguei bem? – ele perguntou.

– Pegou – eu disse.

No bar lá embaixo, os bebuns ainda estavam em serviço e com a mesma aparência.

Sarah voltou aos seus Cape Cods e eu tomei a rota do Vodca 7. Ouvimos algumas histórias ótimas. Mas havia uma tristeza no ar, porque depois de rodado o filme, o bar e o hotel iam ser desmontados, para servir a algum fim comercial. Alguns dos fregueses moravam no hotel há décadas. Outros moravam numa estação ferroviária deserta próxima, e havia uma ação judicial para retirá-los dali. Por isso, a bebida era pesada e triste.

Sarah disse por fim:

– Precisamos voltar pra casa pra dar comida aos gatos.

A bebida podia esperar.

Hollywood podia esperar.

Os gatos não esperavam.

Concordei.

Despedimo-nos dos bebuns e fomos para o carro. Eu não me preocupava com a direção. Alguma coisa na visão do jovem Chinaski naquele velho quarto de hotel me estabilizara. Filho da puta, eu fora um jovem touro do caralho. Realmente um fodido de primeira.

Sarah se preocupava com o futuro dos pinguços. Eu também não gostava daquilo. Por outro lado, não podia vê-los sentados em torno da minha porta da frente, bebendo e contando suas histórias. Muitas vezes o charme diminui quando chega perto demais da realidade. E quantos irmãos a gente pode manter?

Eu dirigia em frente. Chegamos.

Os gatos esperavam.

Sarah desceu e limpou as tigelas deles e eu abri as latas.

Simplicidade, era disso que se precisava.

Subimos, tomamos banho, trocamos de roupa e fomos para a cama.

– Que é que aquele pessoal vai fazer? – perguntou Sarah.

– Eu sei. Eu sei...

Aí chegou a hora de dormir. Desci para dar uma última olhada e voltei. Sarah já adormecera. Apaguei a luz. Dormimos. Tendo visto fazer o filme naquela tarde, agora estávamos um pouco diferentes, jamais voltaríamos a pensar ou falar exatamente da mesma forma. Agora sabíamos algo mais, mas, o que era, parecia muito vago e talvez até um pouco desagradável.

30

Jon Pinchot escapara do gueto. Em seu contrato, dizia-se que lhe providenciariam um apartamento, a ser pago pela Firepower. Ele encontrara um apartamento perto do prédio da empresa. Toda noite, de sua cama, via o anúncio luminoso no alto do edifício, Firepower, cuja luz passava pela janela e batia em seu rosto enquanto dormia.

François Racine permanecia no gueto. Iniciara uma horta, onde cultivava legumes. Girava a sua roleta, cuidava da horta e dava de comer às galinhas. Era um dos homens mais estranhos que já conheci.

– Não posso deixar minhas galinhas – me disse. – Morrerei nesta terra estranha com minhas galinhas, aqui no meio dos negros.

Eu ia ao hipódromo nos dias de corrida e o filme continuava sendo rodado.

O telefone tocava todo dia. Gente querendo entrevistar o escritor. Eu nunca imaginara que houvesse tantas revistas de cinema ou interessadas em cinema. Era um nojo: aquele grande interesse por um veículo incansável e consistentemente incapaz de produzir qualquer coisa. As pessoas se acostumavam tanto a ver merda que não mais percebiam que *era* merda.

As corridas eram outro desperdício de vida e esforço humano. As pessoas marchavam até os guichês com seu dinheiro e o trocavam por pedacinhos de papel numerado. Quase nenhum dos números valia alguma coisa. Além disso, o hipódromo e o estado tomavam 18% de cada dólar, que dividiam entre si. Os maiores idiotas iam ao cinema e às corridas. Eu era um idiota que ia às corridas. Mas me saía melhor que a maioria, porque, após décadas frequentando o hipódromo, aprendera um ou dois truquezinhos. Para mim, era um passatempo, e eu nunca perdia a cabeça com o meu dinheiro. Uma vez que se foi pobre por longo tempo, adquire-se um certo respeito pelo dinheiro. Nunca mais se quer deixar de tê-lo, de modo algum. Isso é para santos e tolos. Um dos meus sucessos na vida foi que, apesar de todas as loucuras que fiz, era perfeitamente normal: escolhi fazer essas coisas, não foram elas que me escolheram.

De qualquer modo, uma noite o telefone tocou. Era Jon Pinchot.

– Não sei o que fazer... – ele disse.

– Friedman tornou a cancelar o filme?

– Não, não é isso... Não sei como esse cara conseguiu o número do meu telefone...

– Que cara?

– Acabou de me ligar.

– Que foi que disse?

– Disse: "SEU FILHO DA PUTA, VOCÊ MATOU MEU IRMÃO! AGORA EU VOU TE MATAR! VOU TE MATAR ESTA NOITE!"

– Nossa...

– Estava soluçando, parecia fora de si, parecia muito real. Talvez seja. Nesta cidade, a gente nunca sabe...

– Chamou a polícia?

– Chamei.

– Que foi que eles disseram?

– "Chame a gente quando ele chegar aí."

– Pode vir pra cá...

– Não, obrigado, está tudo bem... mas tenho certeza de que não vou conseguir dormir esta noite...

– Tem arma?

– Não, amanhã vou arranjar uma, mas aí talvez seja tarde demais.

– Vá pra um motel...

– Não, ele pode estar à espreita...

– Que é que eu posso fazer?

– Nada. Eu só queria te dizer e te agradecer por ter escrito o argumento.

– Tudo bem.

– Boa noite, Hank...

– Boa noite, Jon...

Ele desligou.

Eu sabia como ele se sentia. Um cara me telefonou uma vez e disse que ia me matar porque eu trepara com a mulher dele. Me chamou pelo meu último nome e avisou que estava vindo. Não conseguiu. Deve ter morrido num acidente de trânsito.

Decidi ligar para François Racine, para ver como ele ia indo.

Falei com a secretária eletrônica dele:

– NÃO FALE COMIGO, FALE COM ESTA MÁQUINA. EU NÃO QUERO FALAR. FALE COM ESTA MÁQUINA. NÃO ESTOU EM LUGAR NENHUM E VOCÊ TAMBÉM. A MORTE VEM COM MÃOZINHAS PEQUENAS PRA NOS AGARRAR. EU NÃO QUERO FALAR. FALE COM ESTA MÁQUINA.

Soou o bip.

– François, seu cabeça de merda...

– Oh, é você, Hank?

– Ééé, *baby*...

– Teve um incêndio... um incêndio... INCÊNDIO...

– Quê?

– É, eu comprei uma TV preto e branco barata... deixei ligada um tempo e saí... queria enganar eles... Fazer eles pensarem que tinha alguém em casa... Acho que enquanto estava fora a TV pegou fogo ou explodiu... Quando voltei, do carro, vi aquela fumaceira toda... O Corpo de Bombeiros não vem até aqui... Toda esta quadra podia estar em chamas, que eles não viriam... Atravessei a fumaça... Tinha chamas... Os negros estavam lá dentro... Os assassinos e os ladrões... Usavam baldes d'água e corriam para dentro e para fora apagando o fogo... Eu me sentei e fiquei olhando... Peguei uma garrafa de vinho, abri e bebi... Os negros corriam de um lado pra outro... Em breve o fogo estava apagado... Tinha brasas e muita fumaça. A gente tossia. "Sinto muito, cara", me disse um dos negros. "A gente chegou tarde. Estava numa reunião da gangue... alguém sentiu cheiro de fumaça...” “Obrigado”, eu disse a eles. Um deles tinha um quartilho de gim, passamos a garrafa em volta, e eles foram embora...

– Sinto muito, François... Nossa, não sei o que dizer... Isso aí ainda está habitável?

– Estou sentado no meio da fumaça, no meio da fumaça... Parece uma neblina, uma neblina... Estou com os cabelos brancos... sou um velho, sentado no meio da fumaça... Agora sou um menino, sentado no meio da fumaça... Ouço a voz da minha mãe... Oh, não! Ela está gemendo! Está sendo FODIDA! Está sendo FODIDA por uma pessoa terrível! Preciso voltar pra França, preciso ajudar minha mãe, preciso ajudar a França!

– François, você pode ficar aqui... ou então tenho certeza de que Jon tem espaço... Não é tão ruim quanto você pensa... Toda nuvem negra passa...

– Não, não, às vezes tem uma nuvem negra que nunca passa. Fica lá eternamente!

– Bem, isso é a morte!

– Todo dia de vida é a morte! Vou voltar pra França! Vou voltar a ser ator!

– François, e as galinhas? Você adora as galinhas, lembra?

– Fodam-se as galinhas. Que os negros fiquem com elas! Que a carne negra e a carne branca se cruzem!

– Carnes se cruzem? – perguntei.

– Estou na neblina. Teve um incêndio. Um incêndio. Eu sou um velho, meu cabelo eatá branco. Sentado no meio da fumaça... vou desligar...

Desligou.

Tentei de novo. Só consegui o “NÃO FALE COMIGO, FALE COM ESTA MÁQUINA...”

Fiz votos que ele tivesse uma ou duas garrafas de bom vinho tinto para atravessar a noite, porque parecia que, se algum dia alguém precisara disso, era meu amigo François. A não ser que fosse meu amigo Jon. Ou eu. Abri uma.

– Quer tomar um ou dois copinhos? – perguntei a Sarah.

– Sem dúvida – ela respondeu. – Que foi que houve?

Contei a ela.

31

O cara não apareceu para matar Jon na primeira noite. Na segunda, Jon tinha uma arma e esperou. O cara não apareceu. Às vezes aparecem, às vezes não.

Enquanto isso, Francine Bowers havia-se recuperado de sua operação.

– Cinquenta dólares por dia, mais quarto e comida, é só o que posso dar a ela – disse Friedman a Jon.

Discutiram um pouco sobre o pagamento da vinda dela de avião, da Califórnia, mas a Firepower finalmente concordou em pagar.

Eu devia ser pago no primeiro dia de filmagem, e também Jon, mas nada aconteceu. A Firepower devia pagar a Jon e ele me pagar. Não houvera nada. Eu não tinha ideia se as outras pessoas da equipe estavam recebendo.

Talvez tenha sido por isso que decidi ir à Festa dos Distribuidores. Podia perguntar a Friedman onde andava meu dinheiro.

A festa foi numa sexta-feira à noite, no Lemon Duck, um lugar enorme e escuro, com um grande balcão de bar e muitas mesas. Quando Sarah e eu chegamos, a maioria das mesas já estava ocupada. Eram distribuidores do mundo todo. Pareciam calmos e quase entediados. Comiam ou faziam seus pedidos, sem falar muito, sem beber muito. Encontramos uma mesa num canto.

Jon Pinchot apareceu e nos localizou imediatamente. Veio até a nossa mesa, sorrindo.

– É uma surpresa encontrar vocês aqui. As festas de distribuidores são horríveis... A propósito, eu tenho uma coisa...

Trazia o argumento num envelope azul e abriu-o.

– Esta cena aqui, a gente precisa reduzir um minuto e meio. Pode fazer isso?

– Claro. Mas escuta, pode arranjar uns drinques pra mim e Sarah?

– É claro...

– Jon tem razão – disse Sarah –, esta festa não parece muito animada.

– Talvez a gente possa acrescentar alguma coisa a ela – eu disse.

– Jon, não temos de ser sempre os últimos a sair da festa.

– Mas, de algum modo, sempre somos...

Comecei a riscar diálogos. Meus personagens falavam demais. Todo mundo falava demais.

Jon voltava com os drinques.

– Como vai indo?

– Meus personagens falam demais...

– E bebem demais também...

– Não, jamais bebem demais. Jamais será o bastante...

Ouviram-se aplausos.

– É Friedman – disse Sarah.

Lá vinha ele num terno velho, sem gravata, faltando o botão de cima da camisa, a camisa amassada. Friedman pensava em outras coisas além de dinheiro. Mas tinha um sorriso fascinante e os olhos olhavam direto as pessoas, como se ele as submetesse a raios x. Viera do inferno e ainda estava no inferno, e poria a gente no inferno se a gente lhe desse a mínima chance. Saiu de mesa em mesa, largando frasezinhas pequenas e precisas.

Veio até a nossa. Fez uma observação sobre a bela aparência de Sarah.

– Veja – apontei o argumento sobre a mesa –, o filho da puta do Pinchot me faz TRABALHAR durante esta festa!

– ÓTIMO – disse Friedman, e voltou-se e encaminhou-se para outra mesa.

Acabei os cortes e entreguei o argumento a Jon. Ele leu-o.

– Está ótimo – disse. – Nada importante ficou de fora, e acho que a leitura é a mesma.

– Talvez melhor.

Ouviram-se mais aplausos. Francine Bowers fazia sua entrada. Não era muito velha, mas pertencia à velha escola. Parou muito ereta (ereta como uma rainha), mexendo a cabeça lentamente para um lado e para outro, sorrindo, depois deixando de sorrir, depois sorrindo de novo. Hesitou e ficou ali parada. Permaneceu como uma estátua por dez segundos, depois avançou graciosamente pelo salão adentro. Isso valeu-lhe mais aplausos. Alguns *flashes* espocaram. Aí ela relaxou. Parava em algumas mesas para uma ou duas palavrinhas, depois ia em frente.

Nossa, pensei, e o escritor? O escritor era o sangue, os ossos e o cérebro (ou a falta do mesmo) daquelas criaturas. O escritor fazia bater seus corações, dava-lhes palavras para falar, fazia-os viver ou morrer, o que quisesse. E onde estava o escritor? Quem jamais fotografava o escritor? Quem aplaudia? Mas era melhor assim, porra: o escritor estava no seu lugar: num canto escuro, observando.

E aí, vejam só! Francine Bowers se aproximou da nossa mesa. Sorriu para Sarah e Jon, e falou comigo:

– Escreveu aquela cena das pernas pra mim?

– Francine, está lá. Vai ter de fazer elas brilharem.

– Você vai ver. Minhas pernas são sensacionais!

– Eu certamente espero que sim.

Ela se curvou para mim por sobre a mesa, deu seu belo sorriso, os olhos brilharam acima dos famosos pômulos altos.

– Não se preocupe.

– Preciso falar uma coisa com Friedman – disse Jon.

– É – eu disse –, pergunte a ele sobre o pagamento.

Sarah e eu continuamos sentados a estudar a multidão. Ela era boa em festas. Indicava-me pessoas, falava-me delas. Eu via coisas que jamais teria notado. Punha a humanidade numa escala muito baixa, e preferia não tomar conhecimento dela. Mas Sarah a tornava um pouco mais interessante, o que eu agradecia.

A noite esvaía-se, e como sempre Sarah e eu não pedimos comida alguma. Comer era trabalho duro, e após dois ou três drinques a comida tornava-se insípida. Estranho como o vinho se tornava mais cálido e mais gostoso. Então, surgindo do nada, lá estava Jon Pinchot.

– Olha – disse –, lá está um dos advogados de Friedman.

– Ótimo – eu disse. – Vou lá. Por favor, vem comigo, Sarah...

Aproximamo-nos e sentamo-nos. O advogado já estava bem mamado. Tinha ao lado uma dona loura muito alta. Ela sentava-se rígida, como congelada. Tinha um pescoço longo, que se esticava muito, também rígido. Era doloroso olhá-la. Parecia congelada.

O advogado nos conhecia.

– Ah, Chinaski – disse –, e Sarah...

– Oi – disse Sarah.

– Oi – disse eu.

Dissemos oi a Helga. Ela não respondeu. Estava congelada, sentada ereta na cadeira.

O advogado acenou pedindo alguns drinques. Apareceram duas garrafas. O negócio parecia bom. O advogado, Tommy Henderson, serviu.

– Aposto que você não gosta de advogados – disse.

– Como grupo, não.

– Bem, eu sou um advogado às direitas, não sou nenhum escroque. Acha que porque eu trabalho pro Friedman estou a fim de foder todo mundo?

– Acho.

– Bem, não estou...

Tommy emborcou seu copo de vinho, serviu outro. Eu enxuguei o meu.

– Vá com calma, Hank – disse Sarah –, a gente tem de voltar dirigindo.

– Se eu ficar muito ruim a gente toma um táxi na volta. O advogado paga.

– Certo, eu pago...

– Bem, nesse caso... – Sarah virou seu copo de vez.

A dona alta e congelada continuava congelada. Era doloroso olhá-la. Tinha o pescoço tão longo e esticado que as veias saltavam – veias longas, duras e doloridas. Realmente terrível.

– Minha esposa – disse o advogado – deixou de beber.

– Oh, estou vendo... – eu disse.

– Bom pra você – disse Sarah –, isso exige coragem, especialmente com pessoas bebendo em volta.

– Eu não poderia fazer isso – eu disse. – A pior coisa do mundo é ficar sóbrio no meio de um bando de bêbados idiotas.

– Eu acordei sozinha e nua uma manhã, às cinco horas, nas areias de Malibu. Foi o basta pra mim.

– Bom pra você – eu disse. – É preciso raça pra cortar assim.

– Não deixe ninguém te influenciar para o contrário – disse Sarah.

O advogado, Tommy Henderson, serviu novas doses para si mesmo, para Sarah e para mim.

– Chinaski não gosta de mim – disse à sua esposa Helga. – Me acha um escroque.

– Não censuro ele – disse Helga.

– Oh, ééé, ééé? – disse o advogado. Virou a maior parte de sua bebida e me olhou. Fitou-me intensamente.

– Você acha que eu sou um escroque?

– Bem – eu disse –, eu disse provavelmente...

– Acha que não vamos te pagar?

– É o que estou sentindo...

– Bem, escute, eu li a maioria de seus livros, que acha disso? Acho você um grande escritor. Quase tão bom quanto Updike.

– Obrigado.

– E, escute só isso, essa manhã eu pus todos os cheques no correio. Vocês vão receber. Vão receber seu dinheiro na próxima correspondência.

– É verdade – disse Helga. – Eu vi ele pôr os cheques no correio.

– Sensacional – eu disse. – Sabe, é apenas o devido...

– Claro que é devido. A gente quer ser justo. Tivemos um problema de fluxo de caixa. Agora está resolvido.

– Vai ser um bom filme – eu disse.

– Eu sei. Li o argumento – disse Tommy. – Agora, está se sentindo melhor sobre tudo isso?

– Diabos, sim.

– Ainda me acha um escroque?

– Bem, não, não posso.

– Vamos beber a isso! – disse Tommy.

Encheu os copos e os levantamos num brinde. Quer dizer, Tommy, Sarah e eu.

– A um mundo honesto – eu disse.

Tocamos os copos e bebemos de vez.

Notei que as veias no pescoço de Helga saltavam mais que nunca. Apesar disso, continuamos bebendo.

Conversamos bobagens. Grande parte era sobre a bravura de Helga.

Fomos os últimos a sair. Quer dizer, Helga, Tommy, Sarah e eu. Os dois últimos garçons lançaram-nos olhares muito feios quando saímos. Mas Sarah e eu estávamos acostumados a isso. E, com a máxima probabilidade, Tommy também. Helga encaminhou-se conosco para a saída, ainda rígida e sofredora. Bem, não ia ter ressaca pela manhã. Então, seria a nossa vez.

32

Fomos ao outro *set*, na Rua Alvarado, uma semana depois, numa segunda-feira. Estacionamos algumas quadras distante e andamos até lá. Quando nos aproximávamos, vimos que havia alguma atividade em torno do Rolls Royce de Jack Bledsoe.

– Estão fazendo algumas tomadas – disse Sarah.

Lá estava Jack Bledsoe de pé sobre o capô do Rolls, tendo consigo dois de seus colegas motoqueiros. Os *flashes* espocavam, os motoqueiros riam, Bledsoe sorria, e passevam sobre o capô com suas botas pesadas, mudando de posição para outras fotos.

– Não creio que isso seja muito bom pra capota – disse Sara.

Aí eu vi Jon Pinchot. Ele se aproximava de nós. Tinha um sorriso cansado no rosto.

– Que diabos está acontecendo aqui, Jon?

– Precisamos manter as crianças felizes.

Ouviu-se um berro de um dos motoqueiros. Todos saltaram da capota para o chão. As fotos haviam acabado. Eles se afastaram, rindo e conversando.

– Veja aqueles amassos na capota – disse Jon.

– Por toda parte. Será que eles não viram?

– Não querem nem saber. Vivem, sem saber.

– Pobre carro lindo – disse Sarah.

(Depois, ia custar 6.600 dólares tirar os amassos da capota e repintá-la.)

– Você conversou com o advogado na festa, não foi, Hank?

– Foi.

– Que foi que ele disse?

– Disse que nossos cheques estavam no correio.

– É verdade. Eu recebi e depositei em minha conta.

Abriu a carteira. Tirou-os. Eram dois. Um carimbo estampado na frente de cada um dizia: *Insuficiência de Fundos*.

– São de um banco da Holanda. Borracha.

– Eu não acredito – eu disse.

– Por quê? – perguntou Sarah. – Por que a Firepower está fazendo isso?

– Não sei. Eu dei uma prensa em Friedman hoje de manhã. Ele afirmou que os cheques eram bons, que o contador tinha depositado fundos na conta errada, e que assim que os fundos fossem transferidos os cheques seriam bons. Eu disse a ele: "Estes são de um banco holandês. Nenhum banco daqui tocará neles com esse carimbo. Você deve mandar fazer novos cheques". Friedman disse: "Não, não posso fazer isto sozinho. Preciso esperar que meu contador acerte tudo."

– Eu não acredito – eu disse.

– Eu disse a Friedman: "Tudo bem, chame seu contador aqui". E ele disse: "Meu contador está no leito de morte da mãe dele em Chicago. Ela está morrendo de câncer". E se recostou na poltrona e olhou pela janela.

– "Sr. Friedman", eu disse, "isso não é direito."

– E que disse aquele monstro? – perguntou Sarah.

– Ele me olhou com aqueles inocentes olhos azuis e disse: "Lembre, rapaz, ninguém mais nesta cidade quis esse filme. Cuspiram nele. Riram dele. Nós aceitamos ele, lembre-se disso. Trabalhe conosco, queridinho, e vai ficar numa boa."

– E que foi que você fez?

– Sarah, Hank, agora venham comigo – disse Jon. – Estamos preparando a cena da banheira. Lembra?

– Sim, é claro. Vai continuar, sem receber?

Encaminhamo-nos para o *set*.

– A cena da banheira vai ser uma bela cena. Gosto dela – disse Jon.

– É – eu disse –, tudo bem.

Jon continuou sua história.

– De qualquer modo, depois de falar com Friedman, eu contornei a quadra. Dei duas voltas na quadra olhando aquele prédio verde da Firepower. E aí, finalmente, fiquei cheio. Voltei ao escritório de Friedman... Perdão, Hank, fique atrás de mim enquanto me sento na cadeira...

– Hum?

Um fotógrafo esperava, parado. Jon sentou-se na cadeira.

– Está atrás de mim?

– Estou.

– Agora dê aquele seu sorriso falso.

Eu dei.

O *flash* espocou.

– Outra – disse Jon.

O *flash* tornou a espocar.

– Ótimo. É isso aí.

Jon levantou-se.

– Me acompanhe. Estamos rodando lá em cima...

Começamos a subir a escada.

– Friedman e Fischman fizeram uma foto exatamente igual a essa na semana passada, Friedman na cadeira, Fischman de pé atrás, os dois sorrindo. A foto apareceu num anúncio de página inteira no *Variety*. E embaixo as palavras: A FIREPOWER VENCERÁ!

– Foi?

– Espere. Pare aí. Me deixe contar o resto antes de entrarmos no *set*.

– Tudo bem.

Ficamos ali parados no alto da escada. A filmagem seria no corredor.

– Eu voltei ao escritório dele. Disse a Friedman que tinha visto o anúncio no *Variety*. Disse que você e eu íamos pôr um anúncio na próxima semana. Você e eu na mesma pose. E embaixo sairia também uma reprodução dos dois cheques devolvidos, com a legenda: A FIREPOWER VENCERÁ, MAS COMO? Disse que se a gente não recebesse dois *cheques visados* dentro de 48 horas, esse anúncio ia aparecer.

Um homem extremamente alto estava parado no fim do corredor. Era o assistente de direção de Jon, Marsh Edwards.

– Estamos prontos pra rodar, Jon. Tudo pronto.

– Espere... Já vou lá...

– Não pode nos contar depois? – perguntou Sarah.

– Não, quero concluir. Aí eu disse a Friedman: "Por outro lado, se a gente receber os *cheques visados* dentro de 48 horas, ainda podemos publicar o anúncio, sem os cheques holandeses, e a legenda dirá: FIREPOWER, NÓS A AJUDAREMOS A VENCER!

– Que foi que ele disse? – perguntei.

– Não disse nada por um tempo. Depois, disse: "Tudo bem, vocês vão receber seus cheques".

– Mas aquelas fotos que você acaba de fazer mostram nós dois com grandes sorrisos falsos. Não precisamos de fotos pro anúncio de FIREPOWER, NÓS A AJUDAREMOS A VENCER!?

– Se a gente receber os cheques – disse Jon –, esquece o anúncio. Um anúncio desses custa dois mil dólares.

Com isso, percorremos o corredor, para filmar a cena da banheira.

33

A cena da banheira era simples. Francine sentava-se dentro e Jack Bledsoe no chão, do lado de fora, recostado na banheira, enquanto Francine falava de várias coisas, principalmente sobre um assassino que vivia no prédio e se achava em liberdade condicional. O homem, que morava com uma velha, espancava-a continuamente. Ouviam-se o assassino e sua dona discutindo e se xingando através das paredes.

Pinchot me pedira para escrever diálogos de pessoas brigando do outro lado das paredes e eu lhe dera várias páginas. Basicamente, essa fora a parte mais gostosa da criação do argumento.

Muitas vezes, nessas pensões e apartamentos baratos, não se tinha nada a fazer quando se estava duro, morrendo de fome e reduzido à última garrafa. Não se tinha nada a fazer senão escutar aquelas discussões cabeludas. Elas faziam a gente compreender que não era o único desiludido do mundo, não era o único à beira da loucura.

Não podíamos ver a cena da banheira, porque não havia espaço suficiente lá dentro, por isso Sarah e eu ficamos esperando na porta da frente do apartamento, com a cozinha para um lado. Na verdade, trinta anos atrás eu tinha morado por pouco tempo naquele mesmo prédio da Rua Alvarado, com a dona sobre a qual escrevera o argumento. Era de fato estranho e arrepiante. "Tudo que passa, volta." De uma maneira ou dc outra. E trinta anos depois, o lugar parecia mais ou menos o mesmo. Só as pessoas que eu conhecera tinham todas morrido. A dona morrera três décadas atrás, e ali estava eu sentado, tomando uma bebida naquele mesmo prédio cheio de câmeras e som e técnicos. Bem, eu ia morrer também, muito breve. Sirva um por mim.

Preparavam comida na pequena cozinha, e a geladeira regurgitava de cervejas. Fiz algumas incursões por lá. Sarah encontrou pessoas com quem conversar. Tinha sorte. Toda vez que alguém falava comigo, eu sentia vontade de saltar pela janela ou descer no elevador. As pessoas simplesmente não tinham interesse algum. Talvez não devessem ter. Mas os animais, pássaros, até mesmo os insetos tinham. Eu não entendia.

Jon Pinchot continuava adiantado um dia em relação ao cronograma de filmagens, e eu estava satisfeito pra burro com isso. Tirava a Firepower do nosso pé. Os grandolas não apareciam. Tinham seus espias, é claro. Eu os via.

Alguns membros da equipe tinham livros meus. Pediam autógrafos. Os livros que traziam eram curiosos. Quer dizer, eu não os considerava os melhores. (Meu melhor livro é sempre o último que escrevi.) Alguns deles tinham um livro de minhas primeiras histórias pornográficas, *Batendo Punheta no Demônio*. Alguns livros de poemas, *Mozart na Figueira* e *Você Deixaria Esse Homem Tomar Conta de sua Filhinha de Quatro Anos?* Também *A Latrina do Bar é Minha Capela*.

O dia passava, em paz mas sem alegria.

Bela cena de banheira, eu pensava. Francine deve estar bem lavada a essa altura.

Jon Pinchot entrou correndo no quarto. Parecia descomposto. Até o zíper estava meio aberto. Despenteado. Os olhos pareciam ao mesmo tempo ensandecidos e vazios.

– Meu Deus! – disse. – Aqui está você!

– Como vai indo?

Ele se curvou sobre mim e me sussurrou no ouvido:

– É terrível, é de enlouquecer! Francine está preocupada com a possibilidade do bico do peito dela aparecer acima d'água! Fica perguntando: "Meus peitos estão aparecendo?"

– Que mal faz um peitinho?

Jon se curvou mais ainda.

– Ela não é mais tão jovem quanto gostaria... E Hyans odeia aquela iluminação... Não suporta a iluminação e está bebendo cada vez mais...

Hyans era o câmera. Ganhara quase todos os prêmios do ramo, um dos melhores câmeras vivos, mas, como a maioria das almas grandes, gostava de seu traguinho de vez em quando.

Jon prosseguiu, sussurrando freneticamente:

– E Jack não diz uma fala certa. Temos de cortar o tempo todo. Tem alguma coisa nas falas que incomoda ele, e ele fica com aquele sorriso idiota no rosto quando as diz.

– Qual é a fala?

– É: "Ele tem de masturbar o agente da condicional quando o cara aparece".

– Tudo bem, experimente: "Ele tem de tocar punheta no agente da condicional quando o cara aparece."

– Nossa, obrigado! ESTA VAI SER A 19ª TOMADA!

– Meu Deus – eu disse.

– Me deseje sorte...

– Sorte...

Jon deixou o quarto. Sarah se aproximou.

– Que é que há?

– A 19ª tomada. Francine está com medo de mostrar os peitos, Jack não consegue dizer sua fala e Hyans não gosta da iluminação.

– Francine precisa de um trago – ela disse. – Vai fazer ela se soltar.

– Hyans não precisa de um trago.

– Eu sei. E Jack vai conseguir dizer a fala quando Francine se soltar.

– Talvez.

Nesse momento Francine entrou no quarto. Parecia inteiramente perdida, completamente por fora. Usava um roupão, uma toalha amarrada na cabeça.

– Vou dizer a ela – disse Sarah.

Aproximou-se de Francine e falou-lhe baixinho. A outra escutou. Assentiu levemente com a cabeça, saiu do quarto por uma porta à esquerda. Num instante, Sarah emergiu da cozinha com uma xícara de café. Bem, tinha *scotch*, vodca, uísque e gim naquela cozinha. Sarah preparara alguma coisa. A porta abriu-se, fechou-se e a xícara de café desapareceu.

Sarah aproximou-se.

– Ela vai ficar bem agora...

Passaram-se dois ou três minutos, e a porta do quarto abriu-se de repente. Francine saiu e dirigiu-se para o banheiro e a câmera. Quando passava, seus olhos encontraram os de Sarah:

– Obrigada!

Bem, não havia nada a fazer senão ficar sentado e bater mais papo.

Eu não podia deixar de lançar uma olhada ao passado. Aquele era o mesmo prédio do qual eu fora despejado por levar três mulheres para meu quarto certa noite. Naquele tempo não tinha essa de Direitos do Inquilino.

– Sr. Chinaski – dissera a senhoria –, aqui moram pessoas religiosas, pessoas trabalhadoras, pessoas com filhos.

Eu nunca recebi uma queixa dessas sobre outros inquilinos. E soube também que o senhor... aquelas cantorias, aqueles xingamentos... quebra-quebra... palavrões e risadas... Em toda a minha vida, eu jamais soube de nada parecido com o que aconteceu em seu quarto ontem à noite!

– Tudo bem, eu saio...

– Obrigada.

Eu devia estar louco. Sem me barbear. A camiseta cheia de buracos de cigarro. Meu único desejo era ter mais de uma garrafa na cômoda. Não era feito para o mundo nem o mundo pra mim, e encontrara outros como eu, e em sua maioria esses outros eram mulheres, mulheres com as quais a maioria dos homens jamais iria querer ficar num mesmo quarto, mas que eu adorava, elas me inspiravam, eu fazia teatro, xingava, saltava pelo quarto de cueca dizendo-lhes que era grande, mas só *eu* acreditava nisso. Elas apenas berravam: "Foda-se! Sirva mais um pouco de álcool!". Aquelas donas do inferno, aquelas donas no inferno comigo.

Jon Pinchot entrou rápido no quarto:

– Deu tudo certo! Que dia! Agora, amanhã recomeçamos tudo!

– Agradeça a Sarah! – eu disse. – Ela sabe preparar uma bebida mágica.

– Quê?

– Ela soltou Francine com uma coisa numa xícara de café.

Jon voltou-se para Sarah.

– Muito obrigado...

– Disponha – respondeu Sarah.

– Nossa – disse Jon –, estou neste ramo há muito tempo e nunca fiz *dezenove* tomadas!

– Eu soube – eu disse – que Chaplin às vezes fazia cem tomadas até conseguir o que queria.

– Isso era Chaplin – disse Jon. – Cem tomadas, e nosso orçamento vai embora.

E foi isso aí por esse dia. A não ser por Sarah, que disse:

– Diabos, vamos ao Musso's.

O que fizemos. E conseguimos uma mesa na Sala Velha e pedimos umas bebidas enquanto olhávamos o menu.

– Lembram? – perguntei. – Lembram dos velhos tempos quando a gente vinha aqui ver as pessoas nas mesas e tentar localizar os tipos, os atores, os diretores ou produtores, os tipos do pornô, os agentes, os aspirantes? E a gente pensava: "Veja só eles, discutindo suas negociatas de filmes, ou os contratos sobre seus últimos filmes". Que toupeiras, que desajustados. Melhor desviar o olhar quando chegarem o peixe-espada e o linguado.

– A gente achava eles uns merdas – disse Sarah – e agora nós é que somos.

– Tudo que passa, volta...

– Certo! Acho que vou querer o linguado...

O garçom pairava acima de nós, arrastando os pés, franzindo o cenho, os pelos das sobrancelhas caindo sobre os olhos. Musso estava ali desde 1919, e tudo era um pé no saco para ele: nós, e todos os demais na casa. Eu concordava. Decidi pelo peixe-espada. Com batatas fritas.

34

O filme estava sendo rodado em três locações. Diferentes quartos, diferentes ruas e becos, diferentes bares que se intercambiavam.

Uma cena noturna envolvia um roubo de milho de um terreno baldio e uma correria com a polícia.

O milho fora plantado e estava pronto para o roubo.

O uso da locação custara ao orçamento cinco mil dólares. O terreno baldio pertencia agora a um Centro de Reabilitação de Alcoólatras. Pinchot procurara por toda parte uma locação mais barata, mas finalmente tivera de conformar-se com aquela, que na verdade era o *mesmo* terreno baldio de onde minha dona roubara o milho havia mais de três décadas. O novo milho fora plantado no mesmo lugar do antigo. Outras coisas não eram tão exatas. O apartamento próximo onde a dona morava, e para o qual eu me mudei, fora transformado num Asilo de Velhos.

O grande prédio junto ao terreno baldio, agora usado como Centro de Reabilitação, naquele tempo era um salão de baile muito popular. Vivia sempre cheio, especialmente nas noites de sábado. Todo o andar de baixo era um salão de baile, gigantesco, com grandes globos de luz girando lentamente no teto, enquanto a orquestra ao vivo tocava música de dança até de madrugada, e muitos carros extravagantes, alguns com choferes, esperavam do lado de fora.

Nós odiávamos aquele salão de baile e aquelas pessoas, enquanto morríamos de fome e brigávamos uns com os outros e a polícia e o senhorio, quando éramos levados à cadeia de Lincoln Heights e depois saíamos sob fiança.

Agora o prédio estava cheio de bêbados reformados, que liam a Bíblia, fumavam cigarros demais e jogavam bingo na sala que era antes o grande salão de baile.

O terreno baldio era a única coisa que não mudara. Em todas aquelas décadas, ninguém construíra nada de qualquer espécie ali.

Francine e Jack já haviam feito alguns ensaios e desaparecido dentro de seus reboques, onde esperavam a ação. Eu entornava uma cerveja quando senti alguém me tocar o ombro. Era um cara muito simpático, de barba bem aparada, bonitos olhos, bonito sorriso. Eu já o vira por ali, mas não o conhecia, não sabia qual era sua posição e não perguntei. Na verdade, achava que sua verdadeira função era espionar para a Firepower.

– Por favor – ele disse –, não se pode beber aqui no *set*.

– Por que não?

– No contrato que assinamos com o pessoal daqui consta que podemos filmar nas instalações, mas não se permite nenhuma bebida.

– E água?

– Você sabe o que eu quero dizer.

– É, aqueles ex-bêbados não podem ver ninguém tomar um trago.

– Não acreditam em bebida.

– Mas todo o filme é *sobre* bebida.

– Tivemos muita dificuldade pra conseguir essas instalações. Por favor, não estrague tudo.

– Tudo bem, chapa. Mas faço isso por Pinchot, não por você...

Ele se afastou com sua prancheta, rebolando o pequeno rabo que não recebera todos os chutes que merecia.

Dei as costas ao prédio, tomei outra golada e guardei a garrafa no bolso do paletó.

– Eles podem ver você – disse Sarah.

– Você quer dizer que todos aqueles ex-bêbados estão pendurados nas janelas me olhando beber esta cerveja?

– Não, mas tem gente por aí.

– Tudo bem, eu me escondo quando quiser dar uma golada em minha cerveja.

Sarah estava certa. Eu não tinha direito de ser caprichoso. O ator principal ganhava 750 vezes mais que eu.

Então Jon Pinchot nos achou.

– Oi, Sarah... Oi, Hank...

Disse-me que Friedman mandara mesmo os cheques, que o meu fora feito diretamente para mim e estava no correio. Nosso plano dera certo.

– Preciso ir – disse Jon. – Vamos rodar a cena da plantação de milho. Veja e me diga o que acha...

Finalmente entraram em ação, e Francine subiu o morro correndo até os pés de milho.

– Quero um pouco de milho! – gritava.

Eu me lembrava de Jane subindo aquele mesmo morro, eu atrás carregando um grande saco de garrafas. Só que quando ela gritara "Eu quero um pouco de milho!" fora como se quisesse de volta o mundo todo, o mundo que de alguma forma perdera, ou o mundo que de algum modo a deixara de lado. O milho seria a sua vitória, sua recompensa, sua vingança, sua canção.

Mas quando Francine gritara "Eu quero um pouco de milho!" o grito soara petulante, tinha um tom de queixa na voz, e não era a voz desesperada do bêbado. Estava bem, estava bom, mas não estava exatamente correto.

E quando ela começou a arrancar as espigas, eu soube que não era a mesma coisa, que jamais poderia ser a mesma coisa. Francine era uma atriz. Jane fora uma bêbada louca. Correta e terminantemente louca. Mas ninguém espera perfeição de uma atuação. Uma boa imitação já serve.

Assim, Francine arrancava o milho, enfiava-o na bolsa, e Jack dizia:

– Você está bêbada... Esse milho está verde...

Aí surgia o carro dos tiras, lampejando sua luz vermelha e o forte holofote sobre eles, e Francine e Jack corriam para a casa, como Jane e eu tínhamos feito, e já chegavam ao elevador quando os tiras gritaram pelo alto-falante:

– PAREM OU NÓS ATIRAMOS!

Mas em vez de saltarem do carro e correrem atrás deles, aqueles tiras simplesmente ficaram lá sentados. A tomada acabara.

Sarah e eu levamos alguns minutos para encontrar Jon Pinchot.

Ele estava lá parado, calado.

– Jon, cara, os tiras deviam saltar e perseguir os dois!

– Eu sei. As portas do carro emperraram. Eles não conseguiram sair.

– Quê?

– Eu sei. É incrível. Vamos mandar consertar as portas do carro e filmar tudo de novo.

– Sentimos muito – disse Sarah.

Jon estava deprimido. Geralmente ria quando as coisas saíam errado.

– Volto a ver vocês depois de refilmarmos.

Nós saímos, atravessamos a rua. Eu detestava ver Jon abatido daquele jeito. Ele tinha raça. Algumas pessoas não gostavam dele porque parecia ter muita empáfia. Mas a maior parte era verdadeira. Nós todos bancávamos os valentes. Mas eu não gostava de vê-lo perder sua empáfia.

Francine, Jack e muitos dos outros voltaram aos seus reboques. Eu detestava as longas demoras entre tomadas. Os filmes custam muito dinheiro porque a maior parte do tempo ninguém faz nada além de esperar e esperar e esperar. Até que *isso* e *aquilo* fiquem prontos, e a iluminação esteja pronta, e a câmera, e o cabeleireiro tenha acabado de fazer xixi e o consultor tenha sido consultado, não acontece nada. Era uma punheta deliberada, um salário para isso, um salário para aquilo, e só um homem podia ligar a tomada na parede, e o técnico de som estava puto com o assistente de diretor, e aí os atores não estavam se sentindo bem porque é assim que os atores devem se sentir, e por aí vai. Tudo desperdício desperdício desperdício. Mesmo naquele filme de orçamento extremamente baixo, eu tinha vontade de berrar: "TUDO BEM, CORTA ESSA MERDA! NÃO TEM NADA AQUI QUE NÃO SE POSSA FAZER EM 10 MINUTOS, E VOCÊS ESTÃO HÁ HORAS ENROLANDO!".

Mas não tinha raça para dizer isso. Era apenas um escritor. Uma despesa menor.

Aí aconteceu algo que me estufou o ego. Chegaram equipes de televisão da Itália e da Alemanha. Ambas queriam entrevistas comigo. As duas eram dirigidas por mulheres.

– Ele nos prometeu primeiro – disse a italiana.

– Mas você vai extrair todo o sumo dele – disse a alemã.

– Espero – disse a italiana.

Sentei-me diante das luzes italianas. Estávamos em ação.

– Que acha do cinema?

– Filmes?
– É.
– Mantenho distância.
– Que faz quando não está escrevendo?
– Cavalos. Aposto neles.
– Eles te ajudam a escrever?
– Ajudam. Ajudam a esquecer a literatura.
– Você está bêbado neste filme?
– Estou.
– Acha que beber é coragem?
– Não, mas também nada mais é.
– Que significa seu filme?
– Nada.
– Nada?
– Nada. Talvez dar uma olhada no rabo da morte.
– Talvez?
– Talvez quer dizer que não tenho certeza.
– Que vê você quando dá uma olhada no “rabo da morte”?
– O mesmo que você.
– Qual é sua filosofia de vida?
– Pense o mínimo possível.
– Mais alguma coisa?
– Quando não conseguir pensar em mais nada pra fazer, seja bondoso.
– Isso é bonito.
– Bonito não é necessariamente bondoso.
– Tudo bem, Sr. Chinaski. Que palavras tem para o povo italiano?
– Não gritem tanto. E leiam Celine.
Com esta, as luzes se apagaram.
A entrevista alemã foi ainda menos interessante.
A dona queria o tempo todo saber o *quanto* eu bebia.
– Ele bebe, mas não tanto quanto antes – disse-lhe Sarah.
– Preciso de outro trago agora mesmo, senão não falo mais.

A bebida veio imediatamente. Vinha num grande copo de papel e a bebi de vez. Ah, era boa. De repente me pareceu idiotice alguém querer saber o que eu pensava. A melhor parte de um escritor está no papel. A outra é geralmente bobagem.

A dona alemã tinha razão. A dona italiana consumira todo o meu sumo.

Eu era agora um astro mimado. E estava preocupado com a filmagem do campo de milho.

Precisava falar com Jon, dizer a ele para deixar Francine mais bêbada, mais louca, com um pé no inferno, uma mão arrancando milho dos talos e a morte aproximando-se, os prédios vizinhos exibindo rostos de sonho, olhando aqui embaixo a tristeza da existência para todos nós: os ricos, os pobres, os belos e os feios, os talentosos e os inúteis.

– Não gosta de cinema? – perguntou a alemã.

– Não.

As luzes se apagaram. A entrevista acabara.

E a cena do campo de milho foi refeita. Talvez não exatamente como devia ser, mas quase.

35

Eram dez e meia da manhã quando o telefone tocou. Jon Pinchot.

– O filme foi cancelado...

– Jon, eu não acredito mais nessas histórias. É só o jeito deles fazerem pressão.

– Não, é verdade, o filme foi cancelado.

– Como podem? Já investiram demais, ficariam com um enorme prejuízo no projeto...

– Hank, a Firepower simplesmente não tem mais grana. Não foi só nosso filme que foi cancelado; *todos* os filmes foram cancelados. Fui ao prédio deles hoje de manhã. Só tem os guardas de segurança. Não tem NINGUÉM no prédio! Eu percorri ele todo, gritando: “Olá! Olá! Tem alguém aí?”. Sem resposta. Todo o prédio está vazio.

– Mas, Jon, e a cláusula do "Faça ou pague" de Jack Bledsoe?

– Não podem fazer *nem* pagar. Todo o pessoal da Firepower, incluindo nós, está sem salário. Alguns deles já vêm trabalhando há duas semanas sem receber. Agora não tem dinheiro pra ninguém.

– Que é que você vai fazer?

– Eu não sei, Hank, isso parece o fim...

– Não tome nenhuma medida precipitada, Jon. Será que outra empresa não assume o filme?

– Não farão isso. Ninguém gosta do argumento.

– Oh, sim, está certo...

– Que é que você vai fazer?

– Eu? Eu vou às corridas. Mas se quiser aparecer para uns tragos esta noite, eu teria prazer em ver você.

– Obrigado, Hank, mas tenho um encontro com um casal de lésbicas.

– Boa sorte.

– Boa sorte pra você também.

Eu dirigia pela autoestrada do Porto, em direção a Hollywood Park, ao norte. Jogava nos cavalinhos há mais de trinta anos. Começara após minha quase fatal hemorragia no Hospital Municipal de Los Angeles. Me disseram que se tomasse outro trago estava morto.

– Que é que vou fazer? – eu tinha perguntado a Jane.

– Sobre o quê?

– Que vou usar em lugar da bebida?

– Bem, tem os cavalos.

– Cavalos? Que é que a gente faz?

– Aposta neles.

– Aposta neles? Parece idiota.

Nós fomos e ganhei uma bela soma. Comecei a ir diariamente. Depois, aos poucos, recomecei a beber um pouco. Depois mais. E não morri. E aí eu tinha a bebida *e* os cavalos. Um viciado completo. Naquele tempo não havia corridas aos domingos, por isso eu ia com o velho carro até Água Caliente e voltava no domingo, às vezes ficando para as corridas de cachorros depois que as dos cavalos acabavam, e depois atacando os bares de Caliente. Nunca fui assaltado ou agredido, e era até tratado com bondade pelos garçons e fregueses mexicanos, mesmo sendo às vezes o único gringo. A volta de carro, tarde da noite, era legal, e quando chegava em casa eu não ligava se Jane estava lá ou não. Dissera a ela que o México era perigoso demais para mulheres. Geralmente ela não estava em casa quando eu chegava. Estava num lugar muito mais perigoso: a Rua Alvarado. Mas contanto que houvesse três ou quatro cervejas à minha espera, tudo bem. Se ela tivesse bebido aquelas e deixado a geladeira vazia, então, sim, estaria em *verdadeiro* apuro.

Quanto aos cavalos, eu me tornei um verdadeiro estudioso do jogo. Tinha umas duas dúzias de sistemas. Só funcionavam se não se aplicassem todos ao mesmo tempo, porque se baseavam em fatores variáveis. Meus sistemas tinham só um fator comum: o público deve sempre perder. Precisava determinar qual era o jogo do público, e tentar o oposto.

Um de meus sistemas baseava-se em números de índices e pós-posições. Há certos números que o público reluta em pedir. Quando esses números atingem uma certa quantidade de jogo no placar em relação à sua posição, a gente tem um vencedor de alta porcentagem. Estudando durante muitos anos os mapas de corridas no Canadá, Estados Unidos e México, bolei um jogo vencedor baseado apenas nesses indicadores. (O número do índice diz a pista e a corrida em que o cavalo apareceu pela última vez.) O *Racing Form* publicava grandes e gordos livros vermelhos de resultados, por 10 dólares. Eu os lia e relia durante horas, durante semanas. Todos os resultados têm um padrão. Se a gente o descobre, está com tudo. E pode mandar o patrão tomar no cu. Eu mandara vários, apenas para ter de encontrar outros. Sobretudo porque alterava ou trapaceava com meus próprios sistemas. A fraqueza da natureza humana é mais uma coisa que a gente precisa derrotar nas corridas.

Entrei em Hollywood Park e fui para a área reservada. Um treinador de cavalos que eu conhecia me dera um adesivo de "Proprietário/Treinador" para o estacionamento, e também um passe para o clube. Era um homem bom, que tinha como melhor característica não ser escritor nem ator.

Entrei no clube, peguei uma mesa e trabalhei nos meus números. Sempre fazia isso primeiro, depois pagava um pau para ir ao Pavilhão Cary Grant. Não tinha muita gente por lá, e a gente podia pensar melhor. Sobre Cary Grant, há uma foto gigantesca dele pendurada no Pavilhão, rindo. Usa uns óculos fora de moda e aquele seu sorriso. Frio. Mas que jogador nos cavalinhos. Era um apostador de dois dólares. E quando perdia corria para a pista gritando, acenando os braços e berrando: "VOCÊS NÃO PODEM FAZER ISSO COMIGO!". Se a gente vai apostar apenas dois dólares, é melhor ficar em casa, pegar o dinheiro e passá-lo de um bolso para outro.

Por outro lado, *minha* maior aposta foi uma vitória de 20 dólares. Ambição em excesso pode criar erros, porque as apostas muito pesadas afetam os processos de pensamento. Mais duas coisas. Nunca aposte no cavalo com a maior cotação resultante de sua última corrida, e nunca aposte num grande fechador.

Meu passeio até ali foi muito agradável, mas como sempre eu me ressentia da espera de 30 minutos entre as corridas. Era demorada demais. A gente sente a vida sendo reduzida à polpa pela inútil perda de tempo. Quer dizer, a gente fica ali sentado na cadeira ouvindo vozes que discutem quem vai ganhar e por quê. É realmente nauseante. Às vezes a gente pensa que está num asilo de loucos. E de certa forma está. Cada um daqueles babacas acha que sabe mais que os outros, e lá estão todos juntos num mesmo lugar. E lá estava eu, sentado no meio deles.

Eu gostava era da ação real, aquele momento em que todos os nossos cálculos saem corretos do alto-falante e a vida tem algum sentido, algum ritmo e significado. Mas a espera entre as corridas era um verdadeiro horror: ali sentado com uma humanidade murmurante, tateante, que jamais iria aprender ou melhorar, só piorar com o tempo. Sempre ameacei minha boa esposa Sarah de ficar em casa durante os dias e escrever dezenas e dezenas de poemas imortais.

Assim, consegui atravessar a tarde ali e voltei para casa, ganhador de pouco mais de 100 dólares. Voltei de carro com a multidão trabalhadora. Que bando formavam. Putos da vida, maus e quebrados. Com pressa de chegar em casa pra trepar, se possível, pra ver TV, pra ir dormir cedo a fim de fazer novamente a mesma coisa no dia seguinte.

Entrei na estradinha de acesso à casa e Sarah lá estava, regando o jardim. Era uma grande jardineira. E aguentava minhas insanidades. Dava-me comida saudável, me cortava os cabelos e as unhas dos pés, e geralmente me mantinha em marcha de várias formas.

Estacionei o carro e fui ao jardim, dei-lhe um beijo de saudação.

– Ganhou? – ela perguntou.

– É. Claro. Um pouco.

– Ninguém ligou – ela disse.

– Isso é mau, isso tudo... – eu disse. – Você sabe, depois de Jon ameaçar cortar o dedo e tudo mais. Sinto muito mesmo por ele.

– Talvez devesse ter convidado ele esta noite.

– Eu convidei, mas ele tinha compromisso.

– S&M?

– Não sei. Um casal de lésbicas. Uma espécie de desafogo pra ele.

– Viu as rosas?

– Vi, estão sensacionais. Aquelas vermelhas, brancas e amarelas. Amarelo é minha cor preferida. Me dá vontade de comer.

Sarah encaminhou-se com a mangueira até a pia, fechou a água e entramos em casa juntos. A vida não era muito ruim, às vezes.

36

E aí, de repente, o filme rolava de novo. Como a maioria das notícias, esta veio pelo telefone, via Jon.

– É – ele me disse –, recomeçamos a produção amanhã.

– Eu não entendo. Achava que o filme estava morto.

– A Firepower vendeu alguns bens. Uma filmoteca e alguns hotéis que eles tinham na Europa. Em cima disso ainda conseguiram arrancar um grande empréstimo de um grupo italiano. Dizem que o dinheiro desse grupo italiano é meio sujo, mas... é dinheiro. De qualquer modo, eu gostaria que você e Sarah viessem pra filmagem amanhã.

– Não sei...

– É amanhã à noite...

– Tudo bem, legal... Quando e onde?

Sarah e eu nos sentávamos num reservado. Era sexta à noite e havia no ar uma boa sensação. Estávamos ali sentados quando Rick Talbot entrou e sentou-se conosco. Ali estava ele em nossa barraca. Queria apenas um café. Eu o vira muitas vezes na TV, criticando filmes com seu opositor, Kirby Hudson. Eram muito bons no que faziam, e muitas vezes se emocionavam com a coisa. Faziam avaliações interessantes, e embora outros houvessem tentado copiar o formato, eles eram muito superiores aos concorrentes.

Rick Talbot parecia muito mais jovem do que na TV. Também parecia mais retraído, quase tímido.

– Vemos você sempre – disse Sarah.

– Obrigado...

– Escuta – perguntei –, que é que te aborrece mais em Kirby Hudson?

– O dedo dele... Quando ele aponta aquele dedo.

Entrou Francine Bowers. Resvalou para dentro do reservado. Nós a cumprimentamos. Ela conhecia Rick Talbot. Trazia uma pequena prancheta de anotações.

– Escuta, Hank, quero saber mais um pouco sobre Jane. Índia, certo?

– Meio índia, meio irlandesa.

– Por que bebia?

– Era um lugar onde se esconder, e também uma forma de suicídio.

– Você algum dia levou ela a algum lugar, além de um bar?

– Levei ela a um jogo de bêisebol, uma vez. Ao Wrigley Field, no tempo em que os Angels de L.A. jogavam na Liga da Costa do Pacífico.

– Que aconteceu?

– Nós dois ficamos muito bêbados. Ela ficou fula comigo e saiu correndo do parque. Eu dirigi horas procurando ela. Quando voltei ao quarto, ela estava desmaiada na cama.

– Como é que ela falava? Aos berros?

– Ficava calada durante horas. Então, de repente, enlouquecia e se punha a gritar, xingar e atirar coisas. A princípio eu não reagia. Depois ela me dava nos nervos. Eu andava de um lado para outro, de um lado para outro, berrando e devolvendo os xingamentos. Isso continuava por talvez uns vinte minutos, depois a gente se aquietava, bebia mais um pouco e recomeçava. Vivíamos sendo despejados. Fomos expulsos de tantos lugares que não consigo me lembrar de todos. Uma vez, procurando uma nova casa, batemos numa porta. A porta se abriu e lá estava a senhoria que acabava de expulsar a gente. Ela nos viu, ficou pálida, gritou e bateu a porta...

– Jane morreu? – perguntou Kirby Hudson.

– Há muito tempo. Estão todos mortos. Todos com quem eu bebia.

– Que é que mantém *você* de pé?

– Gosto de bater à máquina. Me emociona.

– E eu mantenho ele numa dieta de vitaminas e baixa caloria, sem carne vermelha – disse-lhe Sarah.

– Ainda bebe? – perguntou Rick.

– Sobretudo quando escrevo, ou quando aparecem visitas. Não me sinto bem com as pessoas, e depois de beber bastante elas parecem desaparecer.

– Me fale mais sobre Jane – pediu Francine.

– Bem, ela dormia com um terço debaixo do travesseiro...

– Ia à igreja?

– Em horas estranhas ia ao que chamava de "missa alka seltzer". Acho que começava às oito e meia da manhã e durava cerca de uma hora. Ela detestava a missa das dez horas, que muitas vezes durava duas horas.

– Ela ia à confissão?

– Nunca perguntei...

– Pode me dizer alguma coisa sobre ela que explique o seu caráter?

– Só que, apesar de todas as coisas aparentemente terríveis que fazia, os xingamentos, a loucura, o amor à garrafa, sempre fazia tudo com uma certa classe. Me agradaria pensar que aprendi algumas coisinhas sobre classe com ela...

– Quero te agradecer por essas coisas, acho que podem ajudar.

– Esteja à vontade.

Francine e sua prancheta se foram.

– Acho que nunca me diverti tanto num *set* – disse Rick Talbot.

– Que quer dizer, Rick? – perguntou Sarah.

– É uma sensação no ar. Às vezes, em filmes de baixo orçamento, a gente sente essa sensação, essa sensação de carnaval. Mas sinto mais aqui do que nunca...

Falava sério. Os olhos brilhavam, ele sorria com verdadeira alegria.

Pedi outra rodada de bebidas.

– Pra mim, só café – ele disse.

Chegou a nova rodada e Rick disse:

– Vejam! Lá está Sesteenov!

– Quem? – eu perguntei.

– O cara que fez aquele filme maravilhoso sobre cemitérios de bichinhos de estimação. Ei, Sesteenov!

Sesteenov aproximou-se.

– Por favor, sente-se – pedi.

Ele escorregou para dentro do reservado.

– Quer beber alguma coisa? – perguntei.

– Oh, não...

– Vejam – disse Rick Talbot –, lá está Illiantovitch!

Eu conhecia Illiantovitch. Ele fizera uns filmes *darks* malucos, tendo como tema principal a violência da vida vencida pela coragem das pessoas. Mas fazia isso bem, rugindo de dentro da escuridão.

Era um homem muito alto, de pescoço torto e olhos alucinados. Os olhos alucinados não se desgrudavam da gente, olhando a gente. Era meio embaraçoso.

Nós nos afastamos para deixá-lo entrar. O reservado estava cheio.

– Gostaria de um drinque? – perguntei.

– Uma vodca dupla – ele disse.

Gostei disso, acenei para o garçom.

– Vodca dupla – ele disse ao garçom, fixando-o com seus olhos alucinados. O garçom correu a cumprir seu dever.

– É uma noite sensacional – disse Rick.

Eu adorava a falta de sofisticação dele. Era preciso coragem, quando se estava por cima, para dizer que gostava do que fazia, que se divertia com o que fazia.

Illiantovitch recebeu sua vodca dupla, emborcou-a de vez.

Rick Talbot fazia perguntas a todo mundo, incluindo Sarah. Não havia nenhuma sensação de competição ou inveja no reservado. A sensação era de total bem-estar.

Aí entrou Jon Pinchot. Aproximou-se do reservado, fez uma ligeira curvatura, sorrindo:

– Vamos rodar daqui a pouco, espero. Venho chamar todos...

– Obrigado, Jon...

Ele se afastou.

– É um bom diretor – disse Rick Talbot –, mas eu gostaria de saber por que você escolheu ele.

– Foi ele que me escolheu...

– É mesmo?

– É... e eu posso te contar uma história que explicará por que é um bom diretor, e por que eu gosto dele. Mas fica aqui entre nós...

– Manda – disse Rick.

– Aqui entre nós?

– É claro...

Curvei-me para a frente no reservado e contei a história de Jon com a motosserra e o dedo mindinho.

– Isso aconteceu mesmo? – perguntou Rick.

– Aconteceu. Aqui entre nós.

– Claro...

(Eu sabia: nada é aqui entre nós, uma vez que a gente conta.)

Enquanto isso, Illiantovitch matara duas vodcas duplas e sentava-se contemplando uma terceira. Continuava me fitando. Depois puxou a carteira, retirou um sebento cartão de apresentação e me entregou. O cartão tinha os quatro cantos gastos e estava mole e preto de sujeira. Desistira de ser um cartão de apresentação. Illiantovitch parecia um gênio emporcalhado. Eu o admirei por isso. Era um sujeito sem pretensão. Ele agarrou a vodca dupla e virou-a garganta abaixo.

Depois me olhou, densamente. Mas os olhos negros me eram demais. Tive de desviar os meus. Chamei o garçom para reabastecer. Depois tornei a olhar para Illiantovitch.

– Você é o melhor – eu disse. – Depois de você, não tem mais nada.

– Não, não é assim – ele disse. – VOCÊ é o melhor! Eu te dou meu cartão! No cartão está a hora da PROJEÇÃO DE MEU NOVO FILME! VOCÊ DEVE IR VER!

– Claro, *baby* – eu disse, e tirei minha carteira e guardei cuidadosamente o cartão.

– Está uma noite daquelas – disse Rick Talbot.

Falaram-se mais algumas bobagens, e apareceu Jon Pinchot.

– Estamos quase prontos pra rodar. Vocês podem vir agora, pra eu arranjar lugares pra vocês?

Todos nos levantamos para segui-lo, exceto Illiantovitch. Ele afundou no reservado.

– Foda-se! Vou tomar mais vodcas duplas! Vão vocês!

Aquele bastardo roubara-me uma ou duas páginas. Acenou para o garçom, puxou um cigarro, meteu-o entre os lábios, acendeu o isqueiro e queimou um pedaço do nariz.

Bastardo.

Nós avançamos noite adentro.

37

Iam filmar no beco. Era uma briga de beco entre o garçom e o bebum. Fazia frio ali fora. Quase tudo estava pronto. Haveria dublês na cena de briga para o garçom e Jack Bledsoe. Os *closes* mostrariam os rostos deles, mas as cenas reais de briga seriam feitas com dublês.

Bledsoe me avistou:

– Ei, Hank, venha cá!

Eu fui.

– Me mostra seu estilo de briga.

Eu circulei em volta dele, desferindo *jabs* de esquerda, e de vez em quando avançava jogando esquerdas e direitas. Depois parei. Expliquei as brigas daquele tempo.

– Na verdade, não era muito bonito. A princípio, os caras se rodeavam muito. Rodeavam e rodeavam. E aí a multidão dava em cima da gente e um dos dois avançava. Acredito que, apesar da bebida, os socos eram duros e brutais. Depois a gente recuava, media a situação e tornava a atacar, jogando os punhos. Finalmente, tudo se resumia a ter mais fibra que o outro cara. Só um podia vencer. E a briga nunca acabava enquanto um dos dois não estivesse inconsciente. Era um bom espetáculo, e de graça...

Aproximava-se a hora da filmagem. Recuamos do beco e tomamos posição sem atrapalhar. Nesse momento Harry Friedman surgiu com uma boneca de Hollywood de peruca, cílios falsos e excesso de maquilagem. Os lábios, pintados, tinham o dobro do tamanho, e os seios também. Chegava igualmente o grande diretor Manz Loeb, que dirigira filmes como *O Homem Rato* e *Cabeça de Lápis*. Junto com ele vinha a grande atriz Rosalind Bonelli. Assim, tivemos de nos aproximar para as apresentações. Loeb e Bonelli sorriam simpaticamente e eram polidos, mas fiquei com a terrível sensação de que se sentiam superiores a nós. Mas estava tudo bem, porque eu me sentia superior a eles. Era assim que funcionava.

Voltamos a nossas posições privilegiadas e começou a briga. Parecia bastante brutal, desde o início. Só que em nossas brigas a brutalidade chegava ao fim quando um dos lutadores estava vencido (geralmente eu) e o outro cara não queria parar.

Outra coisa sobre essas brigas. Se o cara não pertencia ao "Clube" dos Garçons e perdia, era deixado lá com o lixo e os ratos. Havia lembranças posteriores. Uma manhã, fui acordado pelo barulho de uma buzina e os faróis de um caminhão em cima de mim. Era o caminhão do lixo.

– EI, CARA, SAI DA PORRA DA FRENTE! A GENTE QUASE ATROPELA VOCÊ!

– Oohh, oh, desculpa...

Levantar-se então, tonto, nauseado, espancado, tendendo para o sonho do suicídio, com aqueles caras pretos, simpáticos e saudáveis, interessados apenas em manter o horário e tirar o lixo dali.

Ou então era a cabeça de uma negra que saía por uma janela:

– EI, LIXO BRANCO, DÁ O FORA DA PORRA DA MINHA PORTA DOS FUNDOS!

– Sim, senhora, desculpe, senhora...

E o pior, ao recuperar a consciência no chão entre as latas de lixo, dolorido demais para me mover mas sabendo que teria de fazê-lo, o pior de tudo era a ideia: aposto que minha carteira desapareceu de novo...

A gente faz um jogo. Tenta sentir a pressão da carteira contra o rabo sem apalpá-lo. A sensação é de vazio lá atrás. A gente na verdade não deseja passar a mão, mas passa. E a carteira *jamais* está lá. Então a gente consegue se levantar e procura em todos os bolsos: nada de carteira, nunca. Fui ficando cada vez mais desencorajado com a humanidade.

De qualquer forma, a cena da briga acabou e Jon Pinchot se aproximou e perguntou:

– Então?

– Não exatamente.

– Por quê?

– Bem, nas nossas brigas, os gladiadores pareciam mais palhaços, brigavam pra multidão. Um cara acertava e quase levantava o outro do chão com um golpe, depois se voltava pra multidão e dizia: "Ei, que tal esse, hem?"

– Faziam teatro?

– É...

Jon foi até os dublês e falou com eles. Os dois escutaram. Bom Jon velho, provavelmente um dos primeiros diretores a ouvir diretamente o escritor. Eu me sentia honrado. Minha vida dificilmente fora feliz, agora parecia estar começando a ser. Eu precisava de um pouco disso.

Rodaram a cena da briga de novo.

Fiquei vendo, e confesso que senti uma fraqueza olhando aquele velho sonho. Queria ser um deles, na luta de novo. Idiotice ou não, tinha vontade de dar um soco na parede do beco. Nascido pra morrer.

Acabou. Jon se aproximou.

– Então? – perguntou.

– Eu gostei...

E foi isso aí.

Sarah e eu voltamos ao reservado do bar.

Illiantovitch se fora. O bar provavelmente ficara sem vodca. Sarah e eu pedimos e Rick quis outro café.

– Esta é uma das melhores noites que já tive – disse.

– Escuta, Rick, você deve estar me gozando. Onde andou passando suas noites?

Ele apenas sorriu para dentro de sua xícara de café. Era um homem maravilhoso e inocente.

Francine Bowers estava de volta com seu caderno de anotações.

– Como foi que Jane morreu?

– Bem, eu estava com outra pessoa nessa época. A gente tinha se separado dois anos antes, e eu apareci pra visitar ela pouco antes do Natal. Ela era criada num hotel, e muito popular. Todo mundo no hotel já lhe dera uma garrafa de vinho. E lá no quarto dela tinha uma prateleirinha que corria ao longo da parede logo abaixo do teto, e na prateleira devia haver 18 ou 19 garrafas.

"– Se você tomar essa bebida toda, e eu sei que vai, ela vai te matar! Será que esse pessoal não vê isso?"

"Jane apenas olhou pra mim.

"– Eu vou tirar todas essas porras de garrafas daqui. Esse pessoal está tentando matar você!"

"Também dessa vez ela só olhou pra mim. Fiquei com ela nessa noite e bebi três das garrafas, o que reduziu o número pra 15 ou 16. Pela manhã, quando saí, disse a ela:

"– Por favor, não beba isso tudo..."

"Voltei uma semana e meia depois. A porta estava aberta. Não tinha mais garrafas no quarto. Localizei ela no Hospital Municipal de L.A. Estava em coma alcoólico. Fiquei lá sentado por um longo tempo, só olhando pra ela, umedecendo os lábios dela com água, afastando os cabelos dos olhos. As enfermeiras nos deixaram em paz. Aí, de repente, ela abriu os olhos e disse:

"– Eu sabia que seria você."

"Três horas depois, estava morta."

– Ela nunca teve uma verdadeira oportunidade – disse Francine Bowers.

– Não queria. Foi a única pessoa que conheci que sentia o mesmo desprezo que eu pela raça humana.

Francine fechou seu caderno.

– Tenho certeza de que isso tudo vai me ajudar...

E foi-se.

E Rick disse:

– Perdão, mas estive estudando você a noite toda, e você não parece ser um depravado.

– Nem você, Rick – eu disse.

38

Estivemos lá alguns dias depois para umas tomadas à luz do dia, e logo depois do almoço Jon nos localizou. Ainda não havíamos entrado no bar.

– Espere – disse-me Jon –, o fotógrafo Corbell Veeker vai chegar a qualquer momento. Quer fazer umas fotos de você, Jack e Francine. Esse cara é mundialmente conhecido. É famoso pelas fotos de mulheres, realmente dá muito glamour a elas...

Assim, ficamos por ali, no beco atrás do bar. Havia ali uma mistura de luz e sombra. Eu pensava numa longa espera, mas Corbell Veeker chegou em cinco minutos. Tinha seus 55 anos, um rosto inchado, barriga grande. Usava um lenço e uma boina. Trazia dois garotos, ambos com equipamentos. Os garotos pareciam assustados e obedientes.

Fizeram-se as apresentações.

Corbell apresentou seus auxiliares.

– Este é David...

– Este é Williams...

Os dois deram sorrisos.

Aí chegou Francine.

– Ah, ah, ah! – fez Corbell Veeker, ao correr para beijá-la.

Depois recuou.

– Ora, ora, ora... Ah! Ah! – balançava os braços. – É isso aí! É!

Haviam jogado no beco um velho sofá escangalhado, que chamou a atenção dele.

– Você – olhou para mim –, você, senta ali naquele sofá...

Eu me aproximei e me sentei no sofá.

– Agora, Francine, sente no colo dele...

Francine usava um vestido vermelho berrante com a saia aberta do lado. Sapatos vermelhos, meias vermelhas e pérolas brancas. Sentou-se em meu colo. Eu olhei em volta e pisquei para Sarah.

– É isso aí! É!

– Minha bunda dura está te machucando? – perguntou-me Francine.

– Não, está tudo bem. Não se preocupe com isso.

– Câmera número QUATRO! – berrou Corbell Veeker.

David acorreu com a câmera número quatro e Corbell passou-a pelo pescoço, caiu sobre um joelho... Houve um clique e um *flash*...

– ÓTIMO! É! É!

Outro clique, outro *flash*...

– É! É!

Clique, *flash*...

– FRANCINE, ME DÊ MAIS PERNA! É ISSO AÍ! É! É!

Clique e *flash*, clique e *flash*...

Ele fotografava furiosamente, com paixão...

– FILME! FILME! – berrou.

William acorreu com nova carga de filme, inseriu-a na câmera, guardou o filme batido numa caixa especial.

Corbell caiu sobre os dois joelhos, focou, disse:

– MERDA, EU NÃO QUERO ESTA CÂMERA! CÂMERA NÚMERO SEIS, POR FAVOR! JÁ! JÁ!

David acorreu com a câmera número seis, afixou-a em Corbell Veeker, e levou a câmera número quatro.

– MAIS PERNA, FRANCINE! PARECE BOM! EU TE AMO, FRANCINE. VOCÊ É A ÚLTIMA GRANDE ESTRELA EM HOLLYWOOD!

Clique, *flash*... Clique, *flash*... outra vez... e outra vez... e outra vez.

Aí chegou Jack Bledsoe.

– JACK, VÁ PRO SOFÁ TAMBÉM! UM DE CADA LADO! É! É!

Clique, *flash*... clique, *flash*...

– FILME! FILME! – berrava Corbell.

As fotos eram para uma revista colorida feminina de circulação muito grande.

– TUDO BEM, VOCÊS, CARAS, DEEM O FORA DO SOFÁ! QUERO FRANCINE SOZINHA!

Ele a fez deitar-se ao comprido, o cotovelo apoiado no braço do sofá, um braço jogado para trás, segurando um longo cigarro. Francine estava adorando.

Clique, clique, *flash, flash*...

A última grande estrela de Hollywood.

Os garotos acorriam com mais filme, novas câmeras... imagino que eles achavam pior que trabalhar em posto de gasolina.

Aí Corbell viu a cerca de arame.

– A CERCA DE ARAME!

Fez Francine recostar-se provocadoramente nela, com Jack Bledsoe de um lado e eu do outro.

– ÓTIMO! ÓTIMO!

Adorou a ideia da cerca de arame e fez mais e mais fotos. A cerca deixara-o ligadão. Talvez fosse o pano de fundo atrás da cerca.

Flash, clique, *flash*, clique...

E então, de repente, acabou.

– Muito obrigado a vocês, todo mundo...

Tornou a beijar Francine. Seus garotos se atarefavam embalando coisas, reunindo coisas, numerando coisas. William tinha um caderno de notas e anotava tudo: número da foto, tempo, tema, assunto, câmera e filme usados.

Todo mundo foi embora e Sarah e eu entramos no bar. Os bebuns de sempre estavam lá. Agora eram astros de cinema e haviam desenvolvido uma certa dignidade. Estavam mais calados, como se pensassem em grandes coisas. Eu gostava mais deles do jeito antigo. O filme já estava quase concluído e eu sentia um pouco ter perdido tantos dias de filmagem, mas também, quando se é um apostador dos cavalinhos, tudo mais tem de ceder.

Sarah e eu estávamos indo devagar. Eu pedi uma cerveja e ela um vinho tinto.

– Você acha que algum dia fará outro argumento? – ela perguntou.

– Duvido. A gente tem de fazer muita porra de concessão. E tem de pensar através do olho da câmera. Será que o público vai entender? E quase tudo irrita ou ofende um público de cinema, enquanto as pessoas que leem romances e contos adoram ser irritadas e insultadas.

– Bem, você é bom nisso...

Nesse momento, Jon Pinchot entrou no bar. Sentou-se a meu lado, sorriu para nós.

– Filho da puta – disse.

– Que é? – perguntou Sarah.

– O filme foi cancelado de novo? – eu perguntei.

– Não, isso, não... é outra coisa...

– Por exemplo?

– Jack Bledsoe se recusou a assinar a liberação das fotos que fizemos há pouco...

– Quê?

– É, um dos garotos de Corbell foi ao reboque dele com os papéis e ele se recusou a assinar a liberação das fotos. Aí Corbell foi lá. A mesma coisa.

– Mas por quê? – eu perguntei. – Por que ele se deixou fotografar e depois se recusa a assinar a liberação?

– Não sei. Mas ainda podemos usar as fotos de você e Francine. Vocês vão ver a próxima tomada?

– Claro...

– Eu venho buscar vocês...

– Obrigado...

Sarah e eu ficamos sentados pensando no caso. Creio que ela pensava no caso. Quanto a mim, sei que pensava.

Concluí que os atores eram diferentes de nós. Tinham seus próprios motivos. Vocês sabem, quando se passa muitas horas, muitos anos fingindo ser uma pessoa que não se é, bem, isso pode nos causar alguma coisa. Já é duro bastante tentar ser a gente mesmo. Pensem em tentar muito ser alguém que não se é. E depois ser *outra* pessoa que tampouco se é. E depois outra. A princípio, vocês sabem, pode ser emocionante. Mas depois de algum tempo, depois de a gente ser doze outras pessoas, talvez seja difícil lembrar quem é mesmo, especialmente se a gente teve de compor as próprias falas.

Imaginei que Jack Bledsoe se perdera e concluíra que estavam fotografando outra pessoa, e não ele, e que só lhe restava recusar-se a assinar a liberação. Isso fazia sentido para mim. Decidi explicar a Sarah.

Observei-a servir-se de vinho e acender um cigarro.

Depois pensei, bem, talvez eu explique outra hora, e tomei uma grande golada de minha cerveja, imaginando se iam usar algumas daquelas fotos de Francine sentada com aquela bela bunda dura em meu colo na tal revista feminina colorida...

39

E então, de repente, os 38 dias de filmagem terminaram e chegou a hora da festa de encerramento.

No primeiro andar havia um longo balcão de bar, algumas mesas e uma grande pista de dança. Uma escada levava a um andar superior. Essencialmente, lá estavam a equipe e o elenco do filme, embora nem todos estivessem e houvesse outras pessoas que eu não reconhecia. Não tinha orquestra ao vivo e grande parte da música que saía dos alto-falantes era discoteca, mas as bebidas no bar eram reais. Sarah e eu entramos. Havia duas garçonetes. Eu pedi uma vodca e ela vinho tinto.

Uma das garçonetes me reconheceu e trouxe um dos meus livros. Dei o autógrafo.

Estava lotado e quente ali dentro, uma noite de verão, sem ar-condicionado.

– Vamos pegar outra bebida e subir lá pra cima – sugeri a Sarah. – Está quente demais aqui embaixo.

– Tudo bem – ela disse.

Abrimos caminho até a escada. Estava mais frio lá em cima e não havia tanta gente. Algumas pessoas dançavam. Como festa, aquela parecia não ter um núcleo, mas a maioria das festas era assim mesmo. Comecei a ficar deprimido. Acabei minha bebida...

– Vou pedir outro drinque – disse a Sarah. – Quer um?

– Não, vá em frente...

Desci a escada, mas antes de conseguir chegar ao bar um cara gordo e redondo, muito cabeludo, óculos escuros, agarrou minha mão e começou a sacudi-la.

– Chinaski, eu li tudo que você já escreveu, tudo!

– É mesmo?

Ele continuava me sacudindo a mão.

– Tomei um porre com você uma noite no Barney's Beanery! Lembra de mim?

– Não.

– Está dizendo que não se lembra de que tomou um porre comigo no Barney's Beanery?

– É.

Ele ergueu os óculos e prendeu-os no alto da cabeça.

– Agora se lembra?

– Não – eu disse, puxei a mão e fui para o bar.

– Vodca dupla – disse à garçonete.

Ela trouxe.

– Eu tenho uma amiga chamada Lola – disse. – Conhece?

– Não.

– Ela diz que foi casada com você dois anos.

– Não é verdade – eu disse.

Deixei o bar, me dirigi à escada. Lá estava outro cara gordão, sem cabelos mas com uma grande barba.

– Chinaski – ele disse.

– Sim.

– André Wells... Eu fiz uma ponta no filme... Também sou escritor... Tenho um romance pronto pra publicar. Gostaria que você lesse. Posso te enviar uma cópia?

– Tudo bem... – Dei-lhe o número de minha caixa postal.

– Mas não tem endereço próprio?

– Claro, mas correspondência é com a caixa postal.

Encaminhei-me para a escada. Bebi metade de meu drinque subindo os degraus. Sarah conversava com uma extra. Aí vi Jon Pinchot. Estava parado sozinho com seu copo. Fui até ele.

– Hank – ele disse –, estou surpreso de ver você aqui...

– E eu estou surpreso de a Firepower ter bancado a festa.

– Estão cobrando...

– Oh... Bem, e agora?

– Estamos na sala de montagem, trabalhando na coisa... Depois disso, mixamos a música... Por que não vem ver como se faz?

– Quando?

– Qualquer hora. Estamos trabalhando de 12 a 14 horas por dia.

– Tudo bem... Escuta, que aconteceu com Popppy?

– Quem?

– Aquela que entrou com os dez mil paus quando você morava lá embaixo, na praia.

– Oh, está no Brasil agora. A gente cuida dela.

Acabei meu drinque.

– Não vai descer e dançar? – perguntou Jon.

– Oh, não, isso é bobagem...

Alguém o chamou.

– Desculpe – ele disse –, e não esqueça de aparecer na sala de montagem.

– Claro.

Jon afastou-se para o outro lado do salão.

Dirigi-me à balaustrada e olhei o bar lá embaixo. Enquanto conversava com Jon, Jack Bledsoe e seus companheiros motoqueiros haviam chegado. Os companheiros recostavam-se no balcão do bar, de frente para a multidão. Todos seguravam uma garrafa de cerveja, com exceção de Jack, que tinha uma garrafa de 7-Up. Usavam blusões de couro, echarpes, calças de couro, botas.

Aproximei-me de Sarah.

– Vou descer e falar com Jack Bledsoe e sua gangue... Você vem?

– Claro...

Descemos e Jack nos apresentou os companheiros.

– Este é o Harry Cassetete...

– Oi, cara...

– Este é o Flagelo.

– Oi...

– Este é o Verme da Noite...

– Ei, ei!

– Este é o Mata-cachorro...

– É demais!

– Este é Eddie 3-Bagos...

– Porra...

– Este é Peido-Rápido...

– Prazer em conhecê-lo...

– E o Terror das Xoxotas...

– Ééé...

E foi isso aí. Todos pareciam ótimos praças, mas um pouco teatrais, recostados no balcão, segurando as garrafas de cerveja.

– Jack – eu disse –, você fez um grande trabalho de ator.

– E como! – disse Sarah.

– Obrigado... – ele lampejou seu belo sorriso.

– Bem – eu disse –, vamos voltar lá pra cima, está quente pra caralho aqui embaixo... Por que não dá uma subida?

Fiz sinal à garçonete para tornar a encher nossos copos.

– Vai escrever outro argumento? – perguntou Jack.

– Acho que não... É muita perda de intimidade... Eu gosto de ficar sentado olhando as paredes...

– Se escrever um, me mostra.

– Claro. Escute, por que seus rapazes estão de costas pro bar desse jeito? Estão na paquera?

– Nããão, já estão fartos de garotas. Só estão relaxando...

– Tudo bem, tchau, Jack...

– Continue fazendo seu bom trabalho – disse Sarah.

Voltamos lá pra cima. Em pouco tempo, Jack e sua gangue desapareceram.

Não foi lá uma grande noite. Eu subia e descia a escada, para pegar drinques. Após três horas, quase todo mundo tinha ido embora. Sarah e eu nos apoiávamos no balaústre. Aí eu vi Jon. Tinha-o visto dançando antes. Chamei-o com um aceno.

– Ei, que houve com Francine? Ela não veio à festa de encerramento?

– Não, não tem imprensa aqui esta noite...

– Entendo...

– Preciso ir agora – disse Jon. – Tenho de levantar cedo e ir pra sala de montagem.

– Tudo bem.

Jon se foi.

Estava vazio lá embaixo, e mais fresco, e assim descemos para o bar. Sarah e eu éramos os últimos ali. Agora só havia uma garçonete.

– Vamos tomar uma saideira – eu disse a ela.

– Agora eu tenho de cobrar as bebidas – ela disse.

– Por quê?

– A Firepower só alugou a casa até a meia-noite... Já são meia-noite e dez... Mas vou te passar uns drinques mesmo assim, porque gosto muito do que você escreve, mas por favor não diga a ninguém que fiz isso.

– Minha querida, ninguém jamais vai saber.

Ela serviu os drinques. A turma da discoteca da madrugada começava a chegar. Era hora de ir embora. Era, sim. Nossos cinco gatos nos esperavam. De alguma forma, eu me sentia triste pelo fim das filmagens. Havia algo de explorativo naquilo tudo. Houvera um certo jogo. Acabamos nossos drinques e saímos para a rua. O carro ainda estava lá. Ajudei Sarah a entrar e entrei pelo outro lado. Pusemos os cintos. Liguei o carro e logo estávamos na autoestrada do Porto, seguindo para o sul. Voltávamos para a normalidade, e de certa forma eu gostava disso, e por outro lado não gostava.

Sarah acendeu um cigarro.

– A gente dá comida aos gatos e vai dormir.

– E talvez um drinque? – sugeri.

– Tudo bem – disse Sarah.

Ela e eu nos dávamos bem, às vezes.

40

Alguns dias depois, fomos à sala de montagem. Jon Pinchot e a montadora Kay Bronstein estavam atarefados.

Jon puxou algumas cadeiras para nós.

– Vou te mostrar o copião. Ainda está muito grosso, você sabe. Ainda tem muito trabalho a fazer.

– A gente entende – disse Sarah.

– A gente quer fazer justiça ao seu filme – disse Kay. – Eu o adoro mesmo!

– Obrigado – eu disse.

– Estamos mixando a música agora – disse Jon. – Friedman e Fischman estão em Londres fazendo um novo acordo. Telefonam quatro ou cinco vezes por dia, berrando: "PAREM A MIXAGEM! PAREM A MIXAGEM!". Eu finjo não entender. Escolhemos umas músicas sensacionais, mas os direitos vão sair muito caros. Friedman e Fischman querem que eu use música enlatada, que não custará nada, mas é *terrível*. Arruinaria o filme! Por isso estou mixando boa música junto com a trilha sonora, pra não poderem tirar depois...

– Você já fez um filme nessas condições? – perguntei.

– Não. Não existe ninguém como esses dois caras. Mas eu amo eles!

– Ama eles?

– É, parecem crianças. Têm coração. Mesmo quando tentam cortar a garganta da gente, têm um certo calor. Eu preferiria mil vezes negociar com eles do que com os advogados de corporações que dirigem quase tudo em Hollywood.

Jon desligou as luzes e ficamos vendo.O filme aparecia numa pequena tela, parecendo um aparelho de TV. Passavam os créditos. Depois, vinha meu nome. Eu fazia parte de Hollywood, pelo menos por um pequeno instante. Era culpado.

A coisa rolava bem. Não vi nada errado.

– Eu gosto, eu gosto – disse.

– Temos uma coisinha aqui – disse Jon.

Então chegou a cena em que Jack e Francine se conhecem. Estão sentados na ponta do balcão de um bar. Ele pagou alguns drinques para ela, que os emborcou de vez. Jack se senta com meia garrafa de cerveja. Com a mão direita, afasta a garrafa e diz: "É isso aí". "É isso aí o quê?", pergunta Francine. Ele então explica que não tem mais dinheiro, está quebrado, não pode pagar mais bebidas.

– NÃO! NÃO! – eu berrei. – OH, SANTO CRISTO, NÃO!

Jon parou o filme.

– Que foi?

– Os alcoólatras que virem isso vão nos expulsar da cidade às gargalhadas.

– Que é que há?

– Um bebum jamais afastaria uma meia garrafa de cerveja e diria: "É isso aí". Ele acabaria a garrafa até a *última* gota, e então diria: "É isso aí..."

– Hank tem razão – disse Sarah. – Também notei isso...

– Eu fiz cinco tomadas dessa cena, e achei que esta era a melhor...

– Jon, eu me senti *afrontado* quando vi ele empurrar aquela garrafa pro lado, doeu, foi como um tapa na cara!

– Acho que tem uma cena em que tem apenas um restinho na garrafa de cerveja...

– Mesmo um restinho é muito, mas por favor use essa, se tem mesmo – eu disse.

Era o que podia acontecer, quando se tinha um diretor não alcoólatra e um ator que detestava bebida, e os dois trabalhavam no mesmo filme. E um escritor alcoólatra, que preferia estar nas corridas a estar no *set*.

Vimos o resto do filme.

Jon acendeu as luzes.

– Que tal? Quer dizer, ainda está muito grosso, você sabe...

– A música e o trabalho de câmera foram sensacionais – disse Sarah.

– *Baby*, que tal o texto? – perguntei.

– Chinaski está bom como sempre – ela disse.

– Obrigado – eu disse.

– Todo o elenco e a equipe tinham sempre você em mente – disse Kay –, mesmo quando você não estava lá.

– Ah – eu disse.

– Mas, Hank, que foi que você achou? – perguntou Jon.

– Gostei do desempenho de Jack. Acho que Francine precisa de um pouco mais de óleo nas juntas.

– Francine estava muito boa – disse Jon. – O filme realmente ganha vida quando ela aparece.

– Talvez. De qualquer modo, estou feliz por fazer parte do filme e do grande retorno dela...

Assim, para comemorar nossos bons sentimentos, trancamos a sala de montagem, tomamos o elevador e saímos para a rua, entramos no meu carro e fomos comer. Não no Musso's desta vez, mas num lugar mais perto, um restaurante cerca de oito quadras a oeste. Era curioso, eu pensava, como as coisas se fazem. Apenas um dia de cada vez, dia após dia, e então, lá estava. Num certo sentido, eu me sentia como se ainda não tivesse escrito o argumento. Não escreveu, diria um crítico, enquanto não perceber o ruim e o óbvio em seu texto. Mas qual era a diferença entre um crítico de cinema e um espectador de cinema? Resposta: o crítico não precisava pagar.

– Encoste ali – disse Jon –, é o lugar!

Encostei.

41

Voltei ao hipódromo. Às vezes me perguntava o que fazia ali. E às vezes sabia. Entre outras coisas, aquilo me permitia ver grande número de pessoas sob a pior luz, e isso me mantinha em contato com a realidade do que era feita a humanidade. A ambição, o medo, a raiva, tudo estava ali.

Há certos indivíduos característicos em toda pista de corridas, em toda parte, todo dia. Provavelmente me viam como um desses personagens, e eu não gostava disso. Teria preferido ser invisível. Não gosto de fazer rodinhas com os outros jogadores. Não quero discutir os cavalos com eles. Não os vejo com nenhuma espécie de *camaraderie*. Na verdade, jogamos uns contra os outros. A pista de corridas jamais tem um dia de prejuízo. Ela tira sua fatia, o estado tira a dele, e a fatia vai ficando cada vez maior, o que significa que para um jogador ganhar regularmente tem de ter uma margem decidida de aposta, um método superior, uma visão lógica. O jogador médio joga diariamente duplas, exatas, triplas, hexas ou nonas. Acabam com as mãos cheias de cartões inúteis. Apostam na vitória, apostam no placê, apostam na mostra. Mas há apenas uma aposta, e essa aposta é para *ganhar*. Isso alivia a pressão. A simplicidade é sempre o segredo para uma profunda verdade, para fazer as coisas, para escrever, para pintar. A vida é profunda em sua simplicidade. Acho que a pista de corridas me mantém consciente disso.

Mas, num outro sentido, a pista de corridas é doença, um recheio, um substituto para outra coisa que se deve enfrentar. Contudo, todos nós precisamos de fuga. As horas são longas e têm de ser preenchidas de algum modo até nossa morte. E simplesmente não há muita glória e sensação para ajudar. Tudo se torna logo chato e mortal. Acordamos pela manhã, jogamos os pés para fora da cama, colocamo-los no chão e pensamos ah, merda, e agora?

Às vezes, eu ficava doente com a necessidade de ir às corridas. Jogava nos puro-sangues durante o dia e à noite me via jogando nos quadrões e nas corridas de matungos, a depender do que houvesse. E ali, à noite, via algumas das pessoas que tinha visto durante o dia. Apostavam à noite também. O último grau da doença.

Assim, voltei às corridas e esqueci inteiramente o filme, os atores, a equipe e a sala de montagem. A pista mantinha minha vida simples, embora talvez "idiota" seja uma palavra melhor.

À noite, geralmente via um pouco de TV com Sarah, depois subia e brincava com o poema. Era ele que me impedia a mente de estalar. O poema era o que eu precisava de fato. Precisava de fato.

Voltara a essa rotina há umas duas ou três semanas, quando o bom e velho telefone tocou. Era Jon Pinchot.

– O filme está pronto. Vamos fazer uma exibição privada para a Firepower. Sem imprensa. Sem críticos. Espero que vocês possam vir.

– Claro. É só dizer a hora e o lugar.

Anotei.

Era uma noite de sexta-feira. Eu conhecia bem o caminho para o prédio da Firepower. Sarah fumava e pensava em alguma coisa. Enquanto dirigia, pensava. Lembrava uma coisa que Jon Pinchot me dissera. Muito antes de encontrar quem produzisse o argumento, ele saía toda noite pela cidade de bar em bar, procurando o bar apropriado, os bebuns certos. Adotou um nome: "Bobby". E ia de bar em bar, noite após noite. Disse que quase que vira alcoólatra. E em todos aqueles bares, acrescentou, jamais encontrou uma mulher que quisesse levar para casa. Às vezes tirava uma noite de folga e vinha à nossa casa com todas as fotos daqueles bares que visitara e punha-as na mesinha do café à minha frente. Eu escolhia as melhores e dizia: "É, vou me concentrar nesses..." Ele sempre tivera fé em que o argumento um dia seria um filme.

A sala de projeção não ficava na Firepower, mas num terreno atrás.

Entramos com o carro. Havia um guarda ali.

– A projeção de *A Dança de Jim Beam*, da Firepower... – eu disse.

– Entre... vire à direita... – ele disse.

Pronto. Éramos figurões. Entrei com o carro, virei à direita, estacionei.

Era um terreno cheio de estúdios privados. Eu não fazia ideia do motivo de a Firepower não ter sua própria sala de projeção. O prédio deles era imenso. Mas sem dúvida teriam uma razão danada de boa para fazerem o que faziam.

Saltamos e começamos a procurar a sala de projeção. Não havia indicações. Parecia que éramos os únicos a vagar por ali. E no entanto estávamos no horário. Aí avistei uns dois tipos esguios, típicos de estúdio de cinema, recostados contra uma meia porta aberta. Todo mundo no ramo tinha quase a mesma aparência – quer dizer, equipes, consultores e por aí afora, todos entre 26 e 38 anos, esguios, e sempre conversando um com o outro sobre alguma coisa interessante.

– Perdão – eu disse –, mas é aqui a sala de projeção de *A Dança de Jim Beam*?

Os dois pararam e nos olharam como se houvéssemos interrompido alguma coisa importante. Um deles falou.

– Não – disse.

Eu não sabia o que aconteceria àqueles caras quando chegassem aos 39. Talvez fosse disso que estavam falando.

Seguimos em frente, procurando a sala de projeção.

Então, parado junto a um automóvel com o motor ligado, vimos alguém que parecia conhecido. Era Jon Pinchot, conversando com o coprodutor Lance Edwards.

– Jon, pelo amor de Deus, onde é a sala de projeção?

– Ééé – disse Sarah –, onde é?

– Oh – disse Jon –, mudaram o lugar. Tentei ligar pra vocês, mas vocês já tinham saído...

– Bem, onde é, *baby*?

– Ééé, *baby* – disse Sarah.

– Eu estava procurando vocês... Escuta, Lance Edwards está indo pra lá de carro. Tudo bem se a gente pegar uma carona com você, Lance?

Lance assentiu como se estivesse puto. Eu pensei que nós é que devíamos estar putos. Em Hollywood, essas coisas às vezes ficam meio confusas.

Jon entrou na frente com Lance e eu e Sarah atrás. Disseram que Lance era tímido e por isso não falava. Eu tinha a sensação de que ele estava cagando, simplesmente. Uma das entrevistadoras da TV, a italiana, me dissera: "Eu trabalhei pra esse filho da puta! Nunca vi um sacana mais baixo! Ele não paga a ninguém. Não usa nem mesmo seu material de correspondência. Usa os envelopes das cartas que recebe. Me mandava riscar os nomes e endereços e escrever novos, e púnhamos o mesmo envelope no correio de novo. Pegava os selos não carimbados na correspondência que chegava e usava de novo. Um dia, eu estava trabalhando e senti uma mão em minha perna. 'Perdeu alguma coisa?' perguntei a ele. 'Que quer dizer?' ele perguntou. 'Quero saber se perdeu alguma coisa aí na minha perna? Que está procurando? Se não perdeu nada, então tira essa porra de mão da minha perna!' Ele me despediu, sem aviso prévio."

O carro continuava rodando. Parecia um percurso muito longo.

– Ei, Lance – eu disse –, você traz a gente de volta de carro?

Ele assentiu como se estivesse puto. Claro que estava puto: despesa com gasolina.

Finalmente chegamos, saltamos e entramos na sala de projeção. Estava cheia. Todo mundo lá. Pareciam confortáveis e à vontade. Muitos deles tinham latas douradas de cerveja na mão.

– Filho da puta! – eu disse alto.

– Que foi? – perguntou Jon.

– Toda essa gente tem cerveja. Nós não temos NADA pra beber!

– Espere! Espere! – disse Jon.

Saiu correndo.

Coitado do Jon.

Sarah e eu estávamos sendo tratados como cidadãos de segunda classe. Mas também, que se podia esperar quando o ator principal ganhava 750 vezes mais que o autor do argumento? O público jamais lembrava quem escrevera o argumento, só quem fodia com ele ou o fazia funcionar, o diretor, os atores ou fosse lá quem fosse. Sarah e eu éramos apenas favelados.

Jon voltava com duas latas de cerveja para nós quando as luzes se apagaram e o filme começou. *A Dança de Jim Beam*.

Tomei uma golada da cerveja em homenagem aos alcoólatras do mundo.

E enquanto o filme começava, voltei em *flash back* (como fazem nos filmes) àquela manhã no bar quando era jovem, quando não me sentia nem bem nem mal, só meio tonto, e o garçom do balcão me disse:

– Sabe de uma coisa, garoto?

– Não, quê?

– A gente vai passar um cano de gás por todo o bar até aí, bem aí onde você se senta sempre, e tampar.

– Um cano de gás?

– Ééé. E aí, quando você tiver vontade de acabar com tudo, pode destampar, dar umas cheiradas e se mandar...

– Acho que é muitíssima bondade sua, Jim – eu disse.

42

E lá estava. O filme rolava. Eu tomara uma surra do garçom no beco. Como expliquei antes, tenho as mãos pequenas, o que é uma terrível desvantagem numa briga de socos. Aquele garçom em particular tinha umas mãos enormes. Para piorar ainda mais as coisas, eu encaixava bem as porradas, o que me fazia absorver muito mais o castigo. Tinha um pouco de sorte do meu lado: não era muito medroso. As brigas com o garçom eram uma forma de passar o tempo. Afinal, a gente não podia ficar sentado no tamborete do bar o dia e a noite todos. A dor vinha na manhã seguinte, e não era tão ruim quando a gente tinha conseguido voltar para o quarto.

E brigando duas ou três vezes por semana eu ia ficando melhor naquilo. Ou o garçom ficando pior.

Mas isso fora mais de quatro décadas atrás. Agora eu me sentava numa sala de projeção de Hollywood.

Não é preciso lembrar o filme aqui. Talvez seja melhor falar de uma parte que ficou de fora. Mais adiante, no filme, uma dona quer cuidar de mim. Acha que eu sou um gênio e quer me proteger das ruas. No filme eu só fico na casa da dona uma noite. Mas na vida real fiquei cerca de um mês e meio.

A dona, Tully, morava numa grande casa em Hollywood Hills. Dividia-a com outra dona, Nadine. As duas eram altas executivas. Estavam no ramo das diversões: música, editoração, uma coisa assim. Pareciam conhecer todo mundo e davam duas ou três festas por semana, um monte de tipos de Nova York. Eu não gostava das festas de Tully e me divertia ficando totalmente de porre e insultando o máximo de pessoas que pudesse.

Nadine morava com um cara um pouco mais jovem que eu. Era compositor, ou diretor, ou alguma coisa assim, temporariamente desempregado. Não gostei dele de cara. Vivia esbarrando com ele pela casa ou no pátio de manhã, quando estávamos ambos de ressaca. Ele sempre usava uma porra de uma echarpe.

Uma manhã, lá pelas 11 horas, estávamos os dois no pátio mamando umas cervejas, tentando nos recuperar de nossas ressacas. Ele se chamava Rich. Me olhou.

– Precisa de outra cerveja?

– Claro... Obrigado...

Ele entrou na cozinha, voltou, me entregou minha cerveja e se sentou.

Tomou uma boa golada. Depois deu um profundo suspiro.

– Não sei por quanto tempo mais vou conseguir enrolar ela...

– Quê?

– Quer dizer, eu não tenho talento nenhum. É tudo merda.

– Lindo – eu disse – isso é realmente lindo. Eu admiro você.

– Obrigado. E você? – ele perguntou.

– Eu bato à máquina. Mas não é esse o problema.

– Qual é?

– Estou com o pau esfolado de tanto foder. Ela nunca se satisfaz.

– Eu tenho de chupar Nadine toda noite.

– Nossa...

– Hank, nós somos uma dupla de homens manteúdos.

– Rich, essas mulheres liberadas puseram os bagos da gente num saco.

– Acho que a gente devia entrar já na vodca – ele disse.

– Ótimo – eu disse.

Nessa noite, quando nossas donas chegaram, nenhum dos dois estava em condições de cumprir seus deveres.

Rich durou mais uma semana, e desapareceu.

Depois disso, eu muitas vezes encontrava Nadine andando nua pela casa, geralmente quando Tully havia saído.

– Que diabos está fazendo? – perguntei finalmente.

– Isto aqui é minha casa, e se eu quiser andar com o rabo tomando vento isso não é da conta de ninguém.

– Vamos lá, Nadine, que é que há realmente? Quer uma chupadinha?

– Nem que você fosse o último homem da terra.

– Se eu fosse o último homem da terra, você ia ter de entrar na fila.

– Fique feliz por eu não contar pra Tully.

– Bem, pare de andar por aí com a xoxota pendurada.

– Seu porco!

Subiu correndo a escada, plop, plop, plop. Um rabão. Uma porta bateu lá em cima. Eu não prossegui com a coisa. Uma mercadoria totalmente superestimada.

Nessa noite, quando Tully voltou, me remeteu para Catalina por uma semana. Acho que sabia que Nadine estava no cio.

Isso não estava no filme. Não se pode pôr tudo num filme.

E aí, voltando à sala de projeção, o filme acabara. Aplaudiram. Todos saímos em volta apertando as mãos uns dos outros, abraçando-nos. Éramos todos sensacionais, diabos, sim.

Harry Friedman me encontrou. Nós nos abraçamos, depois apertamos as mãos.

– Harry – eu disse –, você tem um vencedor!

– É, é, um grande argumento! Escuta, eu soube que você escreveu um romance sobre prostitutas.

– É.

– Quero que me escreva um argumento sobre ele. Quero fazer!

– Claro, Harry, claro...

Então ele avistou Francine Bowers e correu para ela.

– Francine, doçura, você estava magnífica!

Aos poucos, as coisas foram se acalmando e a sala ficou quase vazia. Sarah e eu saímos.

Lance Edwards e seu carro haviam desaparecido. Tínhamos o longo percurso de volta até o nosso carro. Tudo bem. A noite estava fresca e clara. O filme acabara e logo estaria sendo exibido. Os críticos dariam sua opinião. Eu sabia que se faziam filmes demais, um atrás do outro atrás do outro. O público via tantos filmes que não sabia mais o que era um filme e os críticos se achavam na mesma entalada.

E então voltávamos para casa, em nosso carro.

– Eu gostei – disse Sarah. – Só que teve umas partes...

– Eu sei. Não é um filme imortal, mas é bom.

– É, é, sim...

Estávamos na autoestrada.

– Vou ter prazer em ver os gatos – disse Sarah.

– Eu também...

– Você vai escrever outro argumento?

– Espero que não...

– Harry Friedman quer que a gente vá a Cannes, Hank.

– Quê? E deixar os gatos?

– Ele mandou levar os gatos.

– De jeito nenhum!

– Foi o que eu disse a ele.

Fora uma boa noite, e outras haveria. Eu entrei na primeira saída e paguei para ver.

43

Cannes foi outra história. Recebi um telefonema de Pinchot, de lá.

– A gente não espera ganhar, mas podemos chegar perto.

– Acho que Jack Bledsoe pode ganhar como melhor ator.

– Corre o boato de que os franceses vão dar a Palme d'Or a um dos seus.

Na Firepower, o departamento de publicidade continuava a mandar várias revistas especializadas me entrevistarem. Tendo quebrado alguns vitrais de catedrais em minha época, as revistas sentiam que eu era algo ou alguém que elas podiam provocar, alguém que ficaria idiotamente bêbado, alguém que poderia ser convencido a dizer alguma coisa estupidamente utilizável. E conseguiram, numa noite estúpida. Eu disse alguma coisa negativa sobre um ator de quem realmente gostava como pessoa e como ator. Foi uma coisinha à toa, relativa apenas a uma pequena faceta dessa pessoa. Mas, como a mulher dele me disse ao telefone: "Pode ser verdade, mas você não devia ter dito". Tinha razão, mas por outro lado não tinha. A gente devia ter liberdade de falar livremente, em especial quando nos fazem uma pergunta direta. Mas há a questão do tato. E depois a questão do excesso de tato.

Diabos, eu tinha sido continuamente atacado, durante todos aqueles anos, mas de algum modo achava isso revigorante. Nunca achei que meus críticos eram nada mais do que uns panacas. Se o mundo durar até o próximo século, eu ainda estarei lá, e os velhos críticos estarão mortos e esquecidos e substituídos por novos críticos, novos panacas.

Portanto, eu sentia ter magoado o ator, mas talvez os atores sejam mais sensíveis que os escritores. Espero que sim.

E parei de dar entrevistas.

Na verdade, dizia a todos que pediam que o preço era mil dólares a hora. Eles perdiam logo o interesse.

E então lá estava Jon Pinchot de novo no telefone, de Cannes.

– Temos problemas...

– Quais?

– Jack Bledsoe não quer sair do quarto do hotel pra ser entrevistado...

– Eu entendo isso...

– Não, espere... É porque ele não fala com ninguém que não tenha feito uma boa crítica ao seu último filme. O problema é que ele não teve muitas boas neste. Os repórteres estavam todos esperando no saguão e ele disse: "Não, nada de entrevistas, vocês não me entendem". Um cara esticou a mão e disse: "Jack, eu fiz uma crítica positiva de seu último filme". Jack disse: "Tudo bem, então eu dou uma entrevista a *você*". E acertaram. Num certo café, numa certa hora. O único problema é que Jack não apareceu.

– Jon, eu acho que esses atores são mais sensíveis que os escritores ou diretores...

– Sensíveis? Bem, pode dizer que sim...

– Como vai Francine?

– Ótima. Ótima. Fala com todo mundo. Usa aqueles vestidos veranis. Fala bem de todos nós. Sabe que fez um grande retorno. Sente que é a última das grandes. Anda por aí feito uma deusa. É um grande espetáculo.

– Ééé. Como vai Friedman?

– Oh, está ótimo! Está em toda parte, falando e suando, acenando os braços. É odiado por todos os poderosos daqui. Ao mesmo tempo, têm medo dele por causa da sua tenacidade e energia . Ele perturba o sono deles. Falam dele tomando seus drinques. Querem rasgar o rabo dele com raios da morte.

– Não têm a mínima chance. Mais alguma coisa?

– Só Jack. Se ao menos conseguissem tirar ele do quarto do hotel. Conseguimos com que finalmente concordasse em aparecer num dos programas de TV mais populares da França. Ele concordou. Aí, não apareceu.

– Por que foi a Cannes, afinal?

– Ao diabo se eu sei...

O tempo passou, como costuma passar. O hipódromo ainda estava lá. Reli também um pouco de James Thurber. Em sua melhor forma, ele era muito engraçado. É uma vergonha que tivesse uma visão do mundo tão classe média alta. Teria dado um mineiro de carvão do caralho.

Também produzi um punhado de poemas. Tinham algum valor, acreditem. Impedem a gente de ficar completamente louco.

É.

E também, não. O filme não ganhou coisa alguma em Cannes.

E Sarah começou a plantar novas flores e legumes no jardim.

E nossos cinco gatos nos observavam com seus dez lindos olhos.

44

Depois de Cannes, ainda havia mais trabalho a fazer na sala de montagem. Pinchot dava duro nisso.

Eu tinha um pequeno papel no filme. Fazia um bebum numa cena. Era curta, mas podia ter sido mais longa. Cortaram quase toda. Eu explico. Estou sentado ali, com os dois camaradas, no balcão, não juntos, mas separados. É a cena em que Jack conhece Francine. Nós três, como bebuns, temos apenas de ficar ali como bebuns. Assim que a câmera nos pegou, porém, eu não pude me conter.

Tomei uma grande golada de cerveja, rolei-a gostosamente na boca, depois a esguichei de volta ao gargalo da garrafa a uns bons vinte centímetros. Um truque excelente. Nem uma gota caiu no balcão. Não sei o que me fez fazer aquilo. Nunca tinha feito isso antes. Mas essa parte morreu na sala de montagem.

– Escuta, Jon – eu disse. – Por que não põe aquela parte de volta?

– Não posso. Todo mundo ia perguntar: "Quem diabos é aquele cara?".

Quando a gente é extra, não improvisa.

De qualquer modo, chegou a hora em que nada mais se tinha a fazer no filme. Marcou-se a data da distribuição.

Numa certa noite, cerca de uma semana antes da estreia, Jon estava em nossa casa e nos sentávamos todos juntos.

– Bem, vai escrever outro argumento pra gente? Eu estou pronto, quando você estiver.

– Não, Jon. Eu tenho medo de Hollywood. Acho que isso é tudo. Ou espero, com certeza, que seja tudo.

– Que vai fazer agora?

– Um romance, imagino.

– Sobre o quê?

– A gente nunca fala sobre isso antes.

– Por que não?

– Esvazia os pneus.

– Hank vive verificando a pressão dos pneus dele – disse Sarah. – Anda com um calibradorzinho. Pra testar os romances.

– Ela tem razão... Escuta, Jon, vai ter *première*?

– *Première*? Ora, não...

– Não vai ter *première*? – perguntou Sarah. – Mas isso é ridículo!

– Jon – eu disse – eu quero uma *première*!

– *Vocês* querem uma *première*? Eu não acredito! Por quê?

– Por quê? De farra. Por tolice. Eu quero uma longa limusine branca com chofer, um estoque do melhor vinho, TV a cores, telefone no carro, charutos...

– É isso mesmo, porra – disse Sarah –, e Francine vai adorar!

– Bem – disse Jon –, vou ver o que posso fazer.

– Diga a Friedman que é publicidade – disse Sarah. – Diga que vai aumentar o faturamento.

– Vou batalhar isso...

– E, Jon – lembrei-lhe –, não esqueça a longa limusine branca.

De algum modo, ele conseguiu. Chegou a noite da *première*. Sarah estava lá em cima se aprontando quando chegou a longa limusine branca. Os garotinhos das vizinhanças a viram e já se juntavam no pátio da casa ao lado. Eu saí e orientei a limusine pela estradinha de acesso adentro.

– Hank, você é famoso? – perguntou um dos garotos.

– Famoso? Oh, sim, sim...

– Hank, a gente também pode ir junto?

– Não iam gostar.

– Íamos, sim.

O motorista desligou o motor e saltou.

– Eu sou Frank – ele disse.

– Eu sou Hank – eu disse.

– Você é o escritor?

– Sou. Você leu meus livros?

– Não.

– Bem, também ainda não vi você dirigir.

– Oh, sim, viu, sim, senhor. Acaba de me ver entrar na estradinha de acesso.

– Tem razão, não tem? Escuta, minha mulher ainda está se vestindo. Não demora muito.

– Que é que o senhor escreve?

– Que quer dizer?

– Quero dizer exatamente isso, senhor. Que é que o senhor escreve?

O cara começava a me deixar meio puto. Eu não estava acostumado com motoristas.

– Bem, eu escrevo poemas, contos, romances...

– E escreveu um argumento, senhor.

– Oh. Esse. É.

– Sobre o que escreve, senhor?

– Sobre?

– É, *sobre*...

– Oh, ha-ha. Escrevo sobre a vida, você sabe. Só a vida, você sabe.

– Minha mãe – disse um dos garotos, enfiando a cabeça por cima da cerca – diz que ele escreve coisas *indecentes*.

O chofer me olhou.

– Por favor, diga à sua esposa que é um longo trajeto. Não devemos nos atrasar.

– Quem que disse?

– O Sr. Friedman.

Entrei em casa e berrei do pé da escada.

– Sarah, a limusine está aqui. Se apresse...

– Chegou adiantada...

– Eu sei. Mas é noite de sexta-feira, e é um longo trajeto.

– Desço num instante. Não se preocupe. A gente consegue.

Abri uma cerveja e liguei a TV. Havia uma luta na ESPN. Os dois batiam com força, na verdade. Agora os lutadores apresentavam melhor forma que em minha juventude. Eu me maravilhava com a energia que podiam gastar e ainda assim continuar e continuar. Os meses de trabalho na estrada e no ginásio que tinham de suportar pareciam quase insuportáveis. E depois, aqueles últimos dois ou três dias intensos antes de uma grande luta. A forma era a chave. Talento e raça eram necessários, mas sem forma física não existiam.

Eu gostava de ver lutas. De alguma forma me lembrava do ato de escrever. A gente precisava da mesma coisa, talento, raça e forma. Só que a forma era mental, espiritual. Jamais se era um escritor. A gente tinha de se *tornar* um escritor toda vez que se sentava à máquina. Não era tão difícil, assim que a gente se sentava diante da máquina. O que era difícil às vezes era pegar aquela cadeira e sentar. Às vezes não se podia. Como todo mundo no mundo, havia coisas que atrapalhavam: pequenos problemas, grandes problemas, portas e outras coisas batendo sem parar. Era preciso estar em forma para suportar o que tentava nos matar. Essa era a mensagem que eu extraía das lutas que via, ou das corridas de cavalo, ou da maneira como os jóqueis superavam o azar, as quedas e os pequenos horrores pessoais na pista. Eu escrevia sobre a vida, ha-ha. Mas o que realmente me pasmava era a imensa coragem de algumas das pessoas que *viviam* essa vida. Isso me fazia seguir em frente.

Sarah desceu a escada. Tinha uma aparência sensacional.

– Vamos!

Desliguei a TV. Saímos.

Apresentei-a ao motorista.

– Sarah! Sarah! Sarah! – gritaram os garotos. Gostavam dela.

– A gente pode ir com você, Sarah?

– Vão ter de pedir às suas mães – ela riu.

Mães? Alguém algum dia pediu aos pais?

O motorista ajudou-nos a entrar para o banco de trás. A limusine deslizou lentamente para trás, os garotos acompanhando ao longo da cerca. Diabos, em breve eu estaria morto e a metade deles se sentaria diante de processadores de textos escrevendo merdas inimaginavelmente ruins.

Descemos a ladeira íngreme e eu saquei a rolha da primeira garrafa de vinho. Servi duas taças altas.

– À lama no seu olho – eu disse a Sarah, tocando os copos.

– À lama nos seus dois olhos – ela disse.

Liguei a TV. Não pegava a ESPN. Desliguei.

– Sabe como chegar lá? – perguntou Sarah ao chofer.

– Oh, sim...

Ela me olhou.

– Você algum dia pensou que estaria indo de limusine à *première* de um filme que você escreveu?

– Nunca. Já estou muito feliz por ter largado aquele banco de jardim.

– Eu gosto de limusines. Não gosta do jeito como elas deslizam?

– Deslizam. Estamos num tobogã para o inferno. Aqui, olha, deixa eu servir outro drinque a você.

– Grande vinho...

– Oh, sim...

Subimos a autoestrada do Porto em direção ao norte, depois viramos para a de San Diego, no mesmo sentido. Eu detestava a autoestrada de San Diego. Vivia engarrafada. Aí notei que começava a cair um leve chuvisco.

– É isso aí – eu disse. – Está começando a chover.

Todos os carros iam parar. Os motoristas da Califórnia não sabiam dirigir na chuva. Dirigiam rápido demais ou devagar demais. A maioria devagar demais.

– Vamos nos atrasar – disse Sarah.

– Eu acho, garota.

Aí a chuva começou realmente a despencar. Os outros motoristas da autoestrada encolheram-se de terror. Espiavam por detrás dos limpadores de para-brisa com seus olhinhos desalmados. Os putos deviam dar-se por satisfeitos por terem limpadores de para-brisa. Uma vez eu tive um carro velho sem eles. Querem saber o que é dirigir difícil? Experimentem essa. Em tempo de chuva, eu andava com uma fatia de batata. Parava o carro, limpava o para-brisa com a batata e prosseguia. Era preciso saber como fazer: só uma esfregadinha muito de leve.

Mas aqueles motoristas ali em seus carros agiam como se estivessem praticamente em seus leitos de morte. A gente sentia o pânico deles na tromba d'água. Pânico surdo. Pânico inútil. Pânico desperdiçado. Se algum dia quiserem usar o pânico, guardem-no para alguma coisa concreta.

– Bem, *baby*, temos vinho à vontade.

Servi mais um pouco.

Mas tinha de dar um pouco de crédito ao chofer. Era um profissional. Parecia saber que a pista ia ficar lenta e que outra se moveria, e passava a enorme limusine de uma para outra, pegando o melhor do fluxo. Quase o perdoei por não ser um dos meus leitores. Adorava profissionais que sabiam fazer o que deviam. Esses eram raros. Havia tantos profissionais incompetentes: médicos, advogados, presidentes, bombeiros-mecânicos, zagueiros, dentistas, policiais, pilotos de voos comerciais e etc.

– Acho que vamos conseguir – eu lhe disse.

– Podemos – ele admitiu.

– Quem é seu escritor predileto? – perguntei.

– Shakespeare.

– Se a gente conseguir, eu te perdoo.

– Se a gente conseguir, eu me perdoo.

Eu não conseguia amarrar um papo com o cara. Ele me arrolhava toda vez.

Sarah e eu mamávamos nosso vinho.

E então chegamos. O chofer encostou e abriu a porta. Saltamos.

Era na frente de um grande centro comercial. O comércio ficava em algum lugar lá para dentro.

– Obrigado, Frank – eu disse.

– De nada. Agora vou estacionar. Encontro vocês quando saírem.

– Como vai nos encontrar?

– Eu encontro...

Meteu-se em seu assento de motorista, e a longa limusine branca enfiou-se no trânsito. A chuva ainda caía.

Olhei, e lá estavam quatro ou cinco caras de guarda-chuvas esperando por nós. Era a parte aberta do centro comercial e entrara um pouco de chuva. Os homens de guarda-chuvas correram para nós, parecendo muitíssimo preocupados com que nos molhássemos.

Eu ri.

– Isso é ridículo!

– Eu gosto! – Sarah riu.

Corremos uns para os outros. Depois entramos no centro. Câmeras espocavam. Grande momento. Eu deixara para trás o banco de jardim.

45

Eu disse a um dos homens quando passávamos:

– Porra, esquecemos nosso vinho no carro! Vamos precisar algumas garrafas de vinho pro filme!

– Vou buscar pro senhor, Sr. Chinaski – disse o homem. Eu não fazia ideia de quem era. Ele afastou-se do grupo.

– E não esqueça o saca-rolhas! – berrei às costas dele.

Adiantamo-nos pelo centro adentro. Bem longe à nossa esquerda, eu via os *flashes* espocando. Aí vi Francine Bowers. Ela posava, olhando primeiro para um lado, depois para o outro. Estava régia. O melhor da última.

Seguimos os homens. Aí surgiu uma câmera de TV. Mais *flashes*. Reconheci a dona como uma das entrevistadoras de uma emissora.

– Henry Chinaski! – ela me saudou.

– Como vai? – fiz uma mesura.

E, antes que ela pudesse fazer qualquer pergunta, eu disse:

– Estamos preocupados. Deixamos nosso vinho na limusine. Provavelmente o chofer está bebendo ele todo a esta altura. Precisamos de mais vinho.

– Como argumentista, gostou do jeito como ficou o filme?

– O diretor lidou com dois atores difíceis, os principais, sem qualquer problema. Usamos bêbados de bar autênticos, nenhum dos quais conseguiu chegar aqui esta noite. O trabalho de câmera é sensacional, e o argumento bem escrito.

– É a história da sua vida?

– Alguns dias de um período de dez anos...

– Obrigada, Sr. Chinaski, pela entrevista...

– Claro...

E aí chegou Jon Pinchot.

– Oi, Sarah, oi, Hank... Sigam-me...

Lá estava um pequeno grupo com gravadores. Alguns *flashes* espocaram. Eu não sabia quem eram. Começaram a fazer perguntas.

– Acha que se devia glorificar a bebida?

– Não mais do que qualquer outra coisa...

– Beber não é uma doença?

– Respirar é uma doença.

– Não acha os bêbados condenáveis?

– Acho, a maioria. E também a maioria dos abstêmios.

– Mas quem se interessaria pela vida de um bêbado?

– Outro bêbado.

– Acha beber muito um hábito socialmente aceitável?

– Em Beverly Hills, sim. Na sarjeta, não.

– Você se passou pra Hollywood?

– Acho que não.

– Por que escreveu este filme?

– Quando escrevo alguma coisa, jamais penso no motivo.

– Quem é seu ator preferido?

– Não tenho nenhum.

– Atriz.

– Mesma resposta.

Jon Pinchot puxava-me pela manga.

– É melhor a gente ir. Acho que o filme está pra começar...

Sarah e eu o acompanhamos. Fomos levados de roldão. E aí estávamos no cinema. Todo mundo parecia estar ali dentro.

Ouviu-se a voz atrás da gente:

– ESPEREM!

Era o cara que tinha ido buscar o vinho. Trazia uma grande sacola de papel. Correu e jogou-a em meus braços.

– Você é um dos maiores homens do mundo! – eu disse a ele.

O cara simplesmente deu meia-volta e se mandou.

– Quem era aquele? – perguntei a Jon.

– Não sei...

– Vamos lá – disse Sarah –, é melhor a gente entrar.

Acompanhamos Jon ao saguão. As portas já se haviam fechado. Ele empurrou-as. Estava escuro e nós o seguimos pelo corredor abaixo. O filme já tinha começado.

– Merda – eu disse –, não podiam ter esperado por nós? Somos os autores!

– Sigam-me – disse Jon –, guardei dois lugares pra vocês.

Nós o seguimos por toda a primeira fila, na lateral. Havia duas cadeiras junto à parede.

– Vejo vocês depois – disse Jon.

Duas garotas sentavam-se em nossa fila. Uma delas disse à outra:

– Não sei o que estamos fazendo aqui. Eu realmente detesto Henry Chinaski. É um ser humano repugnante!

Busquei na escuridão uma das garrafas e um abridor. A tela passou da escuridão para a luz.

– Henry Chinaski – continuou a garota – odeia mulheres, odeia crianças, é um velho amargo e nojento, não sei o que as pessoas veem nele!

A outra garota me viu à luz da tela e cutucou as costelas da outra com o cotovelo.

– Chhh... Acho que esse aí é ele!

Abri uma garrafa para Sarah e uma para mim. Viramo-las. Aí Sarah disse:

– Eu devia dar uma surra nessas putas!

– Não faça isso – eu disse. – Meus inimigos são minha fonte de renda. Me odeiam tanto que se torna um caso de amor subliminar.

Estávamos numa péssima posição para ver o filme. De onde nos sentávamos, todos os corpos pareciam compridos, alongados e finos, e as cabeças eram o pior. Grandes e deformadas, testas grandes, e mesmo assim parecia quase não haver olhos, bocas ou queixos. O som também era alto demais e muito distorcido. O diálogo soava como roncos e uivos.

Era a *première* de meu primeiro e único filme, e eu não distinguia nada.

Ia descobrir depois que outro cinema bem ao lado exibia nosso filme exatamente à mesma hora, com apenas meia casa.

– Jon não planejou bem isso – sugeriu Sarah.

– Bem, a gente vê em videocassete um dia – eu disse.

– Ééé – ela disse.

E batemos nossas garrafas em uníssono.

As garotas nos olhavam com total fascínio e repugnância.

As cabeças gigantescas com testas grandes continuavam a se mover pela tela.

E as cabeças berravam umas para as outras.

– FLAM, FLAM, PUÓ DUÁ UÁ FUOL, PUÓ...

– IÉ, VUÔ DUÁ, PUEG UESA PUÕR, TUÁ...

– FUAVUÔ...

– DUÁ UÔ FUÓ...

– Foderam com meu diálogo, Sarah.

– Uh... foi...

Mas era melhor quando as grandes testas emborcavam os drinques muito altos e finos, o drinque enchia meia tela, e depois desaparecia em alguma parte sob a testa e ficavam apenas copos vazios ondulando, mudando de forma, esticando-se e contraindo-se, copos vazios reluzentes do hades. Que ressacas aquelas cabeças iam ter.

Finalmente, Sarah e eu deixamos de olhar para a tela e apenas atacamos nossas garrafas de vinho.

E, com o tempo, o filme acabou.

Houve alguns aplausos, e esperamos que o público saísse. Esperamos um bom tempo. Depois nos levantamos e saímos.

Não havia mais *flashes* no saguão. Apertos de mão. Esquivamo-nos disso.

Precisávamos dos banheiros.

– Vejo você junto do vaso de planta do outro lado do banheiro das senhoras – eu disse a Sarah.

Entrei no dos homens. No mictório junto a mim um bêbado oscilava. Olhou-me.

– Ei, você é Henry Chinaski, não é?

– Não, sou o irmão dele, Donny.

O bêbado oscilou mais um pouco, mijando à vontade.

– Chinaski nunca escreveu sobre irmão nenhum.

– Ele me odeia, é por isso.

– Por quê?

– Porque eu chutei o traseiro dele umas sessenta ou setenta vezes.

O bêbado não soube o que pensar disso. Continuou simplesmente mijando e oscilando. Eu me afastei, lavei as mãos, dei o fora dali.

Esperei junto ao vaso de planta. O chofer surgiu de detrás dele.

– Recebi instruções pra levar vocês à festa de comemoração.

– Ótimo – eu disse –, assim que Sarah...

E lá estava Sarah.

– Sabe, *baby*, a maioria dos choferes espera do lado de fora, mas nosso homem, Frank, entrou e nos achou. Mas tirou o quepe pra não parecer chofer.

– É uma noite estranha – ela disse.

Atravessamos o centro comercial atrás de Frank. Ele ia dois passos à frente.

– Você não bebeu nosso vinho, bebeu Frank?

– Não, senhor...

– Frank, a primeira regra para um chofer não é jamais deixar sua limusine? E se alguém roubasse ela, por exemplo?

– Senhor, ninguém jamais ia roubar aquele ferro velho.

– Tem razão.

Assim que saímos do centro, Frank voltou a pôr o seu quepe. A limusine estava estacionada junto ao meio-fio.

Ele nos ajudou a entrar no banco de trás e partimos.

46

A festa pós-*première* era no Copperfield, na Avenida La Brea. Frank parou na frente, deixou-nos saltar e avançamos para a entrada debaixo de mais *flashes*. Ocorreu-me que eles não sabiam a quem fotografavam. Se a gente saltava de uma limusine, tinha direito.

Reconheceram-nos à entrada e deixaram-nos entrar para o meio de um monte de gente, todos espremidos e com copos de vinho tinto na mão. Formavam grupos de três, quatro ou mais pessoas, conversando ou caladas. Não havia ar-condicionado, e embora estivesse fresco lá fora, ali dentro fazia calor, muito calor. Tinha gente demais sugando o oxigênio.

Sarah e eu sacamos nosso vinho e ficamos ali, tentando bebê-lo. O vinho era muito abrasivo. Não há nada pior que vinho tinto barato, a não ser vinho branco que se deixou esquentar.

– Quem são essas pessoas, Sarah? Que querem aqui?

– Algumas são do ramo, outras são da periferia do ramo, e outras só estão aqui porque não podem pensar em outro lugar.

– Que estão fazendo?

– Algumas tentando fazer contatos, outras permanecer em contato. Algumas vão a todas as funções como esta que podem. Há também o pessoal da imprensa.

A sensação no ar não era boa. Faltava alegria. Aqueles eram os sobreviventes, os cavadores, os tubarões, os ninguéns. As almas penadas conversavam e conversavam, e fazia calor, calor, calor.

Então um cara num terno caro se aproximou.

– Vocês não são o Sr. e a Sra. Chinaski?

– Sim – eu disse.

– O lugar de vocês não é aqui embaixo. É lá em cima. Sigam-me.

Nós o seguimos.

Seguimo-lo escada acima até o segundo andar. Não tinha tanta gente. O cara de terno caro voltou-se para nós.

– Não bebam o vinho que estão servindo aqui. Eu pego outra garrafa pra vocês.

– Obrigado. Digamos duas.

– Claro. Volto já.

– Hank, que significa isso tudo?

– Aceite. Nunca mais vai acontecer de novo.

Olhei a multidão. Tive a mesma sensação que tivera da de lá de baixo.

– Imagino quem será esse cara – eu disse.

Ele voltou com duas garrafas de bom vinho e um saca-rolhas, além de novos copos.

– Muito obrigado – eu disse.

– De nada – ele disse. – Eu lia sua coluna no *L.A. Free Press*.

– Não parece tão velho assim.

– Não sou. Meu pai era um hippie. Eu lia o jornal depois que ele acabava.

– Posso perguntar o seu nome?

– Carl Wilson. Sou o dono da casa.

– Oh, entendo. Bem, obrigado de novo pelo vinho.

– De nada. Me diga quando quiser mais.

E foi-se. Abri uma garrafa e servi dois copos. Experimentamos. Vinho realmente bom.

– Agora – eu disse a Sarah –, quem são aquelas pessoas aqui em cima? Em que são diferentes das de lá de baixo?

– São as mesmas. Apenas têm mais influência, mais sorte. Dinheiro, política, família. Os da indústria trazem a família e os amigos. Capacidade e talento são secundários. Eu sei que pareço estar fazendo discurso, mas é isso aí.

– Bate. Mesmo os chamados melhores filmes me parecem muito ruins.

– Prefere assistir a uma corrida de cavalos.

– É claro...

Jon Pinchot aproximou-se.

– Meu Deus! Essas pessoas! Eu me sinto como se estivesse coberto de merda!

Dei uma risada.

Aí surgiu Francine Bowers. Estava eufórica. Fizera seu grande retorno.

– Você estava muito boa, Francine – eu disse.

– É – disse Jon.

– Soltou o cabelo – disse Sarah.

– Soltei demais?

– De modo algum – eu disse.

– Escuta – disse Francine –, que vinho é esse que estão bebendo? Parece coisa boa.

– Tome um pouco – virei a garrafa no copo dela.

– Eu também – disse Jon.

– Como é que vocês ganharam essa coisa boa? – perguntou Francine.

– O pai do dono da casa era hippie. Os dois liam o *L.A. Free Press*. Eu escrevia uma coluna, "Notas de um Homem de Neanderthal".

E ficamos ali calados. Não havia mais nada a dizer. O filme acabara.

– Onde anda Jack Bledsoe? – perguntei.

– Oh – disse Jon –, ele não vem a essas coisas.

– Bem, eu venho – disse Francine.

– Nós também – admitiu Sarah.

Alguém chamou de outro grupo.

– Uma revista quer entrevistar você, Francine. *Movie Mirror*.

– Claro – disse Francine. – Me desculpem – disse pra nós.

– Claro.

Ela se afastou, majestosa e altiva. Eu me sentia bem por ela. Me sentia bem, por qualquer um que fizesse um retorno depois de ser relegado ao deserto.

– Vá lá com ela, Jon – disse Sarah. – Ela se sentirá melhor...

– Devo ir, Sarah?

– Não, Hank, vai só tentar roubar a entrevista. E lembre-se, você cobra mil dólares agora.

– Tem razão...

– Tudo bem – disse Jon. – Vou lá.

Foi, lá.

Aproximou-se um jovem com um gravador.

– Eu sou do *Herald Examiner*. Faço a coluna "Fale e Conte". Que tal acha que saiu o filme?

– Você tem mil dólares? – perguntou Sarah.

– Sarah, isso é só papo-furado, tá tudo bem.

– Bem, que tal acha que saiu o filme?

– É um filme acima da média. Muito depois de os Oscars deste ano serem esquecidos, *A Dança de Jim Beam* estará sendo exibido de vez em quando nas salas de arte. E surgirá na TV de vez em quando, se o mundo durar.

– Pensa mesmo isso?

– Penso. E à medida que ele for sendo revisto várias vezes, as pessoas descobrirão novos sentidos nos diálogos e cenas, sentidos que ninguém pretendeu. Elogiar demais e de menos é a norma em nossa sociedade.

– Os bebuns falam daquele jeito?

– Alguns falam, até alguém os matar.

– Você parece ter um alto conceito desse filme.

– Não é que seja tão bom. É só que os outros são muito ruins.

– Qual o filme que você considera o melhor que já viu?

– *Eraserhead.*

– *Eraserhead*?

– É.

– E o segundo em sua lista?

– *Quem tem Medo de Virginia Woolf?*

Aí Carl Wilson voltou.

– Chinaski, tem um cara lá embaixo que diz conhecer você. Quer subir. Um tal John Galt.

– Deixa ele subir, por favor.

– Bem, obrigado, Chinaski – disse o cara do *Herald Examiner*.

– De nada.

Desarrolhei a segunda garrafa e servi mais duas para a gente. Sarah aguentava a bebida admiravelmente bem. Só se tornava faladora quando estávamos a sós. E então falava com sensatez, também.

Lá estava John Galt. Big John Galt. Ele se aproximou.

– Hank e eu nunca apertamos as mãos – sorria. – Oi, Sarah – disse –, tem esse cara sob controle?

– Tenho, John.

Porra, pensei, conheço tantos caras chamados John.

Os nomes bíblicos permanecem. John, Mark, Peter, Paul.

Big John Galt tinha boa aparência. Os olhos haviam ficado mais bondosos. A bondade chegava por fim aos melhores. Havia menos egoísmo. Menos medo. Menos competitividade.

– Está com boa aparência, *baby* – eu disse a ele.

– Você parece melhor do que há 25 anos – ele disse.

– Melhor bebida, John.

– São as vitaminas e comidas saudáveis – disse Sarah. – Nada de carne vermelha, sal, açúcar.

– Se algum dia se publicar isso, as vendas de meus livros vão desabar, John.

– Seu material vai vender sempre, Hank. Até uma criança pode ler.

Big John Galt. Porra, que salva-vida tinha sido. Quando eu trabalhava para os correios, ia para a casa dele, em vez de comer, dormir ou fazer tudo mais. Big John estava sempre lá. Sustentado por uma dona. As donas sempre sustentavam Big John.

– Hank, quando eu trabalho, não sou feliz. Quero ser feliz – ele dizia.

Havia sempre aquela grande tigela de baratos na mesa de café, entre nós. Geralmente cheia até a borda de pílulas e cápsulas.

– Pegue uma.

Eu metia a mão e comia-as como doce.

– John, esta merda vai acabar destruindo seu cérebro.

– Cada homem é diferente, Hank, o que destrói um não afeta outro.

Noites maravilhosas de bobagens. Eu trazia minha cerveja e engolia as pílulas. John fora o cara mais lido que eu já conhecera, mas sem ser pedante. No entanto, era esquisito. Talvez fosse o barato.

Às vezes, às três ou quatro horas da manhã, ele tinha um impulso de ir vasculhar latas de lixo e quintais. Eu ia com ele.

– Merda, John, é só um resto velho que alguém jogou fora.

– Eu quero.

A casa toda era cheia de lixo. Montes de lixo por toda parte. Quando se queria sentar num sofá, era preciso afastar para um lado um monte de lixo. E as paredes eram cobertas de dísticos e estranhas manchetes de jornais. Tudo meio fora de esquadro. Como as últimas palavras do último maníaco da terra. No porão da casa havia milhares de livros empilhados, inchados, molhados e apodrecidos pela umidade. Ele os lia todos e se saía bem. Precisava de um mínimo para viver e era melhor ninguém se meter num jogo de xadrez com ele, nem numa luta até a morte. Era uma maravilha. Creio que naquele tempo eu tinha muita pena de mim mesmo e ele me fez ver isso. Mas acima de tudo aquela época e aquelas horas eram *divertidas*. Eu me alimentava de Big John quando mais nada havia em volta. Ele também era escritor. E mais tarde eu dei sorte no mundo e ele não. John escrevia uns poemas de bastante força, mas entre um tempo e outro havia espaços em que parecia vazio. Ele me explicou:

– Não quero ser famoso, só quero me sentir bem.

Foi um dos melhores leitores de poesia, dele mesmo ou de qualquer outro, que já ouvi. Era um belo homem. E depois, depois de minha sorte, quando eu citava John Galt aqui e ali, recebia o mesmo retorno: "Não vejo o que Chinaski vê nesse velho fanfarrão". Os que me tinham aceito e à minha obra não aceitavam a ele e à sua obra, e eu me perguntava se talvez minha obra não era feita para idiotas. O que eu não podia evitar. Um pássaro voa, uma serpente se arrasta, eu mudo fitas de máquina de escrever.

De qualquer modo, era bom tornar a ver John Galt. Ele trazia uma nova dona consigo.

– Esta é Lisa – disse. – Também escreve poesia.

Lisa saltou dentro e pôs-se a falar. Armou uma tempestade de palavras e John apenas ficou ali parado. Talvez fosse a noite dela, mas falava como uma feminista dos velhos tempos. O que está direito, para elas, só que elas tendem a consumir o oxigênio e já fazia calor demais ali dentro por falta de ar fresco. Ela falava e falava, contando-nos tudo. John e ela muitas vezes recitavam juntos. Eu já ouvira falar de Bab Danish?

– Não – respondi.

Bem, Bab Danish era de cor negra e mulher, e quando recitava usava grandes argolas, e como era muito apaixonada as argolas saltavam para cima e para baixo, enquanto o irmão dela, Tip, fazia o fundo musical das suas leituras. Eu devia ouvi-la.

– Hank não vai a recitais de poesia – disse Sarah –, mas eu ouvi Bab Danish e gosto muito dela.

– John, eu e Bab vamos dar um recital no Beyond Baroque na próxima quarta à noite, vocês vêm?

– Eu provavelmente irei – disse Sarah. E provavelmente iria.

Dei então uma boa olhada em John Galt. Ele parecia delicado e bom, mas eu via em seus olhos um profundo sofrimento que nunca vira antes. Para um homem que queria ser feliz, parecia alguém que perdera dois peões nas primeiras jogadas de uma partida de xadrez, sem ganhar vantagem alguma.

Aí o cara do *Herald Examiner* voltou.

– Sr. Chinaski – disse –, eu queria lhe fazer outra pergunta.

Apresentei-lhe John Galt e Lisa.

– John Galt – eu disse – é o maior poeta não descoberto dos Estados Unidos. Esse homem me ajudou a seguir em frente quando tudo mais me mandava parar.

– Bem, Sr. John Galt.

– Hank e eu nos conhecemos há uns vinte anos...

Sarah e eu nos afastamos.

– Parece que, com Lisa, John está com tudo – eu disse.

– Talvez seja bom pra ele.

– Talvez.

Mais pessoas haviam subido. Parecia que ninguém se fora. O que havia ali? Contatos? Oportunidades? Valia a pena? Não seria melhor não estar no *show business*? Não, não. Quem quer ser jardineiro ou motorista de táxi? Quem quer ser consultor de impostos? Não éramos todos artistas? Não estavam nossas mentes acima disso? Mais dispostas a sofrer daquele jeito que de outro? Pelo menos aquele parecia melhor.

Nossa segunda garrafa estava quase vazia.

Aí Jon Pinchot voltou.

– Jack Bledsoe está aqui. Quer falar com você.

– Onde está ele?

– Ali, junto da porta.

E sem dúvida lá estava Jack Bledsoe, encostado no umbral da porta com seu sorriso famoso e sensível.

Sarah e eu nos aproximamos dele. Estendi a mão e apertei a de Jack.

Pensei na frase de John Galt: "Eu e Hank nunca apertamos as mãos".

– Belo espetáculo, Jack, grande desempenho. Estou realmente feliz pela sua participação.

– Enganei bem?

– Acho que sim.

– Eu não queria pôr muito da sua voz, nem do seu porre...

– Conseguiu.

– Só quis aparecer pra cumprimentar você.

Essa me pegou. Eu não sabia como reagir.

– Bem, diabos, *baby*, a gente pode tomar um porre juntos qualquer dia desses.

– Eu não bebo.

– Oh, ééé... Bem, obrigado, Jack, foi um prazer você ter vindo. Que tal uma saideira, de qualquer modo?

– Não, já vou indo...

Voltou-se e desceu a escada.

Estava sozinho. Sem guarda-costas nem motoqueiros. Garoto bacana, belo sorriso.

Adeus, Jack Bledsoe.

Arranquei outra garrafa de Carl Wilson e fiquei por ali com Sarah e as outras pessoas, mas na verdade nada acontecia. Só pessoas paradas por ali. Talvez esperassem que eu me embebedasse e ficasse insano e xingasse todo mundo, como às vezes fazia nas festas. Mas eu duvidava disso. Elas eram simplesmente embotadas por dentro. Não tinham nada a fazer senão permanecer dentro de seus eus, que na verdade não estavam exatamente ali. Isso não doía muito. Era um lugar suave para se estar.

Quanto a mim, minha visão principal da vida era evitar o máximo de pessoas possível. Quanto menos pessoas via, melhor me sentia. Conheci outro cara que partilhava de minha filosofia, Sam, o Cara dos Puteiros. Ele vivia no pátio atrás do meu em East Hollywood.

– Hank – me disse –, quando eu cumpria pena, vivia em encrenca. O diretor vivia me jogando na solitária. Mas eu *gostava* da solitária. O diretor vinha, suspendia a tampa, olhava pra dentro, e uma vez me perguntou:

"– JÁ BASTA? ESTÁ PRONTO PRA SAIR DAÍ?

"Eu peguei um pouco do meu cocô e joguei na cara dele. O cara fechou a tampa e me deixou lá embaixo. Eu simplesmente fiquei lá. Quando o diretor voltou, não suspendeu inteiramente a tampa.

"– BEM, JÁ BASTA?

"– DE JEITO NENHUM – berrei de volta.

"Finalmente, ele me tirou de lá.

"– ELE GOSTA DEMAIS DAÍ – disse aos guardas. – TIREM ESSE PUTO DAÍ!"

Sam era um grande praça, depois se meteu no jogo. Não podia pagar o aluguel, vivia no Gardena, dormia nos banheiros de lá e recomeçava a jogar assim que acordava. Finalmente foi despejado do apartamento. Eu o localizei num minúsculo quartinho no bairro coreano. Ele se sentava num canto.

– Hank, tudo que consigo beber é leite, mas volta imediatamente. Só que os médicos dizem que eu não tenho nada.

Duas semanas depois, estava morto. O cara que partilhava minha filosofia sobre as pessoas.

– Escuta – eu disse a Sarah –, não está acontecendo nada aqui. Isto é a morte. Vamos dar o fora.

– Temos todos os drinques grátis que precisamos...

– Não vale a pena.

– Mas a noite é uma criança, talvez aconteça alguma coisa.

– Só se eu fizer acontecer, e não estou no estado de espírito.

– Vamos esperar só um pouco mais...

Eu sabia o que ela queria dizer. Para nós, era o fim de Hollywood. No todo, ela gostava mais daquele mundo que eu. Não muito, mas um pouco. Começara a estudar para ser atriz.

Contudo, eram só pessoas paradas, só isso. As mulheres não eram bonitas, nem os homens interessantes. Chatíssimo. A chatice na verdade chegava a doer.

– Eu vou explodir se não sair daqui – eu disse a Sarah.

– Tudo bem – ela disse –, vamos embora.

O bom e velho Frank estava lá embaixo com a limusine.

– Estão saindo cedo – ele disse.

– Um-hum – eu disse.

Frank nos instalou atrás e encontramos uma nova garrafa de vinho na limusine. Abrimos enquanto nosso homem de confiança tomava a autoestrada do Porto em direção ao sul.

– Ei, Frank, quer um gole?

– Claro, cara!

Apertou um botão, e a pequena divisória de vidro baixou. Passei a garrafa.

Dirigindo em frente, ele tomou uma golada da garrafa de vinho. Eu não sei, mas de certa forma aquilo tudo parecia muito estranho e engraçado, e Sarah e eu começamos a rir.

Finalmente, a noite estava viva.

47

Depois disso, não houve muita coisa. O filme estreou em três ou quatro cinemas da cidade. O pessoal começou a me encher o saco no hipódromo.

– Você escreveu aquele filme?

– Sim.

– Eu achava que você era um jogador dos cavalinhos.

– Eu sou. Agora, se me desculpar...

Algumas pessoas tinham uma maneira bacana de abordagem. Outras eram uns terrores. Viam a gente, arregalavam os olhos e caíam em cima. Aprendi a reconhecer aquela expressão, e quando a via me enfiava por alguma ala lateral, dava uma meia-volta súbita. Tenho certeza de que fugi de um monte de pessoas que não tinham a menor intenção de me importunar. Sabia que, com o tempo, tudo voltaria ao normal e mais uma vez eu seria apenas outro cara nas corridas como todos os outros caras velhos.

As críticas de *A Dança de Jim Beam* foram boas e ruins. *The New York Times* fez uma crítica maravilhosa, mas o filme irritou a dama de *The New Yorker*. Rick Talbot disse que era um dos dez melhores filmes do ano.

Depois, houve momentos curiosos. Uma noite, eu estava lá em cima e Sarah berrou:

– Estão fazendo a crítica de *A Dança de Jim Beam*.

Eram Wexler e Selby numa TV a cabo. Quando cheguei, eles mostravam uma tomada em que Jack Bledsoe joga as roupas de Francine Bowers pela janela de seu sexto andar. Acabou a tomada.

Selby balançou a cabeça e desancou o filme.

– HORRÍVEL! TERRÍVEL! Este foi o *pior* filme do ano! A gente tem aí esse... *vagabundo*... com as calças caídas nos tornozelos! É imundo, indiferente... odioso! Tudo que ele deseja é bater no garçom! De vez em quando, escreve poemas em farrapos de papel! Mas a maior parte do tempo o que vemos é essa escumalha... mamando garrafas de vinho ou esmolando drinques no balcão! Numa cena de bar, vemos duas mulheres numa briga *de morte* por ele. Impossível. NINGUÉM, NINGUÉM ligaria jamais pra esse homem! Quem liga pra ele? Aqui, damos notas de um a dez aos filmes. Tem alguma maneira de darmos abaixo de um?

E sem dúvida apareceu na tela um menos um.

Aí Wexler começou.

– Concordo com sua opinião, mas dou dois. Acho que tem uma cena engraçada, quando ele toma banho na banheira com o cachorro...

– Oh, não – disse Selby –, é idiota...

Após um mês, o filme ainda passava em três ou quatro cinemas. Então, estreou num cinema perto de San Pedro, e decidimos ir vê-lo. Afinal, jamais o tínhamos visto numa tela grande, exceto na *première* com as imensas cabeças alongadas.

Fomos de carro a um pequeno centro comercial onde vimos o cinema. Na marquise, as palavras *A Dança de Jim Beam*. Era uma emoção ver aquilo.

Eu vira a maioria dos filmes quando criança, todos horríveis. Fred Astaire e Ginger Rogers. Jeanette McDonald e Nelson Eddy. Bob Hope. Tyrone Power. Os Três Patetas. Cary Grant. Os filmes sacudiam e chocalhavam o cérebro da gente, deixavam a gente sem esperança nem energia. Eu me sentava naqueles cinemas nauseado nas tripas e na alma.

Ficamos sentados no estacionamento, esperando o fim da sessão da tarde.

– Talvez não tenha ninguém lá dentro – eu disse. – Talvez não saia ninguém.

– Estão lá dentro, Hank...

Esperamos. Aí, o filme acabou e começaram a sair.

– Três – disse Sarah.

– Cinco – eu disse.

– Sete.

– Oito.

– Onze...

Eu me sentia melhor. Continuavam saindo. Desisti de contar.

Aí saíram todos. Logo chegaria a hora da primeira sessão da noite.

– Você acha que mais alguém faz isso, Sarah?

– O quê?

– Ficar sentado esperando pra ver quanta gente entra e sai do filme da gente?

– Tenho certeza de que não somos os primeiros.

Passou-se mais tempo.

– Cadê as pessoas? – perguntei. – Talvez não venha ninguém!

– Estarão aqui.

Nesse momento, sem dúvida, velhos modelos de carros começaram a chegar, circulando, buscando lugar para estacionar. Um cara saltou com uma garrafa de vinho dentro de um saco de papel.

– Os bebuns vêm conferir a autenticidade – eu ri.

– Vão encontrar – disse minha querida esposa.

– Como historiador da bebida, eu não tenho par.

– Porque nenhum deles viveu tanto quanto você. Qual é seu segredo?

– Nunca saia da cama antes do meio-dia.

Parecia que ia ter uma bela multidão. Andamos até o cinema. Fui à bilheteria.

– Duas – disse à garota. – Uma inteira.

Aí o cara pegou nossas entradas, rasgou-as e nós entramos. Passavam *trailers* a todo volume. Arranjamos duas poltronas de lado mas bem no fundo, e esperamos. Parecia haver pelo menos cem pessoas ali dentro.

No último instante, dois jovens, homem e mulher, em meados da casa dos vinte, altos e esguios, sentaram-se na nossa frente.

Acabaram-se os *trailers* e lá estava *A Dança de Jim Beam.* Surgiram os créditos. E começou o filme. Eu o vira em vídeo três ou quatro vezes, e o tinha bem memorizado. Ah, era a história de minha vida. Quem mais podia enfiá-la pela goela deles abaixo daquele jeito? Mas, na verdade, não devia ser tão individualista assim. Eu só queria mostrar as vidas estranhas e desesperadas que os bêbados vivem, e o bêbado que eu melhor conhecia era eu mesmo.

Eu fora precedido por alguns caras bons de copo. Eugene O'Neill, Faulkner, Hemingway, Jack London. A bebida soltava as teclas daquelas máquinas de escrever, dava-lhes um pouco de centelha e embalo.

O filme seguia.

– Acha que alguém sabe que você está aqui? – perguntou Sarah.

– Não, eu tenho a mesma aparência de todo mundo.

– Isso te chateia?

– Chateia, não gosto de parecer com todo mundo.

O rapaz alto à nossa frente voltou-se e disse:

– Por favor, eu gostaria de ver o filme.

– Desculpe – eu disse.

O filme continuou. Aí, houve uma súbita indecência e garota à nossa frente piscou os olhos e disse:

– Oh, não.

– Tá tudo bem, Darlene – disse seu alto companheiro.

Darlene superou isso e então veio uma cena simples, em que uma dona no bar se gaba de que dá a melhor chupada da cidade. Diz:

– Ninguém nesta cidade engole porra como eu!

Darlene cobriu o rosto e disse:

– Eu não acredito...

– Tá tudo bem, querida – disse seu acompanhante.

Darlene continuou com seu número de cobrir o rosto pelo resto do filme, mas nem ela nem o companheiro saíram.

Aí o filme acabou e o pessoal começou a deixar lentamente suas poltronas. Nós esperamos. Bem, eu já vira filmes piores, especialmente na década de trinta.

Sarah e eu nos levantamos e subimos o corredor em direção à saída. Fomos para o carro e nos sentamos lá, olhando-os sair. Baixei as janelas e fumamos um cigarrinho.

Aí um carro velho passou lentamente na nossa frente. Tinha apenas um cara. Ele nos viu e pôs-se a fazer acenos. Estampava um sorriso maluco no rosto. Acenei de volta, e ele se foi.

– Reconheceu você – disse Sarah.

– É, foi engraçado.

– Ééé.

Voltamos pra casa como de qualquer outro filme.

Voltamos pra casa e eu abri uma garrafa de bom vinho tinto. O sangue dos deuses.

Vimos as notícias na TV. Eram ruins.

Ficamos sentados, bebendo e vendo TV, até que surgiu Johnny Carson. Lá estava ele, perfeitamente enfatiotado. Levava o tempo todo a mão ao nó da gravata, subconscientemente preocupado com a aparência. Entrou em seu monólogo, e podia-se ouvir a trovejante risada falsa de Ed nas entrelinhas. Aquilo pagava bem.

– Que vai fazer agora? – perguntou Sarah.

– Sobre o quê?

– Quer dizer, o filme acabou mesmo.

– Oh, sim.

– Que vai fazer?

– Tem os cavalinhos.

– Além dos cavalinhos?

– Oh, diabos, vou escrever um romance sobre como se escreve um argumento e se faz um filme.

– Claro, acho que você pode fazer isso.

– Acho que posso.

– Como vai chamar?

– *Hollywood.*

– *Hollywood*?

– Ééé...

E é isso aí.

Livros de Bukowski publicados pela **L&PM** EDITORES:

Ao sul de lugar nenhum: histórias da vida subterrânea
O amor é um cão dos diabos
Bukowski: 3 em 1 (*Mulheres*; *O capitão saiu para o almoço e os marinheiros tomaram conta do navio*; *Cartas na rua*)
O capitão saiu para o almoço e os marinheiros tomaram conta do navio (c/ ilustrações de Robert Crumb)
Cartas na rua
Crônica de um amor louco
Delírios cotidianos (c/ ilustrações de Matthias Schultheiss)
Escrever para não enlouquecer
Fabulário geral do delírio cotidiano
Factótum
Hollywood
Miscelânea septuagenária: contos e poemas
Misto-quente
A mulher mais linda da cidade e outras histórias
Mulheres
Notas de um velho safado
Numa fria
Pedaços de um caderno manchado de vinho
As pessoas parecem flores finalmente
Pulp
Queimando na água, afogando-se na chama
Sobre gatos
Sobre o amor
Tempestade para os vivos e para os mortos
Textos autobiográficos (Editado por John Martin)
Você fica tão sozinho às vezes que até faz sentido

Coleção L&PM POCKET (Lançamentos mais recentes)

1148.**O contrato social (Mangá)** – J.-J. Rousseau
1149.**Garfield fenomenal** – Jim Davis
1150.**A queda da América** – Allen Ginsberg
1151.**Música na noite & outros ensaios** – Aldous Huxley
1152.**Poesias inéditas & Poemas dramáticos** – Fernando Pessoa
1153.**Peanuts: Felicidade é...** – Charles M. Schulz
1154.**Mate-me por favor** – Legs McNeil e Gillian McCain
1155.**Assassinato no Expresso Oriente** – Agatha Christie
1156.**Um punhado de centeio** – Agatha Christie
1157.**A interpretação dos sonhos (Mangá)** – Freud
1158.**Peanuts: Você não entende o sentido da vida** – Charles M. Schulz
1159.**A dinastia Rothschild** – Herbert R. Lottman
1160.**A Mansão Hollow** – Agatha Christie
1161.**Nas montanhas da loucura** – H.P. Lovecraft
1162(28).**Napoleão Bonaparte** – Pascale Fautrier
1163.**Um corpo na biblioteca** – Agatha Christie
1164.**Inovação** – Mark Dodgson e David Gann
1165.**O que toda mulher deve saber sobre os homens: a afetividade masculina** – Walter Riso
1166.**O amor está no ar** – Mauricio de Sousa
1167.**Testemunha de acusação & outras histórias** – Agatha Christie
1168.**Etiqueta de bolso** – Celia Ribeiro
1169.**Poesia reunida (volume 3)** – Affonso Romano de Sant'Anna
1170.**Emma** – Jane Austen
1171.**Que seja em segredo** – Ana Miranda
1172.**Garfield sem apetite** – Jim Davis
1173.**Garfield: Foi mal...** – Jim Davis
1174.**Os irmãos Karamázov (Mangá)** – Dostoiévski
1175.**O Pequeno Príncipe** – Antoine de Saint-Exupéry
1176.**Peanuts: Ninguém mais tem o espírito aventureiro** – Charles M. Schulz
1177.**Assim falou Zaratustra** – Nietzsche
1178.**Morte no Nilo** – Agatha Christie
1179.**Ê, soneca boa** – Mauricio de Sousa
1180.**Garfield a todo o vapor** – Jim Davis
1181.**Em busca do tempo perdido (Mangá)** – Proust
1182.**Cai o pano: o último caso de Poirot** – Agatha Christie
1183.**Livro para colorir e relaxar** – Livro 1
1184.**Para colorir sem parar**
1185.**Os elefantes não esquecem** – Agatha Christie
1186.**Teoria da relatividade** – Albert Einstein
1187.**Compêndio da psicanálise** – Freud
1188.**Visões de Gerard** – Jack Kerouac
1189.**Fim de verão** – Mohiro Kitoh
1190.**Procurando diversão** – Mauricio de Sousa
1191.**E não sobrou nenhum e outras peças** – Agatha Christie
1192.**Ansiedade** – Daniel Freeman & Jason Freeman
1193.**Garfield: pausa para o almoço** – Jim Davis
1194.**Contos do dia e da noite** – Guy de Maupassant
1195.**O melhor de Hagar 7** – Dik Browne
1196(29).**Lou Andreas-Salomé** – Dorian Astor
1197(30).**Pasolini** – René de Ceccatty
1198.**O caso do Hotel Bertram** – Agatha Christie
1199.**Crônicas de motel** – Sam Shepard
1200.**Pequena filosofia da paz interior** – Catherine Rambert
1201.**Os sertões** – Euclides da Cunha
1202.**Treze à mesa** – Agatha Christie
1203.**Bíblia** – John Riches
1204.**Anjos** – David Albert Jones
1205.**As tirinhas do Guri de Uruguaiana 1** – Jair Kobe
1206.**Entre aspas (vol.1)** – Fernando Eichenberg
1207.**Escrita** – Andrew Robinson
1208.**O spleen de Paris: pequenos poemas em prosa** – Charles Baudelaire
1209.**Satíricon** – Petrônio
1210.**O avarento** – Molière
1211.**Queimando na água, afogando-se na chama** – Bukowski
1212.**Miscelânea septuagenária: contos e poemas** – Bukowski
1213.**Que filosofar é aprender a morrer e outros ensaios** – Montaigne
1214.**Da amizade e outros ensaios** – Montaigne
1215.**O medo à espreita e outras histórias** – H.P. Lovecraft
1216.**A obra de arte na era de sua reprodutibilidade técnica** – Walter Benjamin
1217.**Sobre a liberdade** – John Stuart Mill
1218.**O segredo de Chimneys** – Agatha Christie
1219.**Morte na rua Hickory** – Agatha Christie
1220.**Ulisses (Mangá)** – James Joyce
1221.**Ateísmo** – Julian Baggini
1222.**Os melhores contos de Katherine Mansfield** – Katherine Mansfied
1223(31).**Martin Luther King** – Alain Foix
1224.**Millôr Definitivo: uma antologia de *A Bíblia do Caos*** – Millôr Fernandes
1225.**O Clube das Terças-Feiras e outras histórias** – Agatha Christie
1226.**Por que sou tão sábio** – Nietzsche
1227.**Sobre a mentira** – Platão
1228.**Sobre a leitura** *seguido do* **Depoimento de Céleste Albaret** – Proust
1229.**O homem do terno marrom** – Agatha Christie
1230(32).**Jimi Hendrix** – Franck Médioni
1231.**Amor e amizade e outras histórias** – Jane Austen
1232.**Lady Susan, Os Watson e Sanditon** – Jane Austen
1233.**Uma breve história da ciência** – William Bynum

1234.**Macunaíma: o herói sem nenhum caráter** – Mário de Andrade
1235.**A máquina do tempo** – H.G. Wells
1236.**O homem invisível** – H.G. Wells
1237.**Os 36 estratagemas: manual secreto da arte da guerra** – Anônimo
1238.**A mina de ouro e outras histórias** – Agatha Christie
1239.**Pic** – Jack Kerouac
1240.**O habitante da escuridão e outros contos** – H.P. Lovecraft
1241.**O chamado de Cthulhu e outros contos** – H.P. Lovecraft
1242.**O melhor de Meu reino por um cavalo!** – Edição de Ivan Pinheiro Machado
1243.**A guerra dos mundos** – H.G. Wells
1244.**O caso da criada perfeita e outras histórias** – Agatha Christie
1245.**Morte por afogamento e outras histórias** – Agatha Christie
1246.**Assassinato no Comitê Central** – Manuel Vázquez Montalbán
1247.**O papai é pop** – Marcos Piangers
1248.**O papai é pop 2** – Marcos Piangers
1249.**A mamãe é rock** – Ana Cardoso
1250.**Paris boêmia** – Dan Franck
1251.**Paris libertária** – Dan Franck
1252.**Paris ocupada** – Dan Franck
1253.**Uma anedota infame** – Dostoiévski
1254.**O último dia de um condenado** – Victor Hugo
1255.**Nem só de caviar vive o homem** – J.M. Simmel
1256.**Amanhã é outro dia** – J.M. Simmel
1257.**Mulherzinhas** – Louisa May Alcott
1258.**Reforma Protestante** – Peter Marshall
1259.**História econômica global** – Robert C. Allen
1260(33).**Che Guevara** – Alain Foix
1261.**Câncer** – Nicholas James
1262.**Akhenaton** – Agatha Christie
1263.**Aforismos para a sabedoria de vida** – Arthur Schopenhauer
1264.**Uma história do mundo** – David Coimbra
1265.**Ame e não sofra** – Walter Riso
1266.**Desapegue-se!** – Walter Riso
1267.**Os Sousa: Uma famíla do barulho** – Mauricio de Sousa
1268.**Nico Demo: O rei da travessura** – Mauricio de Sousa
1269.**Testemunha de acusação e outras peças** – Agatha Christie
1270(34).**Dostoiévski** – Virgil Tanase
1271.**O melhor de Hagar 8** – Dik Browne
1272.**O melhor de Hagar 9** – Dik Browne
1273.**O melhor de Hagar 10** – Dik e Chris Browne
1274.**Considerações sobre o governo representativo** – John Stuart Mill
1275.**O homem Moisés e a religião monoteísta** – Freud
1276.**Inibição, sintoma e medo** – Freud
1277.**Além do princípio de prazer** – Freud
1278.**O direito de dizer não!** – Walter Riso
1279.**A arte de ser flexível** – Walter Riso
1280.**Casados e descasados** – August Strindberg
1281.**Da Terra à Lua** – Júlio Verne
1282.**Minhas galerias e meus pintores** – Kahnweiler
1283.**A arte do romance** – Virginia Woolf
1284.**Teatro completo v. 1: As aves da noite *seguido de* O visitante** – Hilda Hilst
1285.**Teatro completo v. 2: O verdugo *seguido de* A morte do patriarca** – Hilda Hilst
1286.**Teatro completo v. 3: O rato no muro *seguido de* Auto da barca de Camiri** – Hilda Hilst
1287.**Teatro completo v. 4: A empresa *seguido de* O novo sistema** – Hilda Hilst
1288.**Sapiens: Uma breve história da humanidade** – Yuval Noah Harari
1289.**Fora de mim** – Martha Medeiros
1290.**Divã** – Martha Medeiros
1291.**Sobre a genealogia da moral: um escrito polêmico** – Nietzsche
1292.**A consciência de Zeno** – Italo Svevo
1293.**Células-tronco** – Jonathan Slack
1294.**O fim do ciúme e outros contos** – Proust
1295.**A jangada** – Júlio Verne
1296.**A ilha do dr. Moreau** – H.G. Wells
1297.**Ninho de fidalgos** – Ivan Turguêniev
1298.**Jane Eyre** – Charlotte Brontë
1299.**Sobre gatos** – Bukowski
1300.**Sobre o amor** – Bukowski
1301.**Escrever para não enlouquecer** – Bukowski
1302.**222 receitas** – J. A. Pinheiro Machado
1303.**Reinações de Narizinho** – Monteiro Lobato
1304.**O Saci** – Monteiro Lobato
1305.**Memórias da Emília** – Monteiro Lobato
1306.**O Picapau Amarelo** – Monteiro Lobato
1307.**A reforma da Natureza** – Monteiro Lobato
1308.**Fábulas *seguido de* Histórias diversas** – Monteiro Lobato
1309.**Aventuras de Hans Staden** – Monteiro Lobato
1310.**Peter Pan** – Monteiro Lobato
1311.**Dom Quixote das crianças** – Monteiro Lobato
1312.**O Minotauro** – Monteiro Lobato
1313.**Um quarto só seu** – Virginia Woolf
1314.**Sonetos** – Shakespeare
1315(35).**Thoreau** – Marie Berthoumieu e Laura El Makki
1316.**Teoria da arte** – Cynthia Freeland
1317.**A arte da prudência** – Baltasar Gracián
1318.**O louco *seguido de* Areia e espuma** – Khalil Gibran
1319.**O profeta *seguido de* O jardim do profeta** – Khalil Gibran
1320.**Jesus, o Filho do Homem** – Khalil Gibran
1321.**A luta** – Norman Mailer
1322.**Sobre o sofrimento do mundo e outros ensaios** – Schopenhauer
1323.**Epidemiologia** – Rodolfo Saracci
1324.**Japão moderno** – Christopher Goto-Jones
1325.**A arte da meditação** – Matthieu Ricard
1326.**O adversário secreto** – Agatha Christie
1327.**Pollyanna** – Eleanor H. Porter

IMPRESSÃO:

PALLOTTI
GRÁFICA

Santa Maria - RS | Fone: (55) 3220.4500
www.graficapallotti.com.br

Charles Bukowski
(1920-1994)

CHARLES BUKOWSKI nasceu a 16 de agosto de 1920 em Andernach, Alemanha, filho de um soldado americano e de uma jovem alemã. Aos três anos de idade, foi levado aos Estados Unidos pelos pais. Criou-se em meio à pobreza de Los Angeles, cidade onde morou por cinquenta anos, escrevendo e embriagando-se. Publicou seu primeiro conto em 1944, aos 24 anos de idade, e somente aos 35 começou a publicar poesias. Foi internado diversas vezes com crises de hemorragia e outras disfunções geradas pelo abuso do álcool e do cigarro. Durante a sua vida, ganhou certa notoriedade com contos publicados pelos jornais alternativos *Open City* e *Nola Express*, mas precisou buscar outros meios de sustento: trabalhou catorze anos nos Correios. Casou, teve uma filha e se separou. É considerado o último escritor "maldito" da literatura norte--americana, uma espécie de autor beat honorário, embora nunca tenha se associado com outros representantes beats, como Jack Kerouac e Allen Ginsberg.

Sua literatura é de caráter extremamente autobiográfico, e nela abundam temas e personagens marginais, como prostitutas, sexo, alcoolismo, ressacas, corridas de cavalos, pessoas miseráveis e experiências escatológicas. De estilo extremamente livre e imediatista, na obra de Bukowski não transparecem demasiadas preocupações estruturais. Dotado de um senso de humor ferino, autoirônico e cáustico, ele foi comparado a Henry Miller, Louis-Ferdinand Céline e Ernest Hemingway.

Ao longo de sua vida, publicou mais de 45 livros de poesia e prosa. São seis os seus romances: *Cartas na rua* (1971), *Factótum* (1975), *Mulheres* (1978), *Misto-quente* (1982), *Hollywood* (1989) e *Pulp* (1994), todos na Coleção **L&PM** POCKET. Em sua obra também se destacam os livros de contos e histórias: *Notas de um velho safado* (1969), *Erections, Ejaculations, Exhibitions, and General Tales of Ordinary Madness* (1972; publicado em dois volumes em

1983 sob os títulos de *Tales of Ordinary Madness* e *The Most Beautiful Woman in Town*, lançados pela L&PM Editores como *Fabulário geral do delírio cotidiano* e *Crônica de um amor louco*), *Ao sul de lugar nenhum* (1973; L&PM, 2008), *Bring Me Your Love* (1983), *Numa fria* (1983; L&PM, 2003), *There's No Business* (1984) e *Miscelânea Septuagenária* (1990; L&PM, 2014). Seus livros de poesias são mais de trinta, entre os quais *Flower, Fist and Bestial Wail* (1960), *O amor é um cão dos diabos* (1977; L&PM, 2007), *You Get So Alone at Times that It Just Makes Sense* (1996), sendo que a maioria permanece inédita no Brasil. Várias antologias, como *Textos autobiográficos* (1993; L&PM, 2009), além de livros de poemas, cartas e histórias reunindo sua obra foram publicados postumamente, tais quais *O capitão saiu para o almoço e os marinheiros tomaram conta do navio* (1998; L&PM, 2003) e *Pedaços de um caderno manchado de vinho* (2008; L&PM, 2010).

Bukowski morreu de pneumonia, decorrente de um tratamento de leucemia, na cidade de San Pedro, Califórnia, no dia 9 de março de 1994, aos 73 anos de idade, pouco depois de terminar *Pulp*.